AF145854

Der Duke und das Mädchen aus dem Sturm

Lynn Dermod

Bibliografische Information der deutschen Nationalbibliothek

Die Deutsche Nationalbibliothek verzeichnet diese Publikation

in der deutschen Nationalbibliografie, detaillierte bibliografische

Daten sind im Internet über http://dnb.dnb.de abrufbar.

Herstellung und Verlag
BoD - Books on Demand, Norderstedt

ISBN: 978373574027

Catherine öffnete leise die Tür zu den Stallungen, in denen ihr Onkel seine Pferde untergebracht hatte. Der Boden war blitzblank, die Heuraufen gut gefüllt und nur das zufriedene Schnauben der Pferde und das beruhigende Mahlen ihrer Kiefer war zu hören. Catherine liebte diesen Ort, der ihr mehr Zuhause war als die prachtvoll ausgestatteten Räume von Stamford Hall, dem Landsitz ihres Onkels. Sie zog eine verschrumpelte Karotte aus ihrer Rocktasche und hielt sie einem feingliedrigen Schimmel hin.

„Na, Cloud, wie geht es dir heute?" Vorsichtig schnupperte das Tier an der Leckerei und nahm sie dann behutsam mit seinem samtenen Maul aus ihrer Hand. Während der mächtige Hengst genüsslich kaute, kraulte Catherine ihm die Mähne. „Leider ist hier heute eine Menge los. Wir können erst wieder ausreiten, wenn der Viscount und Lady Maude nicht mehr hier sind." Seufzend öffnete sie die Boxentür und schlüpfte zu ihrem Liebling in den Verschlag. Ihr Onkel und seine Gattin gaben heute das große alljährliche Gartenfest auf Stamford Hall und die sogenannte „bessere Gesellschaft" ließ es sich nicht nehmen, der Einladung des Viscounts aufs Land zu folgen.

Catherine war erst seit einigen Monaten hier auf Stamford Hall, ihr Onkel hatte sie nach dem Tod ihrer Mutter zu sich genommen, und es war ihr erstes Gartenfest, das sie hier erlebte. Wobei sich das Erlebnis darauf beschränkte, die vornehmen Gäste in ihren Kutschen und mit ihren prachtvollen Kleidern nur aus der Ferne ansehen zu dürfen! Ihr Onkel hatte ihr eingeschärft, dass sie unsichtbar zu sein hatte, wenn die illusteren Gäste kamen. Zu sehr würde ihre Anwesenheit die Herrschaften des *Tons* belästigen. Schließlich hatte ihre Mutter, die Tochter eines Viscounts!, die Familie entehrt, indem sie einen irischen Einwandere geheiratet hatte, der sich noch dazu als unverbesserlicher Spieler und eifriger Bordellbesucher entpuppt hatte. Und der wegen dieser Laster sein Hab und Gut verloren und das Ansehen der Familie noch tiefer in den Schmutz gezogen hatte. So jedenfalls hatte ihr Onkel es dargestellt, und als Catherine einmal gewagt hatte, ihm zu widersprechen und ihren Vater vor diesen Anschuldigungen zu verteidigen, hatte der Viscount sie grün und blau geschlagen.

Mit ihren dreizehn Jahren hatte Catherine schmerzhaft gelernt, dass niemand an der Wahrheit interessiert war, schon gar nicht der Mann, der ihr zwar ein Dach über dem Kopf gab, sie aber darüber hinaus im besten Fall ignorierte. Jedenfalls solange sie das tat, was er vorgab:

unsichtbar zu sein und den zu Mund halten.

Sie strich sich eine verirrte Strähne hinter das Ohr und legte den Kopf an Clouds warme Schulter. Ganz hinten im Stall hörte sie jetzt die Stallburschen hereinkommen, lachend und feixend. Schnell schlüpfte sie aus der Box und ging zur Tür. Sie wollte die Männer nicht in Verlegenheit bringen, denn natürlich durfte sie nicht hier sein, jedenfalls nicht, wenn ihr Onkel anwesend war. Und ganz sicher würde er die Männer bestrafen, wenn sie Catherine erlaubten, bei den Pferden zu sein.

Einen kurzen Augenblick blendete die gleißende Sonne sie als sie hinaustrat, und so sah sie das Unheil nicht gleich kommen. Noch während sie blinzelte hörte sie ihren Onkel sagen: „Aber natürlich, Lady Manderly, dürfen Sie meine Pferde sehen! Ich versichere Ihnen, es gibt in ganz England keine vergleichbaren Vollblüter!" Catherines Nackenhaare stellten sich auf als sie bemerkte, dass ihr Onkel und diese fremde Frau zusammen mit noch einigen anderen Gästen auf sie zukam.

Sie presste sich an die Stalltür, in der vergeblichen Hoffnung, unsichtbar zu werden.

„Lord Alverstone, ich wusste ja gar nicht, dass Sie auch Mädchen in Ihren Ställen beschäftigen! Kann sie denn so gut mit Ihren Hengsten umgehen?", rief ein gesetzter Herr mittleren Alters, vornehm in einen maßgeschneiderten Anzug gehüllt, als er sie entdeckte. Anzügliches Kichern und Hüsteln folgte dieser zweideutigen Bemerkung und während Catherine bis über beide Ohren rot wurde, musterten die anwesenden Herren sie neugierig.

„Wer bist du denn, mein Mädchen?", flötete in diesem Augenblick auch schon eine ältere Dame in einem üppig mit Rüschen verzierten, leichten Tageskleid aus himmelblauer Seide.

Catherine versuchte sich zu konzentrieren, konnte aber angesichts des wutverzerrten Gesichts ihres Onkels keinen klaren Gedanken fassen. Himmel! Er würde sie für diese Unachtsamkeit bestrafen! Nie hätte sie gedacht, dass er mit seinen Gästen den auf der Vorderseite des Anwesens gelegenen Garten, der für das Fest wunderschön mit Laternen, bunten Bändern in Büschen und Bäumen, und langen Tafeln mit weißen Tischtüchern geschmückt war, verlassen und zu den Stallungen kommen würde!

„Nun?" Die Frau sah sie auffordernd an.

Was hatte sie noch gefragt? Ach ja, ihr Name.

„Ich bin...ich heiße Catherine. Catherine O' Reiley.", stammelte sie, aber ein Blick in das aschfahle Gesicht ihres Onkels ließ sie erstarren. Ein Fehler! Ein fataler Fehler war ihr unterlaufen, das bemerkte sie in dem Augenblick, als sie ihren Namen genannt hatte. Ihren *richtigen* Namen! Lord Alverstone hatte sie angewiesen, nie - niemals! - ihren Namen zu nennen, wenn sie gefragt würde. Zu sehr klebte der Ruf ihres Vaters daran, der Ruf eines betrügerischen Selbstmörders, der jeden in Verruf brachte, der mit ihm bekannt war! Und er wollte nicht, dass sich jemand an den Skandal erinnerte, der damals mit dem Tod ihres Vaters einhergegangen war. Tagelang hatte die Presse alles breit getreten, die unstandesgemäße Heirat ihrer Mutter mit einem Niemand! Und dann der Bankrott ihres Vaters, hervorgerufen durch dessen Spielsucht und seine kostspieligen Besuche in den teuersten Bordellen der Stadt. Um das alles zu finanzieren hatte er das Geld einiger Investoren veruntreut. So jedenfalls war die einhellige Ansicht des *Tons,* des Adels, der niemanden wie ihren Vater in seinen Reihen duldete! Am Ende blieb von dem ehemals ehrbaren Namen O'Reiley nichts als Schande! *Miss Miller* wäre richtig gewesen, so sollte sie sich vorstellen, falls wirklich einmal jemand die Freundlichkeit besitzen würde, sie zu bemerken!

„Und du bist...?"

„Unwichtig, Lady Manderly.", fiel ihr Onkel der neugierigen Countess ins Wort. Dann wandte er sich den Wartenden zu und rief: „Liebe Freunde! Bitte, ich habe ein neues Pferd von dem ich hoffe, es wird demnächst in Ascot laufen und ein echter Champion werden. Sehen wir uns das Tier doch an." Er öffnete die

Stalltür und hielt sie für die neugierig Heranströmenden auf. Catherine wollte sich schon in der Hoffnung davonstehlen, noch einmal davon gekommen zu sein, aber der Viscount hielt sie am Arm fest. „Du wartest hier, hast du mich verstanden?", presste er wutentbrannt heraus und Catherine bekam angesichts des unverhohlenen Hasses in seiner Stimme eine Gänsehaut. Zitternd wartete sie, bis sich die Menge wieder plaudernd und lachend entfernte, denn Flucht wäre keine Option gewesen. Er hätte sie ohnehin gefunden und dann wäre seine Strafe noch viel härter ausgefallen.

Als niemand mehr in Sichtweite war, zerrte Lord Alverstone sie in den Stall, riss ihr Kleid am Rücken auf und griff zu einer an der Wand hängenden Reitgerte.

„Nie... hörst du... nie wieder wirst du vergessen, wie dein Name ist, so lange du hier unter meinem Dach lebst!", schrie er, außer sich vor Wut.

Ich werde das Kleid nähen müssen, er hat es ruiniert! Dabei habe ich doch nur zwei!, dachte Catherine noch, dann traf sie der erste Hieb.

Stamford Hall, acht Jahre später

Catherine öffnete die marode Tür des Pächterhauses und trat hinaus in den auffrischenden Wind. Sie stellte mit einigem Unbehagen fest, dass die Sonne, die ihren Hinweg noch mit den letzten wärmenden Strahlen des Herbstes begleitet hatte, inzwischen hinter einer dicken Wolkendecke verschwunden war. Sie strich sich eine widerspenstige rotblonde Locke hinters Ohr und atmete tief die frische Luft ein. Der Geruch nach feuchter Erde vertrieb den rauchigen, modrigen Hauch aus ihren Lungen, dem sie in dem zugigen Haus ausgesetzt gewesen war. Es war eine Schande, wie wenig sich ihr Onkel um seine Pächter kümmerte. Das Haus der beiden Alten, die jahrelang unermüdlich die Felder des Landgutes bestellt hatten, bestand aus zwei kleinen Räumen, in denen der Wind durch die kaputten Fenster pfiff und der Putz von den feuchten Wänden blätterte. Der Rauchabzug war verstopft und das Dach müsste dringend gedeckt werden, aber Edward Sutton, 8.Viscount Alverstone, gab sein Geld lieber für Rennpferde, Glücksspiel und - gezwungenermaßen, um seine Ruhe zu haben - für sündhaft teuren Schmuck und Garderobe für seine Gemahlin aus. Wütend streckte Catherine den Rücken durch und machte sich auf den Heimweg. Sie hatte fast den gesamten Tag damit zugebracht, sich die Sorgen und Nöte der vielen Pächter anzuhören und versucht, die schlimmste Not zu lindern, indem sie Lebensmittel und Holz verteilte, das sie der Köchin abgeschwatzt hatte. Catherine begann zu frösteln und zog den fadenscheinigen Umhang fester um sich. Wie alles, was sie trug, war er ein abgelegtes Stück ihrer inzwischen verheirateten Cousine und da diese bereits seit vier Jahren mit ihrem Gemahl im mondänen London residierte und nur im heißen Sommer zu ihnen aufs Land kam, hatte das Kleidungsstück bereits seine besten Zeiten sowohl modisch als auch qualitativ hinter sich. Es hatte eine Zeit gegeben, da hatte auch Catherine von einem Debüt auf den glamourösen Bällen in London geträumt, mit wunderschönen Kleidern aus Seide und glitzerndem Schmuck. Hatte davon geträumt, strahlender Mittelpunkt der feinen Gesellschaft zu sein, umschwärmt und begehrt von den jungen Männern, die um ihre Hand buhlten. Und aus deren Schar sie sich den Einen erwählen würde, mit dem sie ihr restliches Leben verbringen und an dessen Seite sie glücklich und zufrieden sein würde. Aber das Leben hatte ganz offensichtlich andere Pläne mit ihr gehabt.

Den ersten Schritt in Richtung Realität hatte sie mit dreizehn Jahren machen müssen, als sie ihre Mutter mit verquollenen Augen und heftig schluchzend am Küchentisch ihres kleinen, gemütlichen Häuschens in einem einfachen Wohnviertel in London in Hafennähe vorfand. Hier residierten überwiegend Kaufleute, denn die Nähe zum Hafen und den Handelskontoren war praktisch und man konnte so bis spät in die Nacht hinein arbeiten ohne weitere Wege in Kauf nehmen zu müssen. Denn obwohl es in den vornehmen Wohngegenden des Adels bereits neumodische Gaslaternen gab, die die nächtlichen Straßen erleuchteten, hatte sich diese Neuerung natürlich noch nicht bis in die ärmeren Gegenden dieses geschäftigen Molochs verbreitet. Daher war es nach Einbruch der Dunkelheit nicht ungefährlich, sich ohne Begleitschutz hinauszuwagen. Catherines erster Gedanke war deshalb, dass ihr Vater vielleicht überfallen und beraubt worden war, aber die Realität war ungleich grausamer. Man hatte ihren Vater an seinem Schreibtisch im Handelskontor seiner Firma vorgefunden, mit der Waffe noch in der Hand, nachdem er sich seinem Leben allem Anschein nach ein Ende gesetzt hatte. Catherine und ihre Mutter hatten keinen einzigen Augenblick an diese Version der offiziellen Untersuchung geglaubt, aber die Umstände ließen in den Augen der Justiz keinen anderen Schluss zu. Man schenkte der Tatsache, dass ihr Vater Linkshänder gewesen war, die Waffe aber in der rechten Hand gehalten hatte, keine Bedeutung, zumal das Büro ihres Vaters augenscheinlich nicht durchwühlt worden war und somit ein Raubüberfall ausgeschlossen schien. Allerdings hatte Catherines Mutter im Nachhinein, als die Räume endlich freigegeben waren, festgestellt, dass es durchaus eine gewisse Unordnung in den ansonsten penibel geführten Papieren ihres Gatten gegeben hatte, auch wenn sie nicht sagen konnte, ob etwas fehlte. Der Tod, noch dazu offiziell der Selbstmord ihres Vaters, hatte nicht nur ihre soziale Ächtung zur Folge, sondern auch, dass ihre Mutter und sie ihr Zuhause und ihr Auskommen verloren. Nach Durchsicht der Unterlagen überstiegen die Verbindlichkeiten die Sachwerte des mit Stahl und Eisenwaren angefüllten Kontors und den Gegenwert gesamten Geschäftes und nach Abwicklung der eingetretenen Insolvenz blieben ihnen gerade einmal hundert Pfund, auf die ein Gläubiger dankenswerter Weise in Kenntnis ihrer Lage verzichtet hatte. Darüber hinaus hatte man offensichtlich Wettscheine und Rechnungen eines stadtbekannten Bordells in beträchtlicher Höhe gefunden, so dass man davon ausging, Catherines Vater habe die Anleger um ihr Geld geprellt, um sich seine lasterhaften Vergnügungen zu finanzieren. Natürlich hatte Leonora O'Reiley keine Erklärung für diese Belege gehabt, die man im Kontor ihres Ehemannes gefunden hatte, aber sie hatte auch nicht einen Augenblick geglaubt, dass ihr Gemahl wettete oder ein Bordell aufsuchte, aber beweisen können hatte sie es natürlich nicht. Das hatte nur noch

14

mehr dazu beigetragen, dass die Gesellschaft sie mied und schlecht über sie redete.

Der Himmel hatte sich weiter verdunkelt und Catherine quittierte die ersten Tropfen mit einem verärgerten Schnauben. Bis sie im Herrenhaus ankäme, wäre sie wahrscheinlich vollkommen durchnässt. Gott sei Dank war ihre Tante mit ihrer Cousine Georgina bereits zur Saison in London, wo ihr Onkel einen Sitz im Parlament hatte und seine Anwesenheit erforderlich war. Darüber hinaus debütierte Georgina, die jüngste Tochter des Viscounts, in diesem Jahr und Tante Maude nutzte die anstehenden Bälle, Soireen und Veranstaltungen bei Almack's um zu klatschen und zu tratschen und ihre neuesten Kleider und Juwelen ihren neidischen Freundinnen zu präsentieren. Und obwohl es eine Zeit gegeben hatte, wo auch Catherine sich ihr Debüt in diesem Kreis gewünscht hätte, war sie doch inzwischen so angewidert von dem ganzen Gehabe, dass sie froh war, nicht daran teilnehmen zu müssen. Darüber hinaus war die Zeit auf Stamford Hall, dem Landgut des ihres Onkels, ohne die Anwesenheit der Familie eine Zeit der Ruhe und des Friedens und Catherine genoss diese Tage und Wochen viel zu sehr, um sich nach dem geschäftigen Treiben Londons zu sehnen.

London! Sie war dort aufgewachsen, behütet und geliebt von ihren Eltern, und bis zum Tod ihres Vaters war die stets geschäftige, quirlige Metropole ihre Heimat gewesen. Aber mit seinem Tod hatte sich alles verändert.

Leonora O'Reiley hatte die 100 Pfund genommen und war mit ihr auf' s Land nach Watford gezogen, in eine kleine Kate mit einem großen Garten, in dem Obstbäume und duftende Blumen wuchsen, etwa 21 Meilen nordwestlich von London. Sie hatten zurückgezogen gelebt, bis zu dem Tag, der den letzten Rest Unbeschwertheit aus Catherines Persönlichkeit vertrieben hatte, dem Tag, an dem mit ihrer Mutter auch die Hoffnung auf eine behütete Jugend starb. Catherine nahm nur am Rande wahr, dass sich der Regen inzwischen zu einem regelrechten Unwetter ausgeweitet hatte, mit Blitz und Donner und einem immer heftiger werdenden Sturm, so sehr war sie in den Gedanken an diesen Tag gefangen, den sie nie im Leben vergessen würde.

Ihre Mutter war schon seit einigen Tagen anders gewesen als sonst. Normalerweise war sie eine ausgeglichene, ruhige Frau, die versuchte, sich vor Catherine nicht anmerken zu lassen, wie sehr sie unter dem Tod ihres geliebten Gatten litt. Aber seit einigen Tagen meinte Catherine, eine unterschwellige Aufgeregtheit zu spüren, fast erschien es ihr, als sei ihre Mutter euphorisch. Ihre Mutter war in der Vergangenheit einige Male nach London gefahren und hatte Catherine in der Obhut des alten Pfarrehepaares zurückgelassen, von denen sie nicht nur das Haus gemietet, sondern auch mit der Zeit so etwas wie eine Freundschaft aufgebaut hatte. Zunächst hatte Catherine geargwöhnt, ihre Mutter hätte vielleicht wieder einen Mann kennengelernt, aber das erschien ihr nur knapp ein Jahr nach dem Tod ihres Vater und angesichts der immer noch tiefen Traurigkeit ihrer Mutter dann doch zu abwegig. Sie hatte ihre Mutter einmal nach dem Grund für diese Besuche in London gefragt, aber Leonora hatte ihr nur geantwortet, es sei noch nicht die Zeit, darüber zu reden. Dann, einen Tag vor dem Tod ihrer Mutter, hatte sie einen fremden Mann aus der Tür ihres Zuhauses treten sehen, der sich verstohlen umsah, bevor er, den Hut tief in die Stirn ziehend, in eine bereitstehende Droschke gestiegen war und die staubige Straße Richtung London eingeschlagen hatte. Ihre Mutter war an diesem Abend ganz aufgeregt gewesen und hatte einen triumphierenden Glanz in ihren blauen Augen gehabt. „Cat, ich fahre morgen nach London. Ich kann jetzt beweisen, dass dein Vater sich nicht umgebracht hat sondern ermordet wurde!" Dann hatten sie sich in die Arme genommen und so fest gehalten, als wenn sie sich nie wieder loslassen wollten. Catherine hatte versucht, mehr darüber zu erfahren, welche Beweise ihre Mutter hatte und wer ihren Vater getötet hatte, aber dazu schwieg Leonora

O'Reiley standhaft. „Ich erzähle dir alles, wenn die Person zur Rechenschaft gezogen wurde. Je weniger du bis dahin weißt, desto sicherer ist es für dich."

Schließlich hatte Catherine nicht weiter gefragt, wichtig war nur, dass sie und ihre Mutter immer Recht behalten hatten: Der Tod des Vaters war kein Selbstmord! Und auch wenn es an ihrer schwierigen finanziellen und gesellschaftlichen Position nichts ändern würde, so waren sie es doch dem Gatten und Vater schuldig, ihn von dem Makel der Selbsttötung reinzuwaschen!

Catherine hatte sich schließlich gewaschen und bettfertig gemacht, war aber, um ihrer Mutter eine gute Nacht zu wünschen, noch einmal in die Küche gekommen, wo ihre Mutter an dem sauber geputzten Holztisch saß und in das erlöschende Feuer des Herdes starrte. Sie hatte mit dem Rücken zur Tür gesessen, und ihre zuckenden Schultern hatten verraten, dass sie weinte. Noch bevor Catherine sich bemerkbar machen konnte, war die Mutter aufgestanden, hatte mit der Faust auf den Tisch geschlagen und mit einer Stimme, die Catherine das Blut in den Adern gefrieren ließ, gezischt: „Das wirst du mir büßen. Alles, alles was du uns angetan hast, werde ich dir heimzahlen!"

Es verwunderte Catherine noch heute, wie genau sie sich an diese letzten Stunden mit ihrer Mutter erinnern konnte, wie sich ihr jedes Detail eingeprägt hatte: der vergessene Topf mit dem sämigen Eintopf aus Karotten und

Kartoffeln auf dem Herd, dessen Inhalt angesetzt hatte und nun einen verbrannten Geruch durch die Küche schickte, das Geschirr vom Abendessen, das in einer Schüssel darauf wartete, abgewaschen zu werden, die eine widerspenstige Locke, die sich aus den ansonsten immer perfekt aufgesteckten Haaren ihrer Mutter gelöst hatte und ihr nun unbeachtet und störend ins Gesicht fiel. Aber am einprägsamsten war der Blick ihrer Mutter gewesen, als sie Catherine in der Tür entdeckt hatte. Für einen kurzen Augenblick hatte Catherine Hass und Triumph, Zufriedenheit und Unglauben in den blauen Tiefen erkennen können, bevor ihre Mutter die Augen geschlossen und den Kopf geschüttelt hatte, so, als wolle sie die Gespenster dieser aufwühlenden Entdeckung vertreiben. Als sie Catherine kurz darauf erneut in die Arme genommen hatte, stand nichts anderes als Liebe und Zuneigung in ihrem Blick und Catherine hatte den Schauer, den sie bei dem Anblick ihrer aufgelösten Mutter empfunden hatte, schnell abgeschüttelt. Allerdings nur bis zum Mittag des nächsten Tages, als ein Constabler an die Tür geklopft und der entsetzen Misses Brown, bei der Catherine die Zeit bis zur Rückkehr der Mutter verbringen sollte, erklärt hatte, dass die Kutsche, mit der Leonora O'Reiley unterwegs gewesen war, einen Unfall gehabt und ihre Mutter diesen leider nicht überlebt hatte. Kälte. Und Schwärze. Schmerzlich erinnerte sich

Catherine an diese beiden Gefühle, die sie in diesem Augenblick, der ihr Leben ein weiteres Mal nachhaltig verändern sollte, erfasst hatten. Und Wut. Und Trauer. Ihre warmherzige, sie vor allem Bösen beschützende und immer tröstende Mutter war tot. Sinnlos, grausam hatte das Schicksal ein weiteres Mal in Catherines Leben eingegriffen. Die folgenden Tage und Wochen - oder waren es Monate gewesen? - hatte Catherine wie durch einen nebligen Schleier erlebt. Die Beerdigung ihrer Mutter auf dem Dorffriedhof, am frischen Grab nur sie und die beiden alten Pfarrersleute. Niemand trauerte um die schöne, einstmals begehrte Tochter eines angesehenen Viscounts, die sich durch ihre unstandesgemäße Heirat mit einem irischen Einwanderer und Glücksritter selbst aus den anerkannten Adelskreisen ausgeschlossen hatte. Der versnobte Adel hatte es ihrer Mutter nie verziehen, dass sie sich derart erniedrigt hatte und sie und ihren Gatten nicht nur geschnitten, sondern auch bei jeder sich bietenden Gelegenheit verunglimpft.

Irgendwann hatte dann ihr Onkel vor der Tür gestanden, ein herrisch aussehender Mann in den Vierzigern, mit leichtem Bauchansatz und bereits schütterem Haar und hatte sie mitgenommen. Und seit dieser Zeit vor ziemlich genau acht Jahren lebte sie im Haus ihres Onkels, des Viscounts Alverstone, aber statt eines Zuhauses bot man ihr dort nur einen Schlafplatz und Essen. Niemals war sich Catherine so ungeliebt und unerwünscht vorgekommen wie seit der Zeit, da man sie nach Stamford Hall gebracht hatte. Sie hatte keine Erklärung, warum ihr Onkel sie zu sich geholt hatte, wenn er sie doch als unzumutbare Belastung empfand, was er ihr bei jeder sich bietenden Gelegenheit vorhielt. Catherine hatte ihren Onkel als einen Mann kennengelernt, der nichts ohne Berechnung tat, aber im Hinblick auf ihre Person gaben ihr seine Beweggründe Rätsel auf.

Sie war nun einundzwanzig, in knapp zwei Monaten würde sie zweiundzwanzig, und lebte zwischen den Welten. Für ihren Onkel und seine Familie war sie Abschaum, das sichtbare Ergebnis einer Mesalliance ihrer Mutter. Für das Gesinde aber, von denen die meisten ihre Mutter noch gekannt hatten, gehörte sie unumstößlich zur Herrschaft. Sie behandelten sie stets höflich und mit Respekt. Erst recht seit sie begonnen hatte, sich heimlich um die Belange der Angestellten und Pächter zu kümmern, eine Aufgabe, die ihr Onkel sträflich vernachlässigte, obwohl gerade diese Menschen dafür sorgten, dass er seinem ausschweifenden Lebensstil ungestört frönen konnte. Natürlich durfte ihr Onkel nicht erfahren, dass sie sich derart in seine Belange einmischte, sonst würde er sie spüren lassen, dass er allein das Sagen hatte.

Bei diesen Erinnerungen begann Catherines vernarbte

rechte Hand zu schmerzen. Die Brandnarben vertrugen die Feuchte des Regens nicht und sie hatte vergessen, die Lederhandschuhe überzustreifen, die sie sonst immer als Schutz trug. Das Unwetter war nun so schlimm, dass Catherine kaum noch den Weg vor sich erkennen konnte. Der Regen peitschte ihr ins Gesicht und ließ die Konturen der Landschaf vor ihren Augen verschwimmen. So bemerkte sie die Unebenheit im Boden nicht und der Schmerz, der ihren Knöchel durchzuckte, als sie in dem Hasenbau umknickte, ließ es kurz schwarz vor ihren Augen werden. Das verminderte die Reaktionszeit, die sie gebraucht hätte, um sich vor der Gefahr des herabstürzenden Baumes zu retten, der genau in diesem Augenblick der Gewalt des Sturmes nachgab und mit einem bedrohlichen Knacken und Rauschen auf sie herabstürzte.

Robert Leighton, 10. Duke of Harrisford, sah ein, dass er den Naturgewalten nicht länger trotzen konnte, wollte er nicht riskieren, dass sich sein Pferd in einem Hasenbau den Fuß vertrat oder sogar die Fessel brach. Er hatte die Warnungen seines Verwalters nicht ernst genommen, als dieser ihm riet, noch eine weitere Nacht auf seinem Landgut Oakwood Manor zu verbringen, weil die ersten Anzeichen eines Unwetters heranzogen. Offensichtlich hatte er während seiner beinahe achtjährigen Abwesenheit aus England verlernt, das wechselhafte Wetter in diesem Land richtig einzuschätzen. Das Wetter auf Barbados, wo er die letzten Jahre gelebt und sich einen florierenden Zuckerrohrhandel aufgebaut hatte, war weniger sprunghaft. Abgesehen von der Regenzeit und einigen Stürmen hin und wieder war es ganzjährig warm und trocken. Was man von England nicht behaupten konnte! Ein lautes Krachen ließ ihn zusammenfahren und er hatte alle Mühe, sein erschrockenes Pferd zu zügeln. Nein, so konnte er nicht weiter reiten!

Wütend auf sich selber, weil er den gut gemeinten Rat seines Verwalters in den Wind geschlagen hatte und nun völlig durchnässt einen Unterstand für sich und sein Pferd suchen musste, zügelte er den Braunen und versuchte, in dem tobenden Sturm etwas zu erkennen. Ein Baum war umgestürzt und versperrte ihm den weiteren Weg, so dass er den Braunen darum herum lenken musste. Im Vorbeireiten erregte eine Bewegung seine Aufmerksamkeit und als er näher kam, erkannte er, dass unter der Krone des Baumes ein Mensch eingeklemmt war und sich zu befreien versuchte. Bevor er noch absteigen und nachsehen konnte, was es war, kämpfte sich schon unter lästerlichem Fluchen und

Schimpfen eine Frau unter dem Blätterwerk hervor. Ihr langes, bernsteinfarbenes Haar hatte sich in dem Geäst verfangen und als sie es endlich befreit hatte, hing es ihr zerzaust und wirr um das Gesicht. Wie er selbst war sie vollkommen durchnässt und ihr Anblick erinnerte ihn augenblicklich an eine Katze, die man in einen Teich geworfen hatte und die nun, fauchend und katzbuckelnd versuchte, diesem zu entkommen. Offensichtlich nahm man in diesem Teil Englands, im Gegensatz zu dem allzeit steifen und von kühler Zurückhaltung geprägten London, kein Blatt vor den Mund, wenn es darum ging, seinem Ärger Luft zu machen! Während er abstieg, um der jungen Frau zu helfen, kam er nicht umhin, ihr Repertoire an Kraftausdrücken zu bewundern und beschloss, sich einige davon zu merken, jedenfalls die, die er über den brausenden Sturm verstehen konnte. Nicht, dass er als Duke, nur einen Rang unter dem Königshaus stehend, Gelegenheit gehabt hätte, sie jemals zu benutzen. Zumindest nicht, wenn er sich nicht den Unmut des *Tons* in London zuziehen wollte, der untadeliges Benehmen und korrekte Umgangsformen über alles stellte. Allerdings, wenn er es genau betrachtete, war es ihm vollkommen egal, was die sogenannte „gute Gesellschaft" von ihm dachte. Spätestens wenn bekannt würde, dass er eines der größten Handelsgeschäfte mit Zuckerrohr aufgezogen hatte, wäre er für den *Ton*

24

ohnehin erledigt. Zwar würde ihn der Titel eines Dukes vor öffentlichen Anfeindungen bewahren - mit einem Duke verscherzte man es sich nicht! - aber hinter vorgehaltener Hand würde man kein gutes Haar an ihm lassen. Dass er als drittgeborener Sohn seines Vaters niemals damit gerechnet hatte, jemals diesen Titel zu tragen und auch nicht dafür erzogen worden war, würde man nicht als Rechtfertigung gelten lassen. Und dennoch: Die bigotten Adeligen würden ihm, wenn erst bekannt würde, dass er wieder im Land war, ihre debütierenden Töchter anpreisen, Mütter würden ihn zu Soireen einladen, um ihn für ihre Töchter einzufangen und die Mätressen würden Schlange stehen, um von ihm ausgewählt zu werden. Der Titel eines Dukes öffnete ihm die Türen zur Gesellschaft, die ihm als Robert Leighton verschlossen gewesen wären. Dass er keinen Wert auf eine Ehefrau legte, um den Bestand der Familie zu sichern und den Titel zu vererben, und schon gar nicht vor hatte, sich an eine kichernde, nur an Mode und Klatsch interessierte Debütantin zu binden, würde schon noch früh genug die Runde machen. Einzig das Interesse der geneigten Damen, die bereit wären, seine Mätresse zu werden, würde er nicht ausschlagen!

Der Sturm peitschte ihm die Äste ins Gesicht, bevor er sie zurückbiegen und der jungen Frau so den Weg aus dem Gestrüpp erleichtern konnte, aber er kämpfte sich tapfer vor, bis sie schließlich keuchend vor ihm stand. Der Wind zerrte an ihren Haaren und sie sah aus, wie die Gallionsfigur des Schiffes, das ihn hergebracht hatte, nachdem er vom Unfall seines zweitältesten Bruders erfahren hatte. Der Unfall, der seinem Bruder den Tod und ihm diesen verhassten Titel eingebracht hatte. Und nun stand diese Frau vor ihm, durchnässt und zitternd, und in ihrer Natürlichkeit schöner als die meisten Frauen, die er jemals in den Salons der Gesellschaft gesehen hatte. Ihre leuchtend blauen Augen erinnerten ihn an das tiefblaue Wasser der Karibik. Im Gegensatz zu der Blässe ihres Gesichtes leuchteten ihre Lippen in einem verführerischen Rot, das durch die herabperlende Nässe des Regens, der sie benetzte, seinen Blick magisch anzog. Hohe Wangenknochen und eine gerade, zierliche Nase ließen ihr Gesicht fast so perfekt erscheinen wie eine dieser römischen Büsten, die im Garten seines Anwesens standen, nur ein paar Sommersprossen auf ihrer Nase störten diesen Eindruck der Perfektion ein klein wenig, was sie in seinen Augen allerdings nur noch anziehender machte. Er musste sich räuspern, als er sich ihres erschrockenen Blickes bewusst wurde, denn selbst in dem tosenden Unwetter hatte er kurzfristig alles um sich herum vergessen, so fixiert war er auf die fluchende und zerzauste Schönheit gewesen.

„Geht es Ihnen gut? Sind Sie verletzt?", fragte er gegen

den Sturm an, aber der Wind riss ihm die Worte von den Lippen. Auch ihre Antwort, falls es denn eine gewesen war, konnte er nicht verstehen, aber als sie sich zum Gehen wandte, bemerkte er, wie sie zusammenzuckte und innehielt. Sofort war er bei ihr und hielt sie am Arm fest, aber sie entwand sich ihm und machte einen weiteren vorsichtigen Schritt. Aber auch dieser Versuch, ihren Weg fortzusetzen, scheiterte an den offensichtlichen Schmerzen, die sie hatte. Das wechselnde Mienenspiel auf ihrem Gesicht offenbarte den inneren Kampf, den sie mit sich ausfocht, aber dann legte sie die Hände an den Mund und rief ihm zu: „Also gut, helfen Sie mir. Ich bin umgeknickt und kann wohl keinen Schritt gehen. Ich kenne ein verlassenes Haus gleich hinter der Wegbiegung dort, da finden wir Schutz vor dem Regen." Verdutzt stellte er fest, dass sie ihn auffordernd anblinzelte und offenbar darauf wartete, dass er sie trug oder auf sein Pferd setzte. Ihre Entschlossenheit gefiel ihm, wenngleich es ihm auch zeigte, dass sie völlig naiv war und die Gefahr, die von einem Fremden wie ihm ausgehen konnte, gänzlich falsch einschätzte.

Oder vielleicht doch - ganz im Gegenteil - ihre Situation ausnutzen wollte, um ihm näher zu kommen? Schließlich hatte kaum eine Frau, die er bislang kennengelernt hatte, hatte ihn zurückgewiesen, sobald er sein Interesse bekundet hatte, sie in sein Bett zu bekommen. Ärgerlich schüttelte er den Kopf, denn offensichtlich hatte die Vorsicht, zu der er sich in London im Umgang mit Frauen genötigt sehen würde, seinen Geist völlig vernebelt. Dies hier war das platte Land, die Frau vor ihm keine Adelige, wie er an ihren fadenscheinigen Kleidern auf den ersten Blick erkannt hatte. Und selbst wenn er mit ihr gesehen werden würde, müsste er sie nicht gleich heiraten, so wie es der *Ton* in London verlangen würde, wenn er sich in eine ähnliche Situation mit einer unbescholtenen Debütantin begeben würde.

„Was jetzt? Warten wir den nächsten Baum ab, den der Blitz fällt, oder könnten Sie sich herablassen, mir zu helfen?", fauchte sie gegen den Sturm. „Nicht, dass ich nicht noch nasser werden könnte, als ich schon bin, aber das Gewitter und der Sturm sind nicht ungefährlich und ich würde es vorziehen, das Ende des Unwetters in sicheren vier Wänden abzuwarten!"

Himmel! Ihre Augen sprühten Funken und er kam sich vor wie ein kleiner Junge unter der Strafpredigt seiner Mutter. Aber dann riss er sich von ihrem entzückenden Anblick los, griff sie um die Taille und hob sie auf sein Pferd. Wie redete diese Frau bloß mit ihm?! Er war ein Duke und sie offensichtlich nichts weiter als eine Bedienstete, wenn er ihre Aufmachung bedachte. Vielleicht eine Gesellschafterin oder Gouvernante? Ein Grinsen stahl sich auf sein Gesicht als er sich vorstellte, was die hochwohlgeborenen Töchter der Gesellschaft alles bei ihr lernen könnten! Und im Stillen genoss er ihre unverblümte Art, ihm die Meinung zu sagen. Wenn er erst in London wäre, wäre ihm diese Offenheit nicht mehr vergönnt. Dann müsste er sich mit speichelleckenden Emporkömmlingen abgeben, die die Bekanntschaft mit ihm als Duke of Harrisford als Sprungbrett für ihre eigene Karriere benutzen wollten. Er würde sich falschen Komplimenten gegenüber sehen, die weniger ihm als seinem Titel galten und er würde sich der geifernden Mütter und Debütantinnen erwehren müssen, die ihm Honig um den nicht vorhandenen Bart schmieren würden, um ihn zur Heirat zu bewegen. Ebenfalls nicht wegen seiner Person oder seines Charakters, sondern wiederum nur wegen seines Titels. In diesem Augenblick beschloss er, dass er für heute nur Robert Leighton sein würde, nicht der Duke of Harrisford, und dass er die letzten unbeschwerten Stunden seines Lebens ohne den Druck, dem ehrwürdigen Titel gerecht zu werden, genießen würde!

Lord Edward Alverstone saß in einem gepolsterten Sessel am Schreibtisch seines in die Jahre gekommenen Stadthauses in Mayfair und beobachtete die

Regentropfen, die unaufhörlich am Fenster seines Schreibzimmers hinabbrannten. In der Hand hielt er ein halbleeres Glas Brandy , das er verdrossen hin und her drehte. Wie hatte ihm das nur passieren können? Er war sich so sicher gewesen, dass der größere Regentropfen schneller das Fensterbrett erreichen würde als der kleinere! 3000 Pfund hatte er in seinem elitären Club „White's" darauf gesetzt. Und verloren. Entgegen aller Gesetze der Physik hatte der kleinere Tropfen das Rennen gemacht und er war nun um diese horrende Summer ärmer. Es wurde Zeit, dass er zu Geld kam. Seine Gattin gab gerade in diesem Augenblick wahrscheinlich eine Summe im Gegenwert eines guten Rennpferdes in dem Salon einer angesagten Modistin für die neuesten Kreationen aus Frankreich aus und so langsam gingen ihm die Geldmittel aus! Sein Landgut Stamford Hall warf schon lange keine großen Erträge mehr ab, aber anstatt die Pächter zu mehr Einsatz aufzufordern, faselte sein Verwalter immer nur etwas von Investitionen. Investitionen! Pah! Er war niemand, der investierte. Geld hatte da zu sein, wenn er es brauchte, egal, woher es kam. Und Investitionen kosteten Geld. Geld, das er hier in London dringender brauchte als das verlotterte, faule Geschmeiß auf seinem Landgut. Dann sollten sie eben in verwahrlosten Hütten hausen, wenn sie zu faul waren, ihre Ärsche auf die Felder zu hieven und für ihre

30

Unterkunft und ihr Essen zu arbeiten!

Es wurde Zeit, dass Catherine Geburtstag hatte, ihren zweiundzwanzigsten. Dann endlich würde er in Geld schwimmen, konnte endlich so leben, wie es ihm zustand. Diese dumme, nichtsnutzige Tochter seiner Schwester würde mit ihrem Geburtstag eine reiche - sehr reiche! - Frau sein, jedenfalls, wenn sie nicht vorher heiratete. Aber das mit dem Heiraten hatte er gut unter Kontrolle, er hielt sie völlig abgeschottet auf Stamford Hall. Und der Passus im Testament irgendeiner weit entfernten, verschrobenen Tante sicherte ihr ihr Auskommen unter seinem Dach, jedenfalls bis sie das Erbe angetreten und ihn als Verwalter des Vermögens eingesetzt hatte. Und dann würde er endlich in der obersten Liga des *Ton* mitspielen können!

Selbstverständlich wusste Catherine nichts von diesem Geldsegen, der sie erwartete, immerhin öffnete er als ihr Vormund ihre Post und kontrollierte ihr Leben. Dass diese weltfremde, verschrobene alte Jungfer von Tante in ihrem Testament verfügt hatte, die Tochter ihrer Lieblingsnichte Leonora sollte an ihrem zweiundzwanzigsten Geburtstag diese ungeheure Summer erben, hatte er als Schlag in sein adeliges Gesicht empfunden. Er war der alleinig Erbberechtigte, seine hurende Schwester hatte in dem Augenblick, als sie mit diesem irischen Hasardeur nach Gretna Green durchgebrannt war und ihn heimlich geheiratet hatte, alle Ansprüche auf irgendein Familienerbe verwirkt! Noch immer stieß es ihm sauer auf, dass sein seniler Vater ihr nach einiger Zeit vergeben hatte und ihr ein Teil des Familienschmucks hatte zukommen lassen. Freilich ohne sein Wissen und ohne dass er etwas dagegen hätte unternehmen können. Solange der Alte noch lebte, hatte er gekuscht, aber nun war der Alte tot und verrottete in seinem dunklen Grab während er als Viscount Alverstone seinen Platz in der Gesellschaft eingenommen hatte.

Die schrullige Alte hatte als Zusatz angefügt, dass die gesamte Summe für den Fall, dass Catherine vor ihrem zweiundzwanzigsten Geburtstag versterben würde, einer Wohltätigkeitsorganisation zugute kommen sollte, die sich der Bildung von Frauen aus der Unterschicht verschrieben hatte. Selten hatte er etwas Lächerlicheres gehört, als Geld für Frauenbildung auszugeben. Frauen waren von Natur aus nicht mit dem gleichen Intellekt ausgestattet wie Männer. Ihr Wissen und Können sollte sich auf sticken, nähen und darauf konzentrieren, ihrem Gatten eine gefügige Bettgenossin zu sein und seine Kinder zu gebären. Das war mehr als genug für die hübschen Köpfe der Damen!

Nur noch zwei Monate, dann würde Catherine endlich ihr Erbe antreten. Und sein Plan, an dieses Geld zu kommen, das von Natur aus ihm als Familienoberhaupt zustand, war wirklich gut! Catherine würde ihn als ihren Vermögensverwalter einsetzen, so dass er frei und ohne Einmischung über die Summe verfügen konnte. Für den Fall, dass sie sich diesem Vorhaben widersetzen würde, hatte er schon einen subtilen Hinweis parat, der sie überzeugen würde. Jedenfalls, wenn sie an ihrem Leben hing. Denn er als ihr einziger Verwandter würde er in dem bedauerlichen Fall ihres Ablebens nach Erbantritt ihr Nachfolger sein! Nicht, dass er gedachte, sich seine adeligen Hände selber schmutzig zu machen, aber er hatte seine Leute, die das für ihn erledigen würden. Um weiter in der Gesellschaft aufzusteigen durfte man keine Skrupel haben. Man musste zu jeder Zeit und mit jedem Mittel die Gelegenheiten ergreifen, wenn sie sich einem boten!

Der Tag hatte angesichts dieser erhebenden Gedanken doch noch etwas Gutes, wenn er auch die Tropfen ans einem Fenster zu hassen begonnen hatte.

Catherine versuchte ihre Gedanken zu ordnen. Wenn nicht ihr Knöchel sie dermaßen im Stich gelassen hätte, hätte sie sich alleine zu dem verfallenen Cottage durchgeschlagen. So aber sah es so aus, als wenn sie diesen Fremden um Hilfe bitten musste, wenn sie nicht in diesem Unwetter noch größeren Schaden als ohnehin schon erleiden wollte. Natürlich war sie sich der Gefahr bewusst, wenn sie sich quasi in die Hände dieses Mannes begab, den sie nicht kannte und der auf eine verwirrende Art gefährlich aussah. Aber sie hatte ohnehin keine Wahl. Wenn er unlautere Absichten hatte, dann würde er sie ohne große Gegenwehr überwältigen können, denn ihr verstauchter Knöchel würde einen Fluchtversuch im Keim ersticken.

Er war groß und soviel sie im diffusen Licht des sich austobenden Unwetters erkennen konnte, auch muskulös. Seine dunklen Haare hingen ihm wirr ins Gesicht, was ihm ein verwegenes Aussehen verlieh. Sein Gesicht war mit Abstand das attraktivste, das sie je gesehen hatte, wenn sie auch nicht genau wusste, ob das ein Kompliment war, denn sie kannte außerhalb der Bediensteten des Gutes nur wenige Menschen. Der kräftige Griff um ihre Taille als er sie auf sein Pferd hob, verriet ihr, dass er körperliche Arbeit gewohnt war. Also ergab sich Catherine in ihr Schicksal. In dem Cottage hatte sie wenigstens eine alte Duellpistole, die sie einem Pächter abgeschwatzt hatte, quasi als Gegenleistung für ein Brot und etwas Fleisch. Nicht mehr als Fett und Sehnen hatte sie aus der Küche entwenden können, aber das wurde immerhin nicht vermisst und für die Pächterfamilie war es ein

Leckerbissen. Und als Bezahlung hatte sie diese Pistole bekommen, die sie zwar nicht bedienen konnte, aber immerhin hatte sie die Hoffnung, dass sie diesen Mann damit auf Abstand halten konnte, falls er sich ihr in unschicklicher Weise nähern wollte. Er konnte ja nicht wissen, dass sich ihr Wissen um derartige Waffen darin erschöpfte, dass sie wusste, wie herum sie diese halten musste!

Sie kämpften sich durch den Sturm bis zu dem Cottage vor, das nur etwa einhundert Yards entfernt lag und dann hoben diese kräftigen Hände sie wieder vom Pferd, aber dieses Mal setzte der Fremde sie nicht ab sondern hielt sie in seinen Armen und trug sie zur Tür. Bevor er diese eintreten konnte, brüllte sie ihm ins Ohr: „Lassen Sie mich runter. Der Schlüssel liegt unter dem Stein dort drüben!" Sie deutet mit dem Kinn auf einen unauffälligen grauen Gesteinsbrocken, der wie zufällig in der Landschaft lag. Erstaunt zog der Mann die Augenbrauen hoch und setzt sie vorsichtig ab bevor er die wenigen Schritte bis zu dem Stein ging und den Schlüssel darunter hervorzog. Eine besonders starke Böe schlug ihm die Tür aus der Hand nachdem er sie aufgeschlossen hatte, aber er schaffte es, sie wieder auf den Arm zu nehmen und in das Innere des Raumes zu tragen, bevor er die Tür mit einem Ruck zuzog und so das Unwetter aussperrte.

Die plötzliche Stille war nicht dazu angetan, Catherines

aufgewühltes Gemüt zu beruhigen. Zwar waren sie nun in Sicherheit vor dem Sturm und dem Gewitter, aber ob die Gefahr, in der sie geschwebt hatte, vorbei war oder lediglich durch eine andere ersetzt wurde, konnte sie in diesem Augenblick nicht abschätzen.

Der Fremde musterte sie einen kurzen Moment, dann strich er sich die Nässe aus den Haaren und machte sich daran, das Innere des Cottages zu inspizieren.

Catherine stand stocksteif da und beobachtete ihn. Seine Bewegungen waren geschmeidig und ihr wurde bewusst, dass sie gegen diesen Mann keine Chance haben würde, sollte er sich auf sie stürzen.

„Gibt es hier irgendwo Feuerholz?"

Seine sonore Stimme weckte sie aus ihrer Erstarrung. Feuerholz! Das war ihre Chance!

„Draußen im Schuppen, rechts vom Eingang müsste noch etwas liegen." Sie versuchte, sich nicht anmerken zu lassen, dass sie eine Gelegenheit sah, ihn loszuwerden.

Er knurrte unwillig, machte sich aber ohne zu zögern daran, den Raum zu verlassen, um das Holz zu besorgen. Catherine wartete einen kurzen Augenblick bis sie sicher sein konnte, dass er weit genug vom Eingang entfernt war, dann humpelte sie unter Schmerzen zur Tür, zog den Schlüssel von außen ab und steckte ihn von innen in das Schloss. Das Geräusch des sich drehenden Schlüssels und des einschnappenden Schlosses ließ sie aufatmen. Sie war sich sicher, dass der Fremde vor Wut schäumen würde, aber so konnte sie sich den entscheidenden Zeitvorsprung verschaffen, sich die Pistole zu holen, die sie unter einem losen Dielenbrett versteckt hatte. Unter Schmerzen und bedeutend langsamer als ihr lieb war, humpelte sie durch die Tür zum angrenzenden Schlafraum und begann, sich an dem losen Dielenbrett zu schaffen zu machen. Sie zog und zerrte, aber offensichtlich hatte die Zeit und die immerwährende Feuchtigkeit dazu geführt, dass sich das Brett verzogen hatte. Kurz darauf hörte sie, wie sich jemand unter lauten Flüchen vor die Eingangstür warf. Leider war auch diese dem Zahn der Zeit anheim gefallen und der wütende Fremde brauchte nur zwei, drei Anläufe und die Tür sprang aus den Angeln. Da gab das Brett unter ihren zerrenden Fingern nach und sie ertastete die schwere Pistole. Der Kerl stand nun in voller, beeindruckender Größe im Türrahmen und sein Blick verhieß nichts Gutes. Seine Augen glühten wie dunkle Kohlen als sein Blick sie auf dem Boden sitzend fand. „Was zum Teufel...!", setzte er an, aber dann erstarrte er, während Catherine ihm mutig die Pistole entgegenhielt.

„Kommen Sie mir nicht zu nahe, sonst schieße ich!" Ihre Stimme klang mutiger als sie sich fühlte, aber wenn sie gegen diesen Kerl eine Chance haben wollte, musste sie möglichst überzeugend auftreten.

Für einen kurzen Augenblick schien er verunsichert, aber dann blitzten seine dunklen Augen amüsiert auf. Machte er sich etwa über sie lustig?

„Ist das Ihre Art, mir für meine Hilfe zu danken?" Er trat einen Schritt auf sie zu. Catherine begann zu zittern. Er würde doch nicht... Ein weiterer Schritt und er stand so nah vor ihr, dass sie nun deutlich die Belustigung in seinen braunen Augen erkennen konnte.

„Haben Sie schon jemals mit dem Ding da...", er deutete mit dem Kinn auf die Pistole, „... geschossen?"

„Ich... also ich...", stammelte Catherine, die Waffe immer noch auf ihn gerichtet.

„Nun, ich könnte Ihnen verraten, dass es sich bei dieser Pistole um einen Vorderlader handelt. Sagt Ihnen das was?"

„Äh ich... also..." Sie wurde zunehmend unsicherer, was ihre Idee, sich ihn mit diesem Monstrum vom Leib zu halten, anging.

„Ich denke, dass man sie ... äh... von vorne lädt?" Als ihr bewusst wurde, was das bedeutete, verließ sie jede Kühnheit. Verdammt! Das hatte sie nicht bedacht!

„Nun geben Sie schon her. Bevor Sie schießen könnten, müssten Sie das Ding erst laden, mit Schießpulver, von vorne. Dann die Kugel rein..." Er ließ seine Worte wirken und Catherine erkannte langsam, dass das mit der Pistole eine ziemlich dämliche Idee gewesen war.

Mit einem wütenden Schnauben ließ sie das schwere Ding sinken und schon war er bei ihr und nahm ihr die Pistole ab.

„Ich denke, wir fangen nochmal ganz von vorne an. Mein Name ist Robert Leighton." Seinen Titel ließ er geflissentlich unter den Tisch fallen, die junge Frau schien auch so schon gehörige Angst vor ihm zu haben. "Und wie heißen Sie?" Er legte die Waffe vorsichtig auf dem Boden ab und sah sie gespannt an.

„Ich bin... mein Name ist Catherine... Miller." Ihr vernarbter Rücken begann zu brennen, wie um sie zu erinnern, was passierte, wenn sie ihren richtigen Namen nannte.

„Gut, Miss Miller? Oder Misses?"

„Miss Miller, oder auch nur Catherine." Ihre Stimme zitterte, ganz so, als erwarte sie, dass er jeden Augenblick über sie herfallen würde. Nicht, dass er nicht auch schon darüber nachgedacht hätte, diese Situation auszunutzen, denn sein Körper reagierte ganz und gar ungeniert auf die Reize, die ihre Figur ausstrahlte. Und während er noch darüber nachdachte wurde ihm bewusst, wie widersinnig diese Situation doch war. In London, mit dem Titel und dem Geld im Rücken, das ihm seine Geschäfte eingetragen hatte, würde ihn wohl keine Frau von der Bettkante stoßen, aber dieses Exemplar hier schien sogar Angst vor ihm zu haben. Vielleicht würde es helfen, ihr doch seinen

Titel zu verraten? Nein, er würde sie im Unklaren darüber lassen, dass er von adeliger Herkunft war.

„Also gut, Miss Miller." Er trat wieder einen Schritt auf sie. Sie reckte stolz ihr Kinn in die Höhe, aber in ihren Augen flackerte die nackte Angst. Sie erinnerte ihn erneut an ein Kätzchen, das man in einen Fluss warf, um es zu ertränken, und das in Panik um sein Leben strampelte. Er wandte sich abrupt ab, weil er ihr nicht noch mehr Angst machen wollte.

„Also, Miss Miller, ich versuche jetzt, ein Feuer anzufachen und Sie ziehen ihr nasses Kleid aus, sonst holen Sie sich noch den Tod."

Ihre Antwort war ein wütendes Fauchen. „Das werde ich ganz sicher nicht, Sie... Sie..." Sie schluckte schwer. Robert ließ sie vorerst in Ruhe und wandte sich dem Holz zu. Nach einigen Versuchen hatte er ein kleines Feuer entzündet und während die Flammen langsam größer wurden, drehte er sich wieder zu ihr um. Sie hatte sich keinen Zentimeter bewegt, behielt ihn aber aufmerksam im Blick.

„Also ziehen Sie nun Ihr Kleid aus oder soll ich das tun?" Er wusste nicht genau, warum er Vergnügen daran fand, sie zu reizen. Vielleicht weil sie so unwiderstehlich aussah, wenn sie sich ärgerte?

Sie schnappte hörbar nach Luft. „Ich... Sie... Wüstling!" Sie drehte ihm den Rücken zu und er erkannte, dass das Kleid von hinten mit kleinen

40

Knöpfen zusammengehalten wurde. Verdammt, das hatte er nicht bedacht. Er hatte sie herausfordern wollen, natürlich war er davon ausgegangen, dass sie sich das nasse Kleid von alleine ausziehen könnte, und zwar hinter der geschlossenen Schlafzimmertür! Das hatte er jetzt davon. Langsam trat er hinter sie und strich ihr das nasse Haar aus dem Nacken. Ihre Haut war so weich und gleichzeitig auch so kalt, dass es ihn schauderte. Er hatte schon unzähligen Frauen aus den Kleidern geholfen, immer zu dem einen Zweck, aber das hier war etwas vollkommen anderes. Langsam kämpften seine langen Finger mit den winzig kleinen Knöpfen und er war fast enttäuscht, als er an ihrer Taille angekommen war. Mit einem Ruck drehte sie sich um und die Angst in ihren Augen war einem Ausdruck gewichen, den er nicht deuten konnte. „Das reicht. Den Rest schaffe ich alleine. Geben Sie mir einen Augenblick, dann..." Ja, was dann? Was dachte sie, dass er tun würde? Über sie herfallen? Er hatte sich noch nie einer Frau aufgezwungen und er würde heute ganz sicher nicht damit anfangen, aber das konnte sie ja nicht wissen. Also trat er zurück und sagte beiläufig: „Sie scheinen sich hier gut auszukennen. Wissen Sie, ob hier irgendwo etwas zu essen zu finden ist?"

„In der Truhe neben der Tür müsste etwas Käse sein. Und vielleicht auch noch Wurst. Brot gibt es keines,

das würde schimmeln."
Catherine war wütend, dass sie nun ihre mühsam für
die Ärmsten der Armen zusammengetragenen
Essensvorräte opfern musste, aber auch ihr Magen
knurrte in vollkommener Missachtung der Situation in
der sie sich befand. Als dieser Robert ihr das Kleid
aufgeknöpft hatte, war ihr ganz heiß geworden, obwohl
sie vor Kälte zitterte. Wie ein Blitz hatte die Berührung
seiner warmen Finger an ihrem Hals sie getroffen.
Eigentlich machte er nicht den Eindruck, sie hier
vergewaltigen zu wollen, aber was wusste sie schon
über Männer!
Mühsam schälte sie sich aus dem nassen Kleid, ihr
ebenfalls durchnässtes Unterkleid behielt sie allerdings
an. Nicht nur, weil sie sonst nackt dagestanden hätte,
sondern auch und vor allem, weil sie sich für ihren
vernarbten Rücken schämte. Als sie das Schlafzimmer
schließlich verließ und den ehemals als Wohn- und
Esszimmer genutzten Raum betrat, stellte sie mit
Erschrecken fest, dass sich dieser Robert ebenfalls aus
seinen nassen Kleidungsstücken geschält hatte.
Immerhin hatte er soviel Anstand besessen, seine Hose,
obwohl ebenfalls durchnässt, anzubehalten. Aber der
Anblick seiner nackten Brust reichte, um Catherine die
Schamesröte ins Gesicht zu treiben. Verstohlen ließ sie
ihren Blick über den muskulösen, gebräunten
Oberkörper gleiten, betrachtete neugierig die sich

kräuselnden Haare auf seiner Brust und folgte ihnen hinunter bis... Herrgott! Wie konnte sie nur so schamlos sein, diese Region seines männlichen Körpers anzustarren?! Sie hatte nicht bemerkt, dass er sie nun seinerseits musterte und einmal, nein, zweimal trocken schluckte. Seine Reaktion auf ihr durchnässtes Unterkleid, das leider durch die Feuchtigkeit mehr enthüllte als verdeckte, ließ sie bis unter die Haarwurzeln erröten. Abrupt drehte er sich weg und begann, in der Truhe zu kramen. Nach einer kurzen Zeit hielt er ihr eine zerschlissene, übel riechende Decke hin, aber in dem Moment hätte sie sich nicht mehr über einen Überwurf aus Damast oder Samt freuen können. Schnell wickelte sie sich in das stinkende Etwas ein und fühlte sich augenblicklich besser. Erst jetzt bemerkte sie, dass er offensichtlich gefunden hatte, wonach er gesucht hatte, denn auf einem wackeligen Tisch in der Mitte des Raumes lagen ein Stück Hartkäse, Dauerwurst und - überraschenderweise - auch ein frisches Brot, das ihr das Wasser im Mund zusammenlaufen ließ. Daneben stand eine Flasche mit Rotwein, die er wohl offensichtlich ebenso wir das Brot in seinen Satteltaschen gehabt haben musste.

„Kommen Sie und setzen Sie sich. Leider habe ich keine Gläser, aber es wird auch so gehen." Er rückte ihr galant einen Stuhl, der die Bezeichnung allenfalls vor vielen Jahren verdient hatte, zurecht und setzte sich selbst auf ein ebenfalls wackeliges Exemplar ihr gegenüber. Ihr Magen knurrte undamenhaft, aber bevor sie etwas herunterbekommen würde, musste sie Gewissheit haben. Sie räusperte sich und schluckte den Kloß hinunter, der ihr die Kehle abschnürte.

„Sie.. .also, wenn Sie... ich meine... dann sollten wir es hinter uns bringen." Sie wurde erneut rot bis unter die Haarwurzeln und sah ganz entzückend aus, jedenfalls in Roberts Augen.

Verblüfft über ihre unverblümte Art, die Dinge anzusprechen, blieb ihm der Schluck Wein, den er gerade aus der Flasche nahm, im Halse stecken und er musste Husten. Es dauerte einen Augenblick, bis er sich wieder soweit in der Gewalt hatte, dass er sprechen konnte.

„Also falls Sie glauben, dass ich... also.. .nun, ich versichere Ihnen, dass ich nichts Unehrenhaftes im Sinn habe." Was gelinde gesagt eine faustdicke Lüge war! „Also ich meine, ich werde Sie nicht..."

Verdammt. Wann hatte er das letzte Mal in Gegenwart einer so betörenden Frau gestottert wie ein grüner Jüngling? Er sollte sie in die Arme nehmen und ihre verführerischen Lippen kosten, bis sie weich und nachgiebig in seinen Armen liegen würde. Der Gedanke daran, wie sie sich voller Verlagen an ihn schmiegen würde, bereit, ihn zu empfangen, ließ ihn augenblicklich hart werden. Seufzend erkannte er, dass

44

diese Nacht ihm alles an Beherrschung abverlangen würde, das er seinem erregten Körper abtrotzen konnte. Sie musterte ihn unverhohlen, suchte seinen Blick und während er in ihren blauen Augen fast ertrank, räusperte sie sich vernehmlich.

„Dann ist es ja gut. Ich weiß gerne, woran ich bin. Und ich hoffe, Sie sind nicht enttäuscht, dass sich unsere Wünsche bezüglich der kommenden Nacht nicht gleichen." Sie griff mutig nach der Weinflasche und nahm einen großen Schluck. Am Rande registrierte er, dass ihre rechte Hand vernarbt war, aber in dem dämmerigen Licht konnte er nicht erkennen, von was diese Narben herrührten. Und es war ohnehin nichts, was sie in seinen Augen weniger begehrenswert machte, also wandte er seine Aufmerksamkeit wieder ihrem schönen Gesicht zu. Auf ihrer Unterlippe glitzerte ein roter Tropfen Wein, den sie mit ihrer Zunge einfing und herunterschluckte. Herrgott, wie sehr ihn diese unschuldige Geste erregte! Entweder war sie wirklich so naiv und unschuldig, dass sie nicht bemerkte, wie verführerisch sie auf ihn wirkte, oder sie war die berechnendste Frau, der er je begegnet war! Und wenn er sich auch letzteres gewünscht hätte, war er doch überzeugt, dass sie ganz und gar authentisch war in ihrer unbefangenen Art.

Sie schnitt sich ein Stück Käse mit seinem Messer ab und säbelte geschickt an dem Brot, legte ihm wenig später eine Scheibe in die ausgestreckte Hand und begann, mit großem Appetit zu essen. Fasziniert betrachtete er sie, wie sie in ihrer ungekünstelten Art kräftig zulangte und zwischendurch immer wieder ungeniert den Wein aus der Flasche trank. Ganz sicher würde er sich bei den langweiligen Soupers und Gesellschaften, wo es für die Damen zum guten Ton gehörte, von den dargebotenen Köstlichkeiten nur winzige Happen zu probieren, und die er aufgrund seiner Stellung als Duke in gewissem Umfang zu besuchen genötigt war, an diesen Abend erinnern!

Ärgerlich komplimentierte Lord Alverstone den Angestellten der Bank, die ihm bisher großzügig Kredit gewährt hatte, hinaus. Dieser verabschiedete sich unterwürfig katzbuckelnd und kaum dass er hinaus war, schlug der Viscount mit der Faust auf den Tisch. Die Karaffe mit dem teuren Brandy hüpfte ein kleines Stück weiter und das volle Glas geriet gefährlich ins Wanken. Verdammte Blutsauger! Dieser schmierige Kretin hatte ihm doch gerade erklärt, dass die Bank of England ihm keine weiteren Geldmittel zur Verfügung stellen würde, jedenfalls so lange nicht, bis er seine bisherigen Kredite abgelöst und seine Schulden beglichen hatte. Wenn diese kleine Kröte doch nur schon zweiundzwanzig wäre! Aber es half nichts. Er hatte den Mann noch eine Weile vertrösten können, allerdings nur was die Rückzahlung der horrenden Summen abging, die er der Bank schuldete. Bei der Frage nach Auszahlung weiterer Beträge hatte ihn der Kerl höflich aber bestimmt abblitzen lassen. Er stürzte die bernsteinfarbene Flüssigkeit mit einem einzigen Schluck herunter und schenkte sich nach. Sein Kopf dröhnte und er ging in Gedanken die Möglichkeiten durch, die nächsten Wochen finanziell zu überstehen. Wahrscheinlich müsste er heimlich etwas vom dem Schmuck seiner Gattin veräußern. Selbstredend durfte niemand von seinen Freunden und Bekannten erfahren, dass er in finanziellen Schwierigkeiten steckte, sonst wäre er für die feine Gesellschaft unten durch. Geld hatte man, niemand fragte, woher es kam und niemand wollte mehr etwas mit jemandem zu tun haben, der keines mehr hatte. So waren die Regeln und er hatte mehr als einmal über die Kerle gespottet, die sich bei Pferdewetten oder beim Glücksspiel bis über beide Ohren verschuldet hatten. Daher war es völlig unmöglich, jetzt ebenfalls zu den Verlierern gezählt zu werden. Nein. Entschlossen stand er auf und machte sich auf den Weg in das Ankleidezimmer seiner Gattin. Wahrscheinlich würde es ihr nicht einmal auffallen, wenn ein paar Pretiosen fehlen würden. Er war ohnehin der Ansicht, dass sie zu viel Geld für Schmuck ausgab. Und wenn sie es doch bemerken würde, was machte es schon aus? Sie würde es nicht wagen, ihn deswegen zur Rede zu stellen. Er hatte ihr gleich zu Anfang ihrer Ehe klar gemacht, dass er der Herr im Hause war und sie sich ihm in jeglicher Hinsicht unterzuordnen hatte. Nach ein paar schmerzhaften Lektionen hatte sie es endlich verstanden und seitdem war sie ein fügsames Weib. Er zog die Schublade zu ihrem Schminktisch auf und griff sich wahllos eine Hand voll Schmuck. Ungesehen stopfte er sich die Stücke in die Tasche seines teuren Gehrocks. Er würde gleich heute seinen ihm treu ergeben Diener Finley losschicken, um die Teile irgendwo in East End zu versetzen.

Stimmengewirr aus der Halle ließ ihn aufhorchen. Die hohe, schrille Stimme seiner Frau hallte durch das Treppenhaus und verstärkte seine Kopfschmerzen. Heute blieb ihm auch nichts erspart. Er hatte gehofft, seine Gattin und Georgina, ihre jüngste Tochter und Debütantin in diesem Jahr, würden noch bis in den Nachmittag hinein auf irgendeinem langweiligen Empfang verweilen, stattdessen waren sie ungewöhnlich früh wieder zuhause. Er hörte Türen klappern und dann die aufgeregte Stimme seiner Gattin, die laut seinen Namen rief. Herrgott, hatte man denn in seinem eigenen Haus niemals Ruhe?

Als sie ihn schließlich auf der Treppe entdeckte,

leuchteten ihre Augen auf. Er kannte diesen Ausdruck zur Genüge, meistens teilte sie ihm kurz darauf den neusten Klatsch des *Tons* mit, den sie und ihre sensationslüsternen Freundinnen bei Almack`s austauschten oder in der Times lasen. Das interessierte ihn in etwa so sehr wie das morgige Wetter. Er wollte sie schon unterbrechen, als ein Name ihn aufhorchen ließ. Hatte sie gerade vom Duke of Harrisford gesprochen? Diesem, wollte man den Gerüchten glauben, die hinter vorgehaltener Hand die Runde machten, unverschämt reichen Kerl, der sein Geld mit dem Handel mit Zuckerrohr verdiente? Soviel er wusste, weilte dieser Bonvivant doch in der Karibik?! „Hast du nicht gehört, Edward? Robert Leighton, der neue Duke of Harrisford, wird in nächster Zeit hier in London erwartet. Nachdem sein Bruder nun bei diesem Unfall umgekommen ist, erbt er den Titel. Ausgerechnet! Weißt du, wie der zu seinem Vermögen gekommen ist? Er treibt Handel! Ist das nicht vollkommen unmöglich? Ein Duke der für sein Geld arbeitet! Das ist...skandalös!" Sie holte kurz Luft und Edward begann, darüber nachzudenken, wie er diese Neuigkeit für sich nutzen konnte. Er kannte den Mann nicht persönlich, er wusste nur, dass dieser vor etwa acht Jahren nach Barbados aufgebrochen war, um dort sein Glück und sein Auskommen zu finden. Als dritter Sohn eines Dukes hatte er wenig bis gar keine

Aussichten, den Titel zu erben, so dass er sich auf anderem Feld beweisen musste.

„Hast du gehört, was ich gesagt habe, Edward?!" Die schrille, aufgeregte Stimmer seiner Gattin zerrte gehörig an seinen Nerven, aber was sie ihm dann sagte, ließ ihn aufmerksam werden.

„Es heißt, er kommt nach London um sich eine Duchess zu suchen. Er muss schließlich jetzt dafür sorgen, dass der Name fort besteht!"

Edward rieb sich die Schläfen und fuhr seine Gattin an: „Lass mich mit dem dummen Geschwätz zufrieden, Frau. Ich hatte einen anstrengenden Tag und kann dein Gekeife nicht ertragen." Damit ließ er seine verdutzte Gemahlin stehen und begab sich in sein Arbeitszimmer.

Der Duke war also auf der Suche nach einer standesgemäßen Gemahlin. Wie passend, dass er eine unverheiratete Tochter hatte! Georgina kam leider nach seiner Gattin, hatte ihre wässrig blauen Augen und das etwas hervorstehende Gebiss geerbt. Leider war sie nicht im geringsten so schön wie diese irische Hurentochter, die seine Schwester geboren hatte! Aber dieser Makel würde keine Rolle spielen, wenn man sie in einer eindeutigen Situation mit diesem Duke erwischen würde. Sein Titel und seine Reputation würden es erforderlich machen, dass er sie heiratete, nachdem er sie kompromittiert hatte. Georgina als Duchess! Das würde sein Ansehen in der Gesellschaft weiter steigen lassen. Blieb nur noch, eine passende Gelegenheit abzuwarten, wenn der Duke in der Stadt weilte. Vielleicht war der Tag doch nicht ganz so schlecht, wie er zunächst gedacht hatte.

Sie schnarchte.

Diese Entdeckung ließ ihn amüsiert auf sie herabsehen. Catherine hatte sich an ihn gekuschelt und schnurrte - wenn sie nicht gerade schnarchte!- wie ein zufriedenes Kätzchen. Leider war dieser Zustand weniger ihrer Sympathie für ihn zuzuschreiben als vielmehr dem Wein, den sie ganz offensichtlich nicht gewohnt war und der ihr einen ordentlichen Schwips verursacht hatte. Es kostete ihn einiges an Selbstbeherrschung, die Situation nicht auszunutzen und sie einfach zu verführen. Aber er war ein Ehrenmann und würde sie nicht anrühren. Sie gehörte nicht in seine Welt, leider, und er war nicht der Typ Mann, der ihre untergeordnete Stellung, die Abhängigkeit von ihrer Herrschaft bedeutete, für die Befriedigung seiner Gelüste ausnutzte. Er teilte das Bett ausschließlich mit Kurtisanen oder Witwen, das brachte wenig Ärger und viel Genuss mit sich, denn diese Frauen wussten, was sie wollten. Und überdies hatten sie keine Ehemänner oder, noch schlimmer, Väter, die gleich danach schrien, dass er sie heiraten müsste, wenn sie im Morgengrauen sein Haus verließen.

Der Sturm hatte sich über Nacht gelegt und auch der Regen war nur noch ein ganz gewöhnlicher Landregen, so dass ihrem Aufbruch nichts mehr im Wege stand. Ein wenig bedauerte Robert das, er hätte gerne noch mehr Zeit mit dieser ungewöhnlichen Frau verbracht. Sie hatten sich, nachdem er offensichtlich glaubhaft den Vorwurf einer im Raum stehenden Schändung ausgeräumt hatte, angeregt unterhalten. Er hatte ihr vorlügen müssen, als Verwalter für einen Gutsbesitzer zu arbeiten und sie hatte ihm erzählt, sie lebe auf Stamford Hall, einem Landgut in unmittelbarer Nähe. Als er nach ihrer Aufgabe dort gefragt hatte, hatte sie unmerklich gezögert und dann erklärt, sie wäre dort Gesellschafterin für die Tochter des Viscounts. Ein leichtes Zucken ihres Augenlids hatte ihm verraten, dass das nicht die Wahrheit war, aber da er selber nicht mit offenen Karten spielte, wollte er ihr ihr kleines Geheimnis, was sie dort wirklich machte, gönnen. Ihre abgetragenen Kleidung sprach jedenfalls dafür, dass sie zu den Angestellten gehörte und im Grunde war es ganz gleich, ob sie Köchin, Zofe oder Gesellschafterin war. Nach dieser Nacht würde er sie nie wiedersehen. Und wenn er erst einmal in London war, würde er sie bei dem Berg an Aufgaben, die dort auf ihn warteten, schnell vergessen haben.

Sie gähnte und bewegte sich in seinen Armen. Als sie jedoch bemerkte, dass sie in seinen Armen lag, schnellte sie hoch und errötete, wie schon gestern Abend, als sie ihn so ungeniert gemustert hatte, bis unter die Haarwurzeln. Sie sah entzückend aus mit den noch vom Schlaf verhangenen Augen, mühsam um Fassung ringend und völlig zerzaust. Ihre Locken hatten die Farbe von Brandy, seinem Lieblingsgetränk, und die eigenwillige Tönung, die je nach Lichteinfall von rotgold bis kupferfarben changierte, faszinierte ihn ebenso wie das Schimmern des Brandys in einem Kristallglas. Sie kringelten sich um ihr schönes Gesicht und fast erschien sie ihm im Tageslicht noch anziehender als am Abend zuvor.

„Guten Morgen, Miss Miller. Habe Sie gut geschlafen?" Vorsichtig strich er ihr eine widerspenstige Locke hinter das rechte Ohr und war verwirrt, welche Reaktion diese Berührung bei ihm auslöste. Es war nicht allein das Verlangen nach ihrem Körper, das hätte er schnell einsortieren können. Er war ein Mann und sie eine Frau. Da war immer eine bestimmte, erotische Spannung zwischen den Geschlechtern, jedenfalls wenn es sich dabei um eine so schöne Frau handelte wie bei dieser Catherine Miller. Er war kein Mann, der lange ohne die körperlichen Freuden auskam, die ihm eine Frau schenken konnte und wahrscheinlich war das auch der Grund für seine Verwirrung. Das letzte Mal, das er mit einer Frau geschlafen hatte, lag schon Wochen zurück. Auf dem Schiff, das ihn von Barbados hergebracht hatte, waren keine Frauen gewesen und die käuflichen Huren im Hafenviertel hatten sein Verlangen auch nicht gerade angestachelt. Das erste, was er tun würde, wenn er in London ankam, war, sich eine hübsche, erfahrene Mätresse zu suchen, das würde zumindest schon mal dieses Problem lösen.

„Danke, Mister Leighton. Ich habe gut geschlafen." Sie sah ihn unsicher an. „Habe ich... war ich sehr betrunken?" Sie knabberte an ihrer Lippe, was ihn schier um den Verstand brachte. Herrgott, sie war eine Prüfung! Er räusperte sich und riss sich von ihrem Anblick los.

„Sagen wir, Sie haben nichts gesagt oder getan, für das Sie sich schämen müssten." Er stand auf und ließ sie auf den Boden zurück. Er musste Abstand zwischen sich und diese Frau bringen.

„Und jetzt ziehen Sie sich bitte an, ich muss dringend nach London und bin schon zu sehr aufgehalten worden.", sagte er schroff, nur mühsam seine Erregung verbergend. Dass es, wenn es nach ihm ginge, noch Tage so hätte weiter stürmen können, ließ er sie besser nicht wissen. Sicher vermisste ihre Herrschaft sie schon und es wäre auch auf dem Land nicht schicklich, wenn sie sich noch länger mit ihm in diesem Cottage aufhalten würde. Immerhin wäre er nicht gezwungen, sie sofort zu heiraten, wenn jemand sie entdecken würde. Für Dienstmädchen galten andere Regeln als für ihre Herrschaft.

Nachdem sie schweigend ihre inzwischen leidlich trockene Kleidung wieder übergestreift und er die Knöpfe an ihrem Rücken ordnungsgemäß verschlossen hatte, hob er sie in seine Arme und trug sie zu seinem Pferd. Sie protestierte zwar ein wenig, aber da ihr Knöchel noch immer schmerzte, gab sie schließlich nach. Er räumte noch schnell die Lebensmittel, die sie nicht gegessen hatten, zurück in die Truhe und nahm sich vor, ihr anonym eine kleine Summe Geldes zukommen zu lassen, damit sie den Vorrat wieder aufstocken konnte. Sie hatte ihm erzählt, dass der Viscount, dem das Land gehörte, sich keinen Deut um seine Pächter kümmerte und sie begonnen hatte, nicht benötigte oder weggeworfene Speisen, soweit sie nicht verdorben waren, hier in diesem Cottage zu horten und sie bei Bedarf an die hungernden Menschen zu verteilen. Diese ungewöhnliche Frau setzte also ihre Anstellung aufs Spiel, um Bedürftigen zu helfen. Dieser Viscount Irgendwas sollte sich schämen, seine Leute so zu behandeln. Robert fühlte sich schmerzlich an die Zuckerrohrplantagen in seiner Wahlheimat

Barbados erinnert, wo die meisten Grundbesitzer die einheimischen Bajans, wie sich die Ureinwohner selber nannten, als Sklaven hielten. Zwar hatte die britische Regierung bereits 1807 den Sklavenhandel verboten, die Haltung von Sklaven allerdings blieb legal und gehörte in den entlegenen Gebieten des British Empire zum guten Ton. Er selbst verabscheute diese Praktik. Er hatte den Menschen, die ihm mit Erwerb der Plantage automatisch ebenfalls gehörten, nach einiger Zeit die Freiheit geschenkt und nur wenige waren daraufhin tatsächlich gegangen. Die Allermeisten blieben in Ermangelung einer Alternative, aber immerhin bezahlte er ihnen einen fairen Lohn, so dass sie einigermaßen selbstbestimmt leben konnten.

Er schwang sich hinter Catherine auf den Braunen, der in einem angrenzenden Schuppen das Unwetter ebenfalls gut überstanden hatte, und ließ sich von ihr den Weg zurück nach Stamford Hall erklären. Viel zu schnell gelangten sie an die Hinterseite des eindrucksvollen Gebäudes und Robert half ihr vom Pferd. Etwas unschlüssig stand sie vor ihm und er konnte sich nicht beherrschen und fuhr ihr leicht mit dem Daumen über die Wange.

„Danke für diesen unvergleichlichen Abend, Miss Miller... Catherine." Sie benetzte wieder so unvergleichlich ihre vollen, roten Lippen, so als wolle sie etwas erwidern, aber dieses Mal übernahm sein

Körper die Regie. Er senkte seine Lippen auf ihre, küsste sie gierig, machte sie atemlos und stöhnte erleichtert auf, als sie schließlich ihren Widerstand aufgab und seiner Zunge Einlass gewährte. Er versank in ihr, knabberte an ihren Lippen und schmeckte die unvergleichliche Süße, die ihr Mund ihm bot. Er wusste nicht, wie lange er sie schon küsste und wenn es nach ihm gegangen wäre, hätte er in diesem Leben nicht mehr von ihr abgelassen, aber schließlich stieß Catherine ihn atemlos von sich.

„Leben Sie wohl, Mister Leighton. Ich danke Ihnen für Ihre Hilfe." Sie wollte sich gerade umdrehen als ein leises Kichern hinter der Balustrade erklang, die den Eingang von Stamford Hall umgab. Und dann bäumte sich das Pferd, das Robert nur lose am Zügel hielt, plötzlich wiehernd auf und schlug wild mit den Hufen um sich. Gleich darauf sackte der Mann, der sie gerade noch so leidenschaftlich geküsst hatte, neben ihr zusammen.

Lord Alverstone versuchte vergeblich, das enervierende Geplapper seiner Gattin auszublenden. Der Tag war gerade erst angebrochen, und Tage, die so begannen, wurden selten im Verlauf besser.

„Hast du mich verstanden, Edward? Wir brauchen eine Gesellschafterin! Ich kann mich nicht ewig ganz allein um deine Tochter kümmern!"

Er nahm sich von dem gebutterten Toast und wies das Hausmädchen an, ihm Tee nachzuschenken. Kurz dachte er, dass Brandy besser wäre, denn wenn Maude von *seiner* Tochter sprach, dann hatte es in der Regel mit erheblichen Ausgaben zu tun. Und die Kosten, die mit der Einstellung einer geeigneten Gesellschafterin einhergingen, waren definitiv erheblich. Natürlich konnte er seiner Gattin nicht sagen, dass eine derartige Ausgabe im Moment nicht im Budget war, denn in einer Hinsicht stimmte sie vollkommen mit ihm überein: Geld hatte man einfach immer zu haben, ganz gleich, woher es auch kommen würde. Leider hatte sich ihre stattliche Mitgift, die letztlich den Ausschlag für seinen Antrag gegeben hatte, sich genauso schnell verflüchtigt wie ihre Jugend. Geblieben war ihm ein leeres Konto und eine zänkische alte Schreckschraube! Er tat drei Stücke Zucker in seinen Tee und dachte an den letzten Abend. Im „House of Pleasure", einem Etablissement für die feine Gesellschaft mit besonderen Ansprüchen, waren zwei neue Mädchen ankommen, Arlette und Monique. Ob sie Französinnen waren, wie ihre Namen vermuten ließen,wusste er nicht und es war ihm auch egal. Jedenfalls verstanden sie ihr Gewerbe

58

und er hatte mit beiden eine ausschweifende Nacht verbracht. Monique, blond und blauäugig, und Arlette, eine feurige, rothaarige Schönheit, hatten alles getan, um ihn zufriedenzustellen und jedermann wusste, dass er sehr anspruchsvoll war!

Wenn es doch nur schon Dezember wäre! Dann hätte er das Geld dieser kleinen Schlampe sicher und dann könnte er sogar darüber nachdenken, eine dieser beiden Schönheiten zu seiner Mätresse zu machen. Der Gedanke, dass sie dann nur noch für ihn da wäre, Tag und Nacht, wann immer es ihm nach ihr gelüsten würde, ließ ihm wohlige Schauer über den Rücken rinnen.

„Du hörst mir ja gar nicht zu, Edward! Lady Woolfords Töchter haben sogar jede eine eigene Gesellschafterin! Und wir haben nicht mal eine! Das ist... skandalös! Die Leute reden schon!" Sie ließ sich die Platte mit den Zitronentörtchen reichen und häufte sich gleich drei dieser widerlich süßen Teile auf den Teller.

„Ein wenig Maß halten stünde dir gut zu Gesicht, meine Liebe!", ließ er sie in einem Ton wissen, aus dem nicht ganz abzuleiten war, ob er ihre gesellschaftlichen Ambitionen oder die Zitronentörtchen meinte.

Lady Maude starrte ihn entgeistert an.

„Das war nicht nett, Edward!" Sie biss provozierend in das süße Gebäck und sah ihren Mann an. „Ich weiß, wo du gestern Abend gewesen bist und es ist mir herzlich egal, in welchem Bett du dich austobst, aber ich bin deine Viscountess, deine Ehefrau, und als solche erwarte ich Respekt!"

Himmel! Er konnte sich dieses Geschwätz wirklich nicht länger anhören!

Genervt knallte er die Teetasse aus feinstem Porzellan auf die Untertasse, wobei sich ein Schwall des heißen Getränks über das blütenweiße Tischtuch ergoss.

„Schluss jetzt, Maude! Ich werde keine Gesellschafterin einstellen! Du wirst eben auf dem nächsten Ball etwas weniger mit deinen Freundinnen klatschen und dafür besser auf *deine* Tochter aufpassen müssen!" Damit war für ihn alles gesagt und er durchmaß den Raum mit großen Schritten. Weg, nur weg von diesem Weibsbild und ihren ewigen Forderungen.

Beflissen öffnete Finley, sein treuer Diener, die Tür und verbeugte sich vor ihm als er in die Halle hinaustrat. Am besten gleich zu White's. Da gab es Brandy. Und Ruhe. In seinem Separee wagte ihn niemand zu stören und dort konnte er in Ruhe seine weiteren Schritte überlegen. Punkt eins: Er brauchte dringend Geld. Punkt zwei: Bei White's liefen bereits die ersten Wetten, welche der vakanten Damen der Gesellschaft das Rennen um den Titel der Duchess machen würde. Es wurde also Zeit, dass er Georgina ins Spiel brachte. Punkt drei: Sein größter privater Schuldner, der

Eigentümer einer der berüchtigtsten Spielhallen in London, hatte ihm einen Besuch abgestattet. Er hatte ihm zu verstehen gegeben, dass er mit seiner Geduld am Ende war. Edward stand bei ihm mit zehntausend Pfund in der Kreide und Trevor Fulton hatte ihm unmissverständlich klar gemacht, dass die Frist von drei Monaten, die er ihm zur Beschaffung dieser Summe noch einmal einräumte, unwiderruflich die letzte war! Drei Monate. Kurz vorher würde Catherine zweiundzwanzig und von dem Tag an über ein Vermögen von zwanzigtausend Pfund verfügen können. Das hieß es zu verhindern!

Catherine saß bei Mary, der Köchin auf Stamford Hall, in der warmen Küche und massierte die Brandnarben, die ihre rechte Hand entstellten, mit etwas Ringelblumensalbe. Bei dem feuchtkalten Wetter der letzten Tage schmerzten sie die Narben immer besonders.

„Und Ihr Rücken, Lady Catherine?" Mary blickte sie traurig an. „Soll ich...?"

„Nein, Mary, schon gut! Ich möchte nicht..." Catherine

wollte nicht zugeben, dass sie sich für ihren entstellten Körper schämte. Auch vor Mary, und das, obwohl sie die Einzige war, die ihren Rücken jemals nackt zu Gesicht bekommen hatte, sah man mal von ihrem Onkel ab, dem sie diese hässlichen Narben zu verdanken hatte. Es kostet Catherine jedes Mal viel Überwindung, sich von Mary den Rücken einreiben zu lassen und sie wollte dieses demütigende Ritual so selten wie nur irgend möglich ertragen.

„Nicht Sie müssen sich schämen, Lady Catherine." Sie nahm die linke, makellose Hand der jungen Frau in ihre und schaute ihr in die Augen. „Ihr Onkel sollte sich schämen, Ihnen so etwas anzutun. Nur weil..." Catherine drückte dankbar für soviel Zuneigung die faltige Hand, die ihre hielt. „Du sollst mich nicht immer so förmlich anreden, Mary. Ich gehöre nicht zur Herrschaft." Einmal, ein einziges Mal hatte sie das vergessen, hatte den Fehler begangen, ihren Namen zu erwähnen. Und nun musste sie für diese naive Unachtsamkeit büßen, würde ein Leben lang daran erinnert werden, dass sie nicht dazu gehörte. Zur feinen Gesellschaft, dem *Ton*, der niemanden in seinen Reihen duldete, der sich nicht an die Regeln hielt. Und eine dieser Regeln war nun mal, nicht unter Stand zu heiraten, so wie ihre Mutter es gewagt hatte!

Der Tag, an dem ihr Onkel sie wutentbrannt in den Stall gezerrt, ihr Kleid zerrissen und ihren nackten Rücken vor den Stallburschen ausgepeitscht hatte, das war auch der Tag gewesen, an dem sie diese feine Gesellschaft zu hassen begonnen hatte. Diese oberflächlichen, nur auf ihren Ruf bedachten Lords und Ladys, die so grausam über das Leben anderer bestimmten, nur weil sie es konnten! Niemand war eingeschritten und hatte ihren Onkel davon abgehalten, sie auszupeitschen. Erst als sie fast ohnmächtig geworden war, war er aus seinem Rausch aufgewacht, hatte die Peitsche weggeworfen, sein Halstuch gerichtet und hatte sie dort liegen lassen um zu seinen illusteren Gästen zurückzukehren und mit ihnen zu feiern, als sei das gerade eben nicht passiert. Erst dann waren die Stallburschen bereit gewesen, ihr zu helfen. Jemand war zu Mary gelaufen und hatte ihr berichtet, was vorgefallen war, weil sie die Einzige war, die sich etwas mit Heilkunde auskannte. Man hatte sie unter die Arme gefasst und mehr ins Haus geschleift als dass sie selbst hatte gehen können. Und dann setzte ihre Erinnerung aus, weil sich ihr geschundener Körper doch endlich in diese tröstliche Ohnmacht geflüchtet hatte, die diese wohltuende Schwärze brachte. Sie machte den Stallburschen keinen Vorwurf, weil sie nicht eingeschritten waren. In Zeiten wie diesen war jedem sein eigenes Hemd näher, und nicht wenige versorgten mit ihrem Lohn eine ganze Familie. Nein, Abhängigkeit machte unfrei. Unfrei, das zu tun, was richtig war. Unfrei, zu sagen, was man dachte und unfrei, zu leben, wie man wollte. Sie hatte schon oft darüber nachgedacht, dass jeder Mensch in unterschiedlichem Maß unfrei war.

Das Gesinde war abhängig von der Herrschaft, musste tun, was der Herr oder die Herrin verlangten, oftmals auch über das Übliche hinaus. Gerade die Herren verlangten oft von ihren Mägden Dinge, die diese ohne den Zwang, Geld verdienen zu müssen, niemals getan hätten!

Und selbst der *Ton* war nicht frei von Zwängen, man tat, was die Gesellschaftsregeln vorgaben. Die Frauen waren nicht frei in ihrer Entscheidung, wen sie heiraten wollten. Ehen wurden aus den unterschiedlichsten Gründen geschlossen, Gefühle spielten dabei keine Rolle. Wenn sie dann Ehefrauen waren, waren sie von dem Geld und der Gunst ihrer Männer abhängig.

Und sie selbst war abhängig von dem Wohlwollen ihres Onkels und sie hasste es! Hasste ihn, aber auch in ihrem Fall spielte das keine Rolle. Es lag in seiner Macht, sie zu demütigen! Er bestimmte über sie und sie konnte nichts dagegen tun!

Catherine hatte sich schon öfter gefragt, was ihr Onkel von ihr wollte. Wenn sie in seinen Augen nur eine Last war, ein sichtbarer Beweis für die Schande, die ihre Mutter nach seiner Ansicht über die Familie gebracht hatte, warum hatte er sie dann nach Stamford Hall geholt? Er hätte sie auch sich selbst überlassen können, es war ihm doch ohnehin gleichgültig, ob sie lebte oder wie es ihr ging. Immer und immer wieder hatte sie sich den Kopf über seine Gründe zerbrochen, aber so sehr sie auch die verschiedenen Motive hinterfragte, es gab keinen plausiblen Grund, warum er sie aufgenommen hatte. Sicherlich, sie musste im Haushalt helfen, alle Arbeiten verrichten, die auch die Mägde verrichteten. Er hatte kurz nach ihrer Ankunft auf Stamford Hall eine Magd entlassen, die unglücklich und voller Zorn auf Catherine daraufhin in eine ungewisse Zukunft aufgebrochen war. Natürlich zahlte er ihr im Gegensatz zu den anderen Bediensteten keinen Lohn, denn sie wohnte und aß ja unter seinem Dach, aber war diese Ersparnis ein hinreichender Grund?

„Wie geht es ihm?" Die Frage riss Catherine aus ihren Gedanken und sie musste blinzeln, um die bedrückenden Gedanken an ihren Onkel und ihr eintöniges Leben zu verscheuchen.

„Er ist immer noch bewusstlos. Ich mache mir Sorgen. Er hätte schon längst wieder wach sein sollen, sagt Doktor Gordon?" Ohne die wohltuende Massage des vernarbten Gewebes zu unterbrechen sah Mary sie eindringlich an.

„Sie mögen ihn, nicht wahr?"

„Ich... also...", Catherine hoffte, Mary würde die sanfte Röte nicht sehen, die ihre Wangen überzog, als sie wieder an den Kuss dachte, den sie geteilt hatten.

„Er hat Sie geküsst.", stellte Mary nicht ohne einen warmen Klang in ihrer Stimme fest.

„Ich... er... woher weißt du..." Catherine rang nach Atem.

„Ich bin ja nicht blind. Ich habe mir Sorgen gemacht, weil Sie in dieser Sturmnacht nicht nach Hause gekommen sind. Ich habe einfach nur meine Augen nach Ihnen aufgehalten." Sie bedachte die junge Frau mit einem langen Blick.

„Ja, äh, also das war... nichts. Nur..."

„Also, nach *nichts* sah das aber nicht aus!" Sie drückte vorsichtig Catherines Hand und ihre Augen funkelten amüsiert. „Wer ist er überhaupt? Und was tut er hier? Ich habe ihn noch nie hier gesehen?"

„Sein Name ist Robert Leigthon und er ist hier in der Nähe als Verwalter tätig. Er war auf dem Weg nach London als das Unwetter ihn... uns überraschte." Sie wandte verlegen den Kopf ab und blickte starr auf einen Haken an der gegenüberliegenden Wand. Sie hatte die ganze Nacht mit ihm geredet, gelacht und... getrunken. Also nicht übermäßig viel, aber weil sie keinen Alkohol gewohnt war, zu viel, jedenfalls für sie. Und er hätte die Situation ausnutzen können, sie hätte sich nicht gewehrt. *Hätte sich nicht gewehrt?* In ihrem Kopf schrillten sämtliche Alarmglocken angesichts dieser Erkenntnis. Sie hatte sich noch nie so wohl, so *sicher,* in der Gesellschaft eines anderen Menschen gefühlt. Und so wahrgenommen! Ja. Er hatte sie bemerkt. Als Person. Als Frau, das hatten seine Blicke ihr verraten. Er hatte ihre vernarbte Hand gesehen und sich nicht angewidert abgewandt, sondern es einfach zu Kenntnis genommen. Und das alles hatte ihr soviel bedeutet, dass sie... Catherine überkam eine flammende Röte, während sie sich eingestand, dass er eine gewisse Anziehungskraft besaß, etwas, das ihren Körper kribbeln ließ, wenn er sie berührte. Etwas, das sie sich wünschen ließ... Schluss jetzt! Sie verbot sich jeden weiteren sündigen Gedanken an Robert.

„Und?" Marys Stimme riss sie erneut aus ihren Gedanken.

„Und was?"

„Na, was soll jetzt passieren? Ich meine, wenn er noch länger bewusstlos ist?" Mary machte eine bedeutungsvolle Pause, bevor sie fortfuhr: „Und was, wenn er erwacht?"

„Dann wird er sein Pferd nehmen und nach London reiten, so wie er es gestern schon vorhatte." Der Gedanke, ihn dann nicht mehr wiederzusehen, schmerzte Catherine. In dieser einen Nacht war er so etwas wie ein Freund geworden, hatte ihr mit seiner Aufmerksamkeit gezeigt, dass es Menschen gab, die sich für sie interessierten. Gemeinsam hatten sie gegessen, gelacht und schließlich war sie in seinen Armen eingeschlafen und noch bevor sie die Augen am

nächsten Morgen geöffnet und sich wieder der
Wirklichkeit gestellt hatte, hatte sie für einen kurzen
Augenblick das Gefühl genossen, in diesen starken
Armen zu liegen. Arme, die sie vor allem und jedem
beschützen könnten.

„Und, werden Sie ihn wiedersehen?" Marys Frage ließ
wieder diese Mischung aus Bedauern und Sehnsucht in
ihr aufsteigen.

„Nein, wieso sollte ich? Er geht nach London. Deshalb
ist es auch völlig ausgeschlossen, dass wir uns jemals
wieder begegnen. London ist für mich so unerreichbar
wie der Mond, Mary! Mein Onkel würde mich eher
hier einsperren als zuzulassen, dass ich ihn bei seinen
hochwohlgeborenen Freunden der feinen Gesellschaft
bloßstelle, indem sich irgend jemand an den Skandal
erinnert, den Mutter und Vater damals mit ihrer Heirat
verursacht haben. Und dann vielleicht eins und eins
zusammenzählt, denn irgendwie müsste er meine
Anwesenheit in seinem Haus ja wohl erklären!"
Catherine hatte nicht bemerkt, wie bitter ihre Stimme
geklungen hatte. Nicht dass sie sich nach der
Gesellschaft des Adels sehnen würde, aber London...
London würde sie schon gerne einmal wiedersehen.
Ihre Erinnerungen an die Stadt waren ebenso
schmerzlich wie schön. Hier waren ihre Mutter und ihr
Vater mit ihr so glücklich gewesen! Bis zu dem Tag...
Sie ballte die Fäuste. Ihr Vater war kein Selbstmörder.

Das würde sie beweisen. Aber dazu müsste sie nach London, versuchen, Erkundigungen einzuziehen. Ihre Mutter hatte immerhin offensichtlich Beweise gehabt, Beweise, die sie nach Catherines Auffassung das Leben gekostet hatten. Die erste Zeit nach dem Tod ihrer Mutter war da nur diese Leere, diese Verzweiflung gewesen, aber dann war es ihr gelungen, die Vorfälle mit mehr Abstand zu betrachten. Und sie war immer mehr zu der Überzeugung gelangt, dass dieser jemand, der ihren Vater auf dem Gewissen hatte, auch für den Tod ihrer Mutter verantwortlich war! Es lag auf der Hand, dass dieser Jemand verhindern wollte, dass Leonora ihn auffliegen ließ! Das heißt, er musste gewusst haben, dass ihre Mutter ihm auf die Schliche gekommen war! Und es war jemand, den ihre Mutter gekannt hatte, gut gekannt hatte. *„Das wirst du mir büßen. Alles, alles was du uns angetan hast, werde ich dir heimzahlen!",* hatte sie gesagt. Die vertrauliche Anrede benutzte sie sonst nur für ihren Ehemann und Catherine. Also musste sie jemanden in Verdacht gehabt haben, der ihr nahe stand. Nur wer, das erschloss sich Catherine nicht. Sie hatte lange darüber nachgedacht, aber Familienmitglieder schieden schlichtweg aus, weil es keine gab! Einzig ihr Onkel und ihre Tante kämen in Frage, aber zu denen hatte ihre Mutter nach ihrer Heirat keinen Kontakt mehr gehabt, das wusste Catherine. Wahrscheinlich wusste Lord

Edward Alverstone nicht einmal, wo sie in London gewohnt hatten. Aber vielleicht gab es da noch Verwandte, von denen sie nichts wusste. Ihre Mutter hatte niemals über ihre Familie gesprochen, hatte sie ebenso aus ihrem Gedächtnis radiert wie die Gesellschaft die Viscountess Leonora Alverstone aus ihrem erlauchten Kreis.

Weil sie hier auf Stamford Hall mit ihren Recherchen nicht weiterkam, hatte sie heimlich begonnen, sich mit Buchführung vertraut zu machen. Dazu war sie mehr zufällig gekommen und hatte erst sehr viel später den wahren Wert dieser Entdeckung zu schätzen gelernt. Henry Combs, der alte Verwalter des Gutes, hatte sie eines Tages gebeten, die Aufstellungen der Einnahmen durchzugehen, da er selbst unpässlich war und ihr Onkel auf seinen Bericht wartete. Natürlich wusste er, wie gefährlich es war, Catherine ins Vertrauen zu ziehen, wenn seine Lordschaft das bemerken würde. Aber andererseits würde sie garantiert nicht verraten, dass er seine Aufgaben aufgrund seines Alters nicht mehr so gut erledigen konnte. Denn auch Catherine würde nicht ungeschoren davonkommen, wenn Edward Alverstone herausbekäme, dass sie bei der Buchführung half.

Leider hatte sie nicht lange eine Schule besucht, da mit dem Tod ihres Vaters auch dieses Privileg weggefallen war, aber sie machte die fehlende Bildung durch Eifer und Interesse wett und erkannte schon bald, dass sie ein Händchen für Zahlen hatte. Mit der Zeit und mit Hilfe des alten Henry hatte sie dann viel über doppelte Buchführung gelernt, über Bilanzierung, Gewinn- und Verlustrechnung und sie hatte auch einige Bücher darüber in der Bibliothek gefunden. Natürlich war diese Beschäftigung mit den Büchern nur in der Zeit möglich, in der niemand von der Familie anwesend war, aber das war Gott sei Dank oft der Fall, denn ihr Onkel und ihre Tante und auch Georgina konnten dem Landleben nicht viel abgewinnen. Und dann war ihr aufgegangen, dass die Beschäftigung mit Zahlen ihr nicht nur Spaß machte, sondern ihr auch dabei helfen könnte, in den Rechnungsbüchern ihres Vaters nach Hinweisen zu suchen, die einen Hinweis auf ein mögliches Mordmotiv liefern könnten. Nur: Dazu musste sie diese Bücher erst einmal haben. Sie wusste, dass es in London ein Archiv gab, wo derartige Unterlagen aufbewahrt wurden, jedenfalls eine gewisse Zeit lang, für den Fall, dass im Nachhinein noch Forderungen gestellt wurden, die entweder bewiesen oder abgewiesen werden mussten. Aber sie wusste weder, wo sie dieses Archiv finden würde, noch, wie lange man die Unterlagen aufbewahrte. Aber es war ein Strohhalm, an den sie sich in dunklen Stunden klammern konnte und dunkle Stunden gab es in ihrem Leben genug!

Wieder schreckte sie aus ihren Gedanken auf als Mary ihre Massage beendete und ihr sanft über das Haar strich.

„Es ist nicht recht, was er mit Ihnen tut, Lady Catherine. Ganz und gar nicht recht. Ein so hübsches Mädchen wir Sie es sind, sollte nicht auf dem Land versauern! Sie sollten sich in London amüsieren, schöne Kleider und Schmuck tragen und einen Mann finden, der Sie von ganzem Herzen liebt, ja, das solltet Sie!" Sie wurde plötzlich ernst und sah Catherine eindringlich an. „Und, Lady Catherine, ich möchte nie wieder hören, dass Sie von der Heirat Ihrer Mutter und Ihres Vaters als Skandal sprechen. Lady Leonora hat auf ihr Herz gehört, was könnte daran skandalös sein? Den Skandal hat Ihr Onkel heraufbeschworen, als er seine Schwester dieses Hauses verwies und bei jeder sich bietenden Gelegenheit schlecht über sie und Ihren Vater sprach!"

Damit drehte sie sich um und schürte das Feuer. Catherine sollte nicht sehen, dass ihr die Tränen kamen wegen des Lebens, das Lord Alverstone dem Mädchen aufzwang, und wegen der immerwährenden Demütigungen, die er sie zu ertragen zwang.

Robert schnappte sich den Weidenkorb, der mit Sandwiches und einem Krug Apfelmost gefüllt war, und verließ die warme Küche. Es hatte ihn einige Zeit und Mühe gekostet, die misstrauische Köchin zu beschwatzen, ihm diese Kleinigkeiten vorzubereiten, aber schließlich hatte sie seufzend nachgegeben und das Gewünschte in den Korb getan. Er hätte gerne auch noch eine Flasche Wein gehabt, aber da war hatte er bei der resoluten Mary auf Granit gebissen. Entweder, weil sie offensichtlich Rechenschaft über die Lebensmittel ablegen musste, die sie verbrauchte, wie ihr penibles Auflisten jedes einzelnen Postens in einem kleinen Buch erahnen ließ. Oder aber, um zu vermeiden, dass Catherine womöglich einen Schwips bekam und dann Dinge tat, die sich nicht schickten. Er grinste amüsiert, denn die alte Mary gebärdete sich ihm gegenüber wie eine Glucke, wenn es um Catherine ging. Er hatte in den wenigen Tagen, die ihn eine leichte Gehirnerschütterung ans Bett gefesselt hatte, herausgefunden, dass sie und die Alte sich sehr nahestanden, und Robert hatte sich schon gefragt, ob sie vielleicht sogar Catherines Großmutter sein konnte. Aber wen er auch fragte, das Gesinde hielt sich bedeckt, sobald das Gespräch auf Catherine kam. Er war ein aufmerksamer Beobachter und hatte schnell erkannt, dass sie anders behandelt wurde, als es die

Bediensteten unter sich taten. Höflicher, ehrerbietiger. Was ihn wieder zu der Frage brachte, welche Stellung sie hier in diesem Haushalt einnahm. Sie hatte Stunden an seinem Bett gesessen, ihn mit ihrer melodiösen Stimme unterhalten, hatte atemlos seinen Berichten von Barbados gelauscht, wobei er aber bei seiner Lüge geblieben war, dort nur als Verwalter zu arbeiten. Er hatte irgendwie das Gefühl, dass es die Vertrautheit, die zwischen ihnen herrschte, zerstört hätte, wenn sie gewusst hätte, dass er den Titel eines Dukes trug. Zu oft hatte er bemerken müssen, dass die Menschen sich seinem Vater gegenüber nicht so gaben, wie sie wirklich waren. Entweder erstarrten sie in Ehrfurcht und gaben sich alle Mühe, seine Wünsche zu erfüllen. Oder aber sie heuchelten Freundlichkeit, sonnten sich in dem Glanz, der den Titelträger umgab, um ihr eigenes düsteres Dasein aufzupolieren. Nein, mit Catherine wollte er die letzten unbeschwerten Stunden genießen, bevor er sich in diese Schlangengrube begab, die der *Ton* in London war.

Er fand Catherine schließlich in dem großen Esszimmer, das außer einem Tisch für zwölf Personen und der passenden Bestuhlung nur eine Anrichte in einem dunklen Mahagoniton aufwies. Überhaupt war alles in diesem Haus eher düster. Düster und... abgewohnt. Jedenfalls empfand er das so. Und an dieser Anrichte stand Catherine, das kupferfarbene

Haar zu einem einfachen Knoten geschlungen und summte eine Melodie, die er nicht kannte. Und sie polierte das Silber. *Was macht sie denn noch alles in diesem Haus?*, fragte er sich nicht zum ersten Mal. Er hatte sie schon Böden schrubben, Wäsche waschen und Mary in der Küche helfen sehen. Und einmal hatte er sie erwischt, als sie in dem Schreibzimmer des Anwesens hinter einem riesigen Schreibtisch gesessen und irgendetwas in Bücher gekritzelt hatte, die verdächtig nach Rechnungsbüchern ausgesehen hatten. Er hatte sie durch die Fensterscheiben betrachtet, wie sie, ihre Lippen mit der Zunge befeuchtend und mit Tintenklecksen an den Fingern, ganz konzentriert geschrieben hatte. Er wusste nicht, was ihn an ihrem Anblick so faszinierte, aber es hatte auf ihn eine sichtbare körperliche Wirkung.

Und nun stand sie hier und polierte Silber. Und wieder spürte er dieses Begehren, das ihr Anblick in ihm auslöste. Dabei hätte sie nicht unterschiedlicher zu den Frauen sein können, die er sonst in sein Bett holte. Er bevorzugte Damen mit weiblichen Rundungen, vorzugsweise im oberen Bereich. Catherine aber hatte, wenn er sich nicht sehr täuschte, in diesem Bereich eher weniger anzubieten und auch sonst war sie fast knabenhaft schlank. Und rothaarig oder waren ihre Haare eher rotblond, oder kupferfarben... oder doch eher brandyfarben? Und manchmal erinnerte die Farbe

ihn eher an die letzten Strahlen der untergehenden
Sonne. Himmel! Seit wann beschäftige er sich so
ergiebig mit Haarfarben? Bisher waren ihm eher
Brünette aufgefallen. Oder rassige Blondinen. So wie
Emily. Er schloss die Augen und seine Hände ballten
sich zu Fäusten. Warum musste er ausgerechnet jetzt an
diese Frau denken, die ihn vor acht Jahren nicht gewollt
hatte, weil er keinen Titel und auch keine Aussicht
hatte, jemals einen zu tragen. Wie sie sich doch geirrt
hatte!
Er räusperte sich und Catherine stieß einen kleinen
Laut des Erschreckens aus bevor sie sich umdrehte.
„Mister Leigthon, Sie haben mich erschreckt!" Sie
fasste sich mit ihren schlanken Fingern ans Herz. Mit
der linken Hand. Obwohl sie Rechtshänderin war, wie
er bemerkt hatte. Ihre unversehrte Hand. Ihre Rechte
versteckte sie, wenn sie keine Handschuhe trug. Auch
das hatte er bemerkt.
„Ich... wollte Sie zu einem Picknick abholen, Miss
Miller. Das Wetter ist heute so schön und ich wollte
mich für alles bedanken, was Sie für mich getan haben,
bevor ich nach London abreise." Er sah kurz Bedauern
in ihren schönen Augen aufleuchten, bevor sie sich
wieder in der Gewalt hatte.
„Oh, Sie müssen wir nicht danken, Mister Leighton.
Das war doch das Mindeste, was ich... wir... für Sie tun
konnten, nachdem..." Sie dachte an Jeff und Rory, die

zwei Lausejungen, die Roberts Pferd mit einer Zwille beschossen und damit das Unheil ausgelöst hatten. Sie ließ den Satz unvollendet und ein kleines Lächeln trat in ihr apartes Gesicht. „Ich habe die Jungen übrigens bestraft. Mit Nachtischentzug." Als er die Augen in gespieltem Entsetzen aufriss, fügte sie hinzu: „Für zwei Wochen!"

„Sie sind grausam, Miss Miller! Es ist doch nichts weiter passiert. Ein dummer Jungenstreich." Er trat näher an sie heran, so nah, dass sie die Wärme spüren konnte, die von seinem Körper ausging. „Die beiden Jungs hätten eher eine Belohnung verdient, weil sie mir Ihre Gesellschaft für ein paar weitere Tage geschenkt haben." Der Blick aus seinen braunen Augen hielt sie fest, zwang sie zu schlucken. Er hatte gesagt, ihre Gesellschaft wäre ein Geschenk! Er war also gerne mit ihr zusammen! Sie hätte nicht glücklicher sein können, wenn er ihr gesagt hätte, sie sei so betörend wie Aphrodite oder so verführerisch wie eine der Sirenen. Sein Gesicht war dem ihren so nahe, dass sie seinen Atem riechen konnte, Minze und... und... Ihr Denken setzte aus, als er federleicht mit seinen Lippen ihre berührte. „Verkürzen Sie die Strafe auf zwei Tage.", flüsterte er und ließ seine Lippen über ihren anmutig geschwungenen Hals gleiten.

„Ja... zwei Tage... reichen wohl..." Sie keuchte leise auf, als er wieder zu ihrer Unterlippe zurückkehrte und daran zu knabbern begann. „Oder doppelten Nachtisch, ab heute." Ihr wurde schwindelig unter seinen Zärtlichkeiten. „Ja... doppelt..." Was stammelte sie da? Abrupt ließ er von ihr ab. Grinsend trat er einen Schritt zurück und reichte ihr mit einer kleinen Verbeugung seinen Arm. „Miss Miller? Ich denke, wir sollten das schöne Wetter ausnutzen und uns endlich aufmachen." Als sie ihn verständnislos ansah, musste er lachen. „Picknick? Sie und ich?"

„Oh, äh, ja, aber wenn Sie fort müssen... Ich will Sie nicht aufhalten. Sie müssen nicht..."

Er nahm ihren Arm und schob sie bestimmt zur Tür. „Doch, ich muss. Ich *will*!", bekräftigte er.

Draußen vor der großen Freitreppe stand sein Pferd, Jeff hielt es am Zügel und schaute betreten nach unten als Robert mit Catherine am Arm in den herbstlichen Sonnenschein trat. Überrascht sah sie ihn an. „Wohin wollen Sie denn? Können wir nicht gehen?"

„Nein, können wir nicht.", sagte er geheimnisvoll und hob sie auf den stämmigen Braunen. Robert nahm dem unruhig von einem Fuß auf den anderen tretenden Jungen die Zügel aus der Hand.

„Ich... äh... also ich... 'tschuldigung, Mister, Mylord!", stammelte Jeff und wagte endlich einen scheuen Blick nach oben. Aber anstatt ihm zu zürnen, wuschelte Robert nur durch seinen Lockenkopf.

„Schon gut, Junge." Mit einem Grinsen deutet er auf

Catherine, die bereits im Sattel saß und die Szene beobachtete. „Ich hab' ein gutes Wort für euch eingelegt. Miss Miller ist nicht mehr böse." Er schwang sich hinter sie in den Sattel und beugte sich noch einmal zu Jeff herunter. „Und heute Abend gibt es eine doppelte Portion!" Er zwinkerte dem sprachlosen Jungen zu, der ihn mit offenem Mund anstarrte und gab seinem Pferd die Sporen.

Catherine spürte dem Gefühl nach, das in ihr aufstieg. Ihr Onkel hätte Jeff verprügelt, wenn nicht schlimmeres, aber Robert war so... verständnisvoll, großzügig. Ein kleiner Teil ihres Herzens, der, der sich dieselbe Behandlung auch für sich selbst wünschte, flog ihm zu.

„Wohin reiten wir?", fragte sie mit belegter Stimme, um diesen erschreckenden Einsichten keinen weiteren Raum zu geben.

Robert beugte sich zu ihr herunter und sein warmer Atem strich über ihren Nacken. Ein Schauer rieselte durch ihren Körper. „Ich dachte, das Cottage wäre ein geeigneter Ort.", flüsterte er und bei dem Klang seiner Stimme stellten sich die feinen Härchen an ihren Armen auf. Sie konnte nichts sagen, nur nicken.

Und dann hob er sie irgendwann vom Pferd, waren Minuten oder Stunden vergangen?, und trat nach ihr in den Raum, der ihnen bei dem Unwetter Schutz geboten hatte. Zunächst bemerkte sie die Verwandlung nicht, aber dann sah sie, dass die Stühle geflickt und der Boden sauber geschrubbt war. Die Spinnweben waren von den Fenstern gefegt und offensichtlich war auch gelüftet worden. Fragend drehte sie sich zu ihm um.

„Äh ich... also die Jungs hatten den Drang, ihr Verhalten wieder gut zu machen. Ich dachte, es könnte nicht schaden, sie für ihr schlechtes Gewissen auch etwas arbeiten zu lassen." Er blickte sie gespielt zerknirscht an. Dann bugsierte er sie auf einen der Stühle, zog ein sauberes Tischtuch aus dem Korb und begann, den Tisch zu decken. Catherine blieb der Mund offen stehen. Sie konnte nicht fassen, dass sich jemand so viel Mühe geben könnte, um sie zu überraschen. Noch dazu jemand wie *Robert!* Sie beobachtete seine geschmeidigen Bewegungen, beobachtet, wie er Sandwiches und eine Karaffe mit Apfelmost hervorzauberte und ganz zum Schluss noch eine kleine Vase. Sie runzelt die Stirn, aber Robert war schon zur Tür hinaus und kam wenig später mit zwei wunderschönen Rosenblüten wieder herein. Etwas schief lächelte er sie an, während er eine rosafarbene und eine weiße Blüte ins Wasser stellte.

„Was..." Aber Robert war schon bei ihr und zog sie vom Stuhl hoch.

„Die Königinnen der Blumen für Sie." Er wartete einen Wimpernschlag, bevor er sie in seine Arme zog. Dann senkte er wieder seine Lippen auf ihre und begann, wie schon zuvor, zärtlich an ihren Lippen zu knabbern. Er ließ seinen Mund über den schnell schlagenden Puls in ihrer Halsbeuge wandern und dann wieder zurück.

Robert bedeckte ihr Gesicht mit Küssen und diese Liebkosungen ließen Catherines Herz in einem so schnellen Takt schlagen, dass sie glaubte, gleich in Ohnmacht zu fallen.

Plötzlich schob Robert sie ein Stück von sich und räusperte sich schwer atmend.

„Entschuldigen Sie, Catherine. Es tut mir leid." Mehr nicht.

Catherine rang ebenfalls nach Atem, fühlte gleichzeitig aber auch Bedauern darüber, dass er sich von ihr distanzierte. Die Gefühle, die seine Küsse in ihr ausgelöst hatten, konnte sie nicht einordnen. Sie wollte, dass Robert sie weiter küsste, wollte dieses Prickeln, das ihren gesamten Körper erfasste hatte, auskosten. Flammende Röte überzog ihre Wangen wegen diese unschicklichen Gedanken und sie hoffte, Robert würde es nicht bemerken, aber als sie aufsah, blickte sie direkt in seine warmen, braunen Augen. An dem Flackern in ihnen erkannte sie, dass er sehr wohl ahnte, in welche Richtung ihre Gedanken abgeschweift waren.

„Ich...", sie räusperte sich, weil ihre Stimme belegt klang, „Mir tut es nicht leid." Himmel, was sagte sie da? Sie wusste nicht, ob es möglich war, aber wenn, dann errötete sie noch mehr.

„Gut. Dann setzen Sie sich." Er schob ihr den Stuhl zurecht und legte ihr ein Gurkensandwich auf eine Serviette. „Leider habe ich heute keinen Wein und Mary wollte mir keinen geben."

„Oh, ich glaube, das ist auch gut so. Ich vertrage wohl keinen Alkohol." Beide mussten lachen als sie an den Abend vor ein paar Tagen dachten. Das löste die Spannung, die entstanden war und Catherine begann, sich zu fassen. Sie wollte diesen letzten Tag mit Robert genießen, ihn zu einer Erinnerung machen, die sie in dunklen Stunden hervorkramen konnte. Wollte sich daran erinnern, dass jemand, *Robert,* sie wahrgenommen hatte. Sich die Mühe gemacht hatte, ihr eine Freude zu bereiten.

Robert hingegen verfluchte sich im Stillen. Er hatte sich hinreißen lassen. Catherines verführerische rote Lippen hatten in ihm den unwiderstehlichen Drang geweckt, sie zu küssen. Von der Süße zu kosten, die sie versprachen, nur um dann festzustellen, dass er bisher nichts Vergleichbares gefühlt hatte, wenn er eine Frau geküsst hatte. Schon als sie dort im Esszimmer gestanden hatte, aufrecht und wunderschön, hatte er an nichts anderes denken können, als daran,seine Lippen auf ihre zu pressen... und mehr. Und als sie dann vor ihm, nach Rosen duftend, im Sattel gesessen und ihren weichen Körper an ihn geschmiegt hatte, da hatte er förmlich den Verstand verloren. Das war zuviel für einen Mann, der schon länger keine Frau mehr in seinem Bett gehabt hatte. Und, um ehrlich zu sein, noch niemals eine Frau wie sie. Sie war mutig und direkt, aber auch verletzlich, wie er anhand ihres Umgangs mit ihrer vernarbten Hand festgestellt hatte. Vermutlich war sie wegen der Narben schon des öfteren verunglimpft worden. Sie kannte sich mit Buchführung aus, was er keiner der Frauen, die er sonst in sein Bett holte, zugetraut hätte. Aber sie schrubbte auch Böden. Sie war voller Widersprüche. Und ihre Stellung in dem Haushalt war mindestens... ungewöhnlich. Bei dem Gedanken, sie könnte womöglich die Mätresse des Viscounts sein, wenn er auf seinem Landsitz weilte, knurrte er unwillig. Denn obwohl er kein Recht dazu hatte, spürte er einen eifersüchtigen Stich im Herzen, wenn er sich vorstellte, wie der Viscount diese ungewöhnliche Frau berührte, ihre zarte, leicht gebräunte Haut streichelte und von der Süße ihres Mundes kostete. Zum Teufel mit ihm! Er musste sich unbedingt von seinen lüsternen Gedanken ablenken! „Waren Sie schon einmal in London?", fragte er zusammenhanglos, nur um etwas zu sagen.

„Ja, früher... habe ich dort gelebt. Ich bin dort geboren." Ihre Stimme klang plötzlich sehr leise und für einen kurzen Moment erlaubte sie sich, Wehmut und Trauer zu empfinden, bevor sie sich wieder in der Gewalt hatte. Aber Robert war die Veränderung, die ihn einen winzigen Augenblick in ihr Herz hatte sehen lassen, nicht verborgen geblieben. Er griff über den Tisch nach ihrer Hand, ihrer rechten Hand. Schnell wollte Catherine sie ihm entziehen, denn obwohl er bereits die Narben gesehen hatte, war es ihr unangenehm, dass er sie dort berührte. Aber er hielt sie mit festem, wenn auch vorsichtigem Druck fest.

„Was ist mit Ihrer Hand passiert, Catherine? War... sind das Erinnerungen an London?" Seine Stimme war wir dunkler Samt, schmeichelnd, mitfühlend.

Sie befeuchtete ihre Lippen mit der Zunge, denn seine Nähe und sein Interesse brachten sie aus dem Konzept. Sie konnte nicht ahnen, was diese kleine Geste bei ihm auslöste, aber Robert fühlte augenblicklich das gesamte Blut in eine bestimmte Region seines Körpers strömen. Oh Gott, dieses Picknick war eine ganz und gar dumme Idee gewesen! Er hätte sich denken können, was es ihm abverlangen würde, ihr so nah zu sein, ohne ihr die Röcke hochschieben und sie nehmen zu können. Denn das durfte nicht sein. Er hatte noch nie Skrupel bei einer Frau gehabt, solange sie sich ihm freiwillig hingegeben hatte, aber bei Catherine erschien es ihm falsch, sie wie eine seiner Geliebten zu behandeln. Obwohl er nichts lieber getan hätte, als sie bis zur Besinnungslosigkeit zu küssen und ihr all die Wonnen zu schenken, die die körperliche Vereinigung zu bieten hatte, hatte sie doch mehr verdient, als hier in diesem baufälligen Cottage auf der Erde von ihm genommen zu werden. Ob der Viscount auch derartige Skrupel gehabt hätte? Ein undefinierbares Grollen entrang sich seiner Brust und Catherine entzog ihm erschrocken ihre Hand. Als ihm aufging, dass sie seine Unbeherrschtheit vollkommen falsch verstanden hatte, stand er auf und ging vor ihr auf die Knie. Vorsichtig nahm er ihre Hand, die sie hinter ihrem Rücken versteckt hatte, wieder in die seine. Ganz behutsam hauchte er einen Kuss auf die Narben auf ihrem Handrücken, und als Catherine nur ein ersticktes Stöhnen hören ließ, aber weiter keine Anstalten machte, sich ihm zu entziehen, bedeckte er jeden einzelnen Finger mit seinem Mund, drehte schließlich ihre Hand um und liebkoste die Stelle am Handgelenk, wo ihr Puls heftig schlug. Als er zu ihr aufsah, blickte er in ihre großen saphirblauen Augen. Er konnte in ihnen lesen, wie in einem Buch, einen kurzen Moment öffnete sie ihm ihre Seele. Er sah ihre Verletzlichkeit und den Schmerz, der kein körperlicher war, Unsicherheit, aber auch Neugier und diese Mischung ließ ihn alles um sich herum vergessen. Er hauchte Küsse auf die zarte Haut ihres Armes, arbeitet sich langsam nach oben, über ihr Schlüsselbein bis hinauf zu ihren köstlichen Lippen, die sich ihm willig öffneten und kostet ihre Süße, die ihm erschien wie Ambrosia. Längst hatte sein Körper und das Verlangen nach ihr die Regie übernommen und als sie ihm keinen Einhalt gebot, wagte er es, ihre Brüste durch den Leinenstoff zu streicheln bis sich ihre Brustwarzen hart gegen den Stoff drückten.

Für Catherine war die Reaktion ihres Körpers auf seine Liebkosungen fast ein Schock. Nie hätte sie gedacht, dass sich die Berührungen eines Mannes so anfühlen könnten, zärtlich und doch fordernd, und Gefühle in ihr wecken könnten, die sie nicht einordnen konnte. Robert hielt immer wieder kurz inne, wohl um ihr Gelegenheit zu geben, das sündig Treiben zu beenden, aber sie wollte nicht, dass er aufhörte. Ihr Körper reagierte mit einer nie gekannten Intensität auf seine Liebkosungen und Catherine ließ sich treiben. Sie nahm Roberts Küsse und Berührungen an wie ein kostbares Geschenk, wohl wissend, dass er sie morgen schon verlassen und sie ihn wahrscheinlich nie wiedersehen würde. Aber in diesem Moment und an diesem Ort gab es keinen Gedanken an morgen, keinen Gedanken daran, was sie im Begriff war, zu verlieren. Es fühlte sich richtig an, Robert das einzige von Wert zu schenken, was sie besaß: ihre Jungfräulichkeit. Für eine Frau wie sie war es ohnehin nicht von Belang, dass sie sich für ihren zukünftigen Ehemann aufsparte. Es würde niemals jemand von Rang und mit einem Titel um ihre Hand anhalten und darüber hinaus war es auch das letzte, was sie wollte. Sie verachtete diese oberflächliche Gesellschaft und wenn sie ihrem Onkel für irgendetwas dankbar war, dann dafür, dass er sie hier auf Stamford Hall wohnen ließ und nicht mit nach London nahm.

„Catherine, bitte, ich will dich. Wenn du Bedenken hast, dann sage es jetzt. Ich fürchte, wenn ich dich noch länger in meinen Armen halte, gibt es kein Zurück mehr.", murmelte er an ihrem Ohrläppchen, während seine Hand immer noch zärtlich über ihre Brust strich. Aber Catherine hatte keine Bedenken. Niemals in ihrem Leben hatte sich etwas richtiger angefühlt. Und vielleicht war das ihre einzige Gelegenheit, dieses aufregende Gefühl kennenzulernen, zu erleben, wie es sich anfühlte begehrt zu werden, diesem Prickeln nachzugeben, das ihren Körper so empfindlich für seine Liebkosungen machte...

Sie stöhnte an seinem Hals, bedeckte sein Gesicht ebenfalls mit Küssen und ergab sich ganz dem Zauber, den er über sie gelegt hatte. Sie hörte ihn heftig einatmen, dann hob er sie in seine Arme und bettete sie vorsichtig auf eine Decke, die in einer Ecke des Raumes lag. War sie schon immer da gewesen? Oder hatte Robert sie dort platziert? Und wenn ja, wann? Vorsichtig löste er die Verschnürung ihres Mieders. In diesem Augenblick war es von Vorteil, keine der aufwändigen Roben des Adels zu tragen, die fast ausnahmslos hinten mit unzähligen Knöpfen zusammengehalten wurden, sondern ein einfaches

Leinenkleid, das zudem noch vorne geschnürt wurde. Ohne aufzuhören, ihr Gesicht und ihren Mund mit fordernden Küssen zu bedecken, schob er ihr Oberteil schließlich herunter, so dass ihre weißen Brüste seinem Blick preisgegeben waren. Catherine hielt einen kurzen Moment den Atem an. So hatte sie noch kein Mann gesehen. Und würde ihm gefallen, was er sah? Sie wusste, dass ihre Oberweite nicht gerade üppig war und bis jetzt hatte sie das auch nie gestört, aber nun zweifelte sie doch an sich. Aber Robert blickte sie nur ehrfürchtig an. „Wie schön du bist." Und in der Tat konnte er in diesem Augenblick nicht mehr verstehen, warum er vollere Brüste bevorzugt hatte. Hier vor ihm lag die Perfektion, weiß, mit rosigen Spitzen, vollendet gerundet und ihr Anblick machte ihn sprachlos. Er beugte sich hinunter und nahm eine der harten Spitzen in den Mund, knabberte, leckte und saugte und als seine Lippen eine feuchte Spur zu ihrer anderen Brust zogen, stöhnte Catherine auf. Sie krallte sich in sein Haar, wollte ihn so an der Stelle halten, die er gerade küsste, aber er lachte nur kehlig auf und löste sich von ihr. „Ich weiß, dass dir das gefällt, Süße, aber ich denke, es gibt noch viel mehr, was dir gefallen würde." Damit zog er sich sein Hemd über den Kopf und hob sie sanft an, um ihr Kleid ganz herunterzuziehen. Sie konnte es nicht erwarten, zu erleben, was noch schöner sein könnte als das, was er gerade schon mit ihrem Körper angestellt hatte, und half ihm bei seinem Tun. Schließlich lag sie nackt vor ihm, und wenn sie sich gerade noch geniert hatte, genoss sie nun die Blicke, die Robert über ihren Körper wandern ließ. Seine Hände streichelten sie, fuhren von ihren Brüsten über ihre Hüften hinab zu ihren Schenkeln, während er sie unablässig küsste. Kurz sog sie scharf die Luft ein, als er die empfindsame Stelle zwischen ihren Beinen berührte, die seit dem Beginn ihres Liebesspieles erwartungsvoll pochte, aber als er ganz langsam begann, sie dort zu streicheln und schließlich vorsichtig einen Finger in sie schob, verging sie fast vor Lust. Robert stieß seinen Finger in dem gleichen Rhythmus in sie, wie seine Zunge ihren Mund eroberte und sie spürte, wie sich eine unbekannte Spannung in ihr aufbaute. Enttäuscht keuchte sie auf, als er plötzlich aufhörte, aber er beeilte sich nur, seine Hose abzustreifen und seine Stiefel auszuziehen, und dann kam er wieder zu ihr.

„Letzte Chance.", knurrte er heiser an ihrem Ohr, aber Catherine wollte ihn mehr als irgendetwas vorher. Sie küsste ihn hingebungsvoll und er legte sich auf sie, spreizte ihre Beine und drang mit einem einzigen Stoß in sie ein. Sie stieß einen heiseren Schrei aus, weil eine Schmerzwelle sie erfasste, als er ihr Jungfernhäutchen durchstieß und Robert hielt verwirrt und erschrocken in seinen Bewegungen inne. Himmel! Sie war noch

Jungfrau gewesen! Soviel zu seiner Vermutung, sie könnte die Geliebte des Viscounts sein. „Oh Gott, Catherine, Liebste, du bist... warst noch Jungfrau! Wenn ich... also wenn ich das geahnt hätte, dann wäre ich vorsichtiger gewesen." Er sah sie mit soviel Reue in seinem Blick an, dass Catherine ihren Schmerz augenblicklich vergaß. Sie zog seinen Kopf zu sich herunter und küsste ihn. „Das hat keine Bedeutung, Robert. Ich will das hier. Ich will es mit dir und ich will es jetzt." Und damit erteilte sie ihm die nötige Absolution, nahm ihm die Gewissensbisse und er begann wieder, sich in ihr zu bewegen. Vorsichtig zwar, um ihr Zeit zu geben, sich an ihn zu gewöhnen, aber doch fordernd und Catherine fühlte schon bald, wie sich etwas in ihr aufbaute, etwas, das sie nie vorher gefühlt hatte und dass doch so mächtig war, dass sie sich unter Robert wand und ihm schamlos ihre Hüften entgegenstreckte. Robert ließ sie keinen Moment aus den Augen, wollte sie sehen, wenn sie Erfüllung fand, und weidete sich an ihren spitzen kleinen Schreien, die seine Stöße begleiteten. Und schließlich ging ein Beben durch ihren Körper, er spürte, wie sich ihre Enge um ihn zusammenzog und ein Pulsieren durch ihren Körper ging. Ihre sonst so klaren Augen trübten sich vor Lust und als er seinen Mund auf ihren presste, um die letzten Zuckungen ihres wundervollen Körpers mitzuerleben, ergoss auch er sich plötzlich in einer nie vorher so intensiv erlebten Erfüllung in sie. Schwer atmend gestatte er sich, einen kurzen Moment auf ihr zu liegen, bevor er sich auf die Seite drehte und sie mit sich zog. Als ihm bewusst wurde, dass er es nicht mehr geschafft hatte, sich vor seinem Samenerguss aus ihr herauszuziehen, verfluchte er sich. Das war ihm noch nie passiert! Entweder benutzten die Frauen, die er in sein Bett holte, kleine Schwämmchen zur Verhütung, oder er zog sich rechtzeitig zurück, aber er war so von Catherine fasziniert gewesen, dass er die Kontrolle über seinen Körper verloren hatte. Der Gedanke, sie könnte womöglich in dieser Sekunde sein Kind empfangen haben, erschreckte ihn. Er nahm sich vor, ihr zu sagen, wie sie ihn erreichen konnte, falls diese Begegnung Folgen haben sollte. Denn wenn es auch vollkommen ausgeschlossen war, dass er sie heiratete, so wollte er doch für seine Unachtsamkeit geradestehen und für sein Kind aufkommen. Er nahm ihr Gesicht in seine Hände und küsste sie lange und zärtlich, bevor er sie etwas von sich schob.

„Catherine, ich... wir... Verdammt! Ich könnte dich gerade geschwängert haben. Ich möchte, dass du weißt, dass ich in diesem Fall selbstverständlich für dich und das Kind sorge." An ihrem nachdenklichen Blick erkannte er, dass auch sie diese Möglichkeit erst jetzt in Betracht zog. Zögernd löste sie sich von ihm und griff nach ihrem Unterhemd. „Das... hatte ich nicht bedacht,

Robert. Aber es hätte an meinem Entschluss, mit dir zu schlafen, nichts geändert." Sie zog sich das grobe Gewebe über den Kopf und legte sich wieder zu ihm.

Einen kurzen Moment kamen ihm Zweifel. Hatte sie sich ihm hingegeben um versorgt zu sein? Wusste sie etwa, dass er ein Duke war und wollte ihn so in eine Ehe zwingen? Wäre sie eine der vornehmen jungen Damen der Gesellschaft gewesen, hätte es jetzt für ihn nur einen Ausweg aus dieser Situation gegeben: er hätte sie heiraten müssen. Aber sie konnte doch wohl nicht darauf spekulieren? Sie war... hinreißend, schön und sinnlich, aber sie war nur ein einfaches Mädchen! Ganz abgesehen davon, dass er überhaupt nicht vorhatte, zu heiraten. Niemanden, keine Debütantin und sie auch nicht!

Catherine stützte sich auf ihren rechten Ellenbogen und sah Robert ernst an. Sie musterte sein markantes Gesicht, fuhr mit der linken Hand über die Muskelpakete seiner Arme und beugte sich schließlich zu ihm herunter, um ihn zu küssen. Sofort meldete sich sein Körper wieder und er erwiderte ihre Berührungen mit neu erwachender Begierde. Was hatte diese Frau nur an sich, dass er alles um sich herum vergaß, wenn er sie in seinen Armen hielt?

Catherine kicherte, als er ihr Unterkleid hochschob und sich ein weiteres Mal ausgiebig ihrem verführerischen Körper widmete.

Robert saß in seinem Arbeitszimmer des luxuriösen Stadthauses, das nun ihm gehörte und versuchte, sich auf die vor ihm liegenden Unterlagen zu konzentrieren. Oakwood Manor, das Landgut, das nun ebenfalls ihm gehörte, warf einen guten Gewinn ab und auch sonst war es um die Finanzen der Familie gut bestellt. Soviel hatte er in den Tagen seit seiner Ankunft in London bereits herausgefunden. Aber das war es auch schon. Er war von einer inneren Unruhe ergriffen, die eine ganz bestimmte Frau in ihm hervorrief. Und diese Frau hatte kupferrotes Haar, saphirblaue Augen, konnte lästerlich fluchen, vertrug nicht viel Wein und schnarchte. Sie hatte mit einer nicht geladenen Duellpistole auf ihn gezielt und der Gedanke an ihren aufregenden Körper ließ ihn nicht mehr ruhig schlafen!

Er war seit seiner Ankunft vor gut zwei Wochen bereits zweimal in einem einschlägigen Etablissement gewesen und auch wenn sich die betreffenden Damen sehr viel Mühe mit ihm gegeben hatten, musste er im Nachhinein doch feststellen, dass er nicht mehr mit der gleichen Begeisterung bei dieser einen Sache war, wie noch vor der Begegnung mit Catherine. Seine These, dass sein Verlangen nach dieser einen Frau nur seiner Enthaltsamkeit zuzuschreiben war, war schlichtweg falsch. Er sehnte sich mehr denn je nach ihrem weichen Körper, der sich so vertrauensvoll in seine Arme geschmiegt hatte als sie betrunken gewesen war - oder jedenfalls angeheitert. Und sie hatte geschnurrt wie ein Kätzchen, wenn sie nicht gerade geschnarcht hatte, und es hatte sich so gut angefühlt, sie zu halten. Und dann diese unvergleichlichen Stunden im Cottage, als er sie hatte lieben dürfen, mit zärtlicher Hingabe belohnt worden war und nicht genug von ihr hatte bekommen können! *Ich danke dir für diese Stunden, leb' wohl!,* hatte sie beim Abschied schlicht gesagt. Nicht mehr und nicht weniger. Keine Forderung, kein Bedauern. Nur diese Mischung aus Sehnsucht und Verletzlichkeit in ihren Augen. Wenn er wieder nach Oakwood Manor zurückkehrte, würde er sie aufsuchen. Er musste sie einfach wiedersehen!

Es klopfte leise an der Tür und Robert war froh, von seinen Gedanken an diese Frau abgelenkt zu werden. Aber noch bevor er Herein rufen konnte wurde die Tür auch schon aufgestoßen und seine Schwester Annabel rauschte herein.

„Schon gut, Caleb.", beruhigte er den erschrocken dreinblickenden Diener, der soeben seine Schwester hatte ankündigen wollen. „Die Marchioness liebt dramatische Auftritte!"

An seine Schwester gewandt sagte er: „Liebste Annabel, wie schön dich zu sehen!"

Annabel streifte sich die Handschuhe ab und wandte sich an den immer noch in der Tür verharrenden Diener. „Caleb, bringen Sie uns doch bitte etwas Tee und, wenn Mrs. Stone noch welche hat, dann auch von ihren hervorragenden Scones." Mit einem Nicken entließ sie den Diener.

„Niemand macht so gute Scones wie deine Köchin, Robert!"

Robert lehnte sich amüsiert in seinem Stuhl zurück und musterte seine Schwester. Er hatte sie gute acht Jahre nicht gesehen, aber sie hatte sich kaum verändert in dieser Zeit. Noch immer gehörte ihr der Raum, den sie betrat. Sie strahlte eine Würde und Autorität aus, die Robert sich in seinen jüngeren Jahren gewünscht hätte. Annabel war fünf Jahre älter als er, also fünfunddreißig, aber sie hatte das Temperament eines jungen Mädchens. Zwar hatten sich in ihr Gesicht einige Linien eingebrannt, die er noch nicht kannte, aber sie war immer noch eine Schönheit. Ihr dunkelblondes Haar trug sie auffällig hochgesteckt, was ihre ebenmäßigen Gesichtszüge vorteilhaft unterstrich. Und ihre braunen Augen strahlten ihn noch immer voller Wärme an, während auch sie ihn einer Musterung unterzog.

„Wenn der Prophet nicht zum Berg kommt, lieber Bruder, dann kommt der Berg eben zum Propheten! Du hättest mich ruhig schon eher aufsuchen können,

Robert. Wie ich hörte, bist du bereits seit gut zwei Wochen wieder in London und hast bereits einige Bälle besucht. Oder bist du so beschäftigt, dir eine Ehefrau zu suchen, dass du keine Zeit für mich hast?" Sie zog einen übertriebenen Schmollmund und lachte ihn dann an.

„Ich weiß nicht, was du meinst, Annabel. Ich bin nicht auf der Suche nach einer Ehefrau, Gott bewahre. Aber du hast recht, ich hätte dich schon längst aufsuchen sollen." Er räusperte sich ein wenig verlegen, denn auch wenn Annabel und er immer mehr Freunde als Geschwister gewesen waren, ließ sich eine gewisse Entfremdung wegen der langen Zeit, die sie sich nicht gesehen hatten, nicht leugnen. Offenbar sah seine Schwester das anders, denn sie stand plötzlich auf, ging um den Tisch herum und drückte ihm einen Kuss auf die sorgfältig rasierte Wange. „Ich habe dich vermisst, Robert.", sagte sie ernst, dann setzte sie sich wieder auf ihren Stuhl ihm gegenüber.

„Annabel, ich hätte..." Er dachte an den Tod ihres Gemahls vor vier Jahren, als er ihr lediglich ein paar Worte des Trostes geschrieben hatte. „Ich hätte herkommen und für dich da sein sollen." Er war immer Annabels Lieblingsbruder gewesen, und er wusste auch ohne dass sie es aussprach, dass sie genau das von ihm erwartet hatte. Aber zu dem Zeitpunkt lebte sein Vater noch und nach England zurückzukehren hätte auch bedeutet, sich diesem unerbittlichen Mann stellen zu müssen. Dem Mann, dem er nie etwas hatte recht machen können. Schon gar nicht, als bekannt geworden war, dass er einem Eisenwarenhändler eine horrende Summe als Kredit gewährt hatte, weil er daran glaubte, dass die von Richard Trevithick 1804 vorgestellte Dampflok das Fortbewegungsmittel der Zukunft sein würde. Und für deren Bau brauchte man Eisen, viel Eisen. Was hatte also näher gelegen, als mit jemandem ins Geschäft zu kommen, der genau mit diesem Metall handelte? Nur war dieser Jemand ganz offensichtlich ein Betrüger gewesen, denn man hatte ihn eines Tages erschossen in seinem Büro gefunden. Die gezeichneten Wechsel, die Robert ausgestellt hatte, waren bei der Bank eingelöst worden, aber man hatte bei der Durchsuchung der Geschäftsräume und auch im Tresor der Firma keine nennenswerten Beträge gefunden. Wahrscheinlich hatte der Mann also seinem Leben ein Ende gesetzt, weil er sich verspekuliert hatte. In den Augen seines Übervaters hatte Robert damit bewiesen, dass er ein Versager war. Es war schon immer eine Hassliebe gewesen, die ihn mit seinem Vater verband, weil dieser ihm immer wieder seine älteren Brüder als leuchtende Vorbilder präsentiert hatte. Zeit seines Lebens hatte Robert um die Anerkennung seines Vaters gekämpft, es hatte sogar Zeiten gegeben, da hätte er für ein einfaches „Gut gemacht" aus dem Mund seines

Vaters fast alles getan.

Erst viel später war ihm aufgegangen, dass dieser finanzielle Verlust im Grunde gar keine Rolle spielte. Er hätte auch einen immensen Gewinn mit dem Geschäft machen können und es hätte doch nicht für ein Lob gereicht. Aber immerhin war diese Transaktion der Auslöser dafür gewesen, England und damit den Einflussbereich seines Vaters zu verlassen. Und er hatte gut daran getan. Er war als Mensch gereift, hatte sich frei gemacht von den Konventionen, die sein altes Leben ihm auferlegt hatte. Das Leben auf Barbados war hart, nicht nur körperlich. Er hatte sehr schnell Gefallen an der Mitarbeit auf seinen Plantagen gefunden, die körperliche Anstrengung war ein Ventil für seine Aggressionen gewesen, die er seinem Vater gegenüber immer noch gehegt hatte. Das Leben dort war einfach und ehrlich, jedenfalls für ihn. Er hatte nie so gelebt wie andere Plantagenbesitzer, in repräsentativen Villen mit einem Heer von Sklaven. Sein Haus war eher zweckmäßig gewesen, am Anfang, weil er sich nichts anderes hatte leisten können, und dann, weil er es zu lieben begonnen hatte. Die Zeit auf Barbados war Balsam für seine verletzte Seele gewesen. Nur so hatte er zu dem Mann werden können, der er heute war. Er fühlte Heimweh bei dem Gedanken an Barbados und ganz sicher würde er eines Tages dorthin zurückkehren. Aber im Augenblick musste er hier alles ordnen, musste

98

sich dem *Ton* stellen, den er innerlich so verabscheute. Aber er war nun einmal ein Duke, gehörte schon deswegen dazu und musste gute Miene zu bösem Spiel machen.

„Ja, vermutlich hättest du nach Hause kommen sollen, wenigstens, als Vater im Sterben lag, aber ich verstehe auch, warum du das nicht konntest, Robert." Warum nur war Annabel immer so verständnisvoll? Er hätte eher damit umgehen können, wenn sie ihm Vorwürfe gemacht hätte! Sich nicht mit seinem Vater versöhnt zu haben, nicht bei ihm gewesen zu sein, als er im Streben lag, belastete noch heute sein Gewissen. Vielleicht hätte er die Absolution bekommen, an der ihm so gelegen gewesen war. Wahrscheinlich war er deswegen so darauf bedacht, seinen Platz in der Gesellschaft einzunehmen, sozusagen als posthume Wiedergutmachung, als letzte Chance, sich seines Vaters als würdig zu erweisen, auch wenn dieser es nicht mehr erlebte.

„Lass uns dieses Kapitel schnell abhaken, Robert. Erzähl mir lieber, wer schon bald den Platz an deiner Seite einnehmen wird, wer die beneidete neue Duchess of Harrisford wird? Ist es etwa diese kleine, entzückende Lady Elisabeth?" Neugierig beugte sie sich zu Robert hinüber.

„Welche Lady Elisabeth?"

„Die, mir der du bei Lady Crawfords Ball zweimal

Walzer getanzt hast, Bruderherz! Die Wetten auf sie als Favoritin sind auf 100 Pfund angewachsen seit diesem Abend!"

Robert stöhnte auf. Es war eine Sache, dass er im Wettbuch bei White's eine solche Aufmerksamkeit bekam, eine ganz andere, dass seine Schwester davon wusste. Wenn sie es nämlich wusste, dann ganz bestimmt auch sämtliche Klatschbasen bei Almack's! Er hatte sich nichts dabei gedacht, Lady Elisabeth ein zweites Mal aufzufordern. Genau genommen hatte ihre Mutter ihn mit einer Bemerkung zu der leeren Tanzkarte ihrer Tochter förmlich dazu gezwungen, erneut mit ihr zu tanzen. Ein Gentleman konnte eine derart plumpe Aufforderung nicht einfach überhören, wollte er die Dame nicht unnötig in Verlegenheit bringen. Aber das bewies nur, dass er in Zukunft noch vorsichtiger sein musste, wollte er nicht irgendwann gezwungen sein, eine diese albernen Debütantinnen zu ehelichen!

„Ich bitte dich, Annabel! Du weißt doch, wie schnell man bei White's Gegenstand einer Wetter wird! Ich habe zweimal mit dieser Lady Elisabeth getanzt und sie ist auch ganz nett, aber..."

„Aber?"

Aber sie konnte ganz sicher nicht fluchen und sie würde auch ganz sicher auch keinen Wein aus etwas anderem als einem Kristallkelch trinken!

„Robert?" Er fühlte förmlich, wie seine Schwester ihn mit ihren Blicken durchbohrte, obwohl er begonnen hatte, gelangweilt in seinen Papieren zu blättern. Warum kam Caleb nicht endlich mit den Scones und dem Tee? Er seufzte.

„Sie ist ganz nett, Annabel. Nicht mehr und nicht weniger."

In diesem Augenblick kam Caleb tatsächlich und stellte ein Tablett mit dem Gewünschten auf eine freie Stelle des großen Schreibtisches. Als er den Tee einschenken wollte, scheuchte Annabel ihn mit einer Handbewegung hinaus.

„Ich mache das schon, Caleb." Und als er die Tür hinter sich geschlossen hatte, fügte sie hinzu: „Jetzt wird es nämlich gerade spannend."

Sie goss Tee aus der Kanne in zwei Tassen, tat sich ein Stückchen Zucker hinzu und für Robert nur etwas Milch. Wieder wunderte er sich, dass sie so aufmerksam war und sich das gemerkt hatte. Sie nahm einen kleinen Schluck, dann sah sie ihn neugierig an.

„Also, wer ist sie?"

„Wer ist was, Annabel?"

„Die Frau, die dir im Kopf herumspukt, Bruderherz."

Robert verschluckte sich prompt an seinem Tee und musste husten.

Catherine Miller! Laut sagte er:„Annabel! Es gibt keine Frau, die mein Interesse erregt hätte und ich habe auch nicht vor, in naher Zukunft zu heiraten." Aber seine Schwester wäre nicht seine Schwester, wenn sie sich so leicht zufrieden geben würde.

Sie sah ihn herausfordernd an während sie sich ein Gebäckstück vom Tablett nahm und es dick mit Butter und Orangenmarmelade bestrich. Ihr Schweigen reizte ihn, sich erneut zu rechtfertigen.

„Annabel, bitte. Wenn ich jemals über eine Heirat nachdenken sollte, dann wirst du die Erste sein, die es erfährt. Aber da gibt es niemanden, ehrlich." *Nur Catherine, immer wieder Catherine!* Und warum, zur Hölle, dachte er jetzt schon an sie, wenn er auf' s Heiraten angesprochen wurde?

Annabel lehnte sich in ihrem Stuhl zurück.

„Oder triffst du dich wieder mit Lady Emily?" Betont beiläufig erwähnte sie die erste große Liebe ihres Bruders, die allerdings unerfüllt geblieben war, weil die begehrte Emily Walcott einem Earl den Vorrang vor dem dritten Sohn eines Dukes gegeben hatte. Einem dritten Sohn, der nach menschlichem Ermessen niemals über einen bedeutenden Titel verfügen würde und damit für Emily Walcott niemals in Betracht gekommen war. Annabel beobachtete Roberts Reaktion auf die Erwähnung dieser Frau unter gesenkten Lidern hervor.

„Lady Emily?" Robert spürte noch immer einen leichten Stich im Herzen, wenn er an die Frau dachte, die ihm damals einen Korb gegeben hatte, nur um Tage später ihre Verlobung mit dem Earl of Leyburn bekannt zu geben.

„Ja, Lady Emily Walcott, Countess of Leyburn. Wusstest du nicht, dass ihr Gemahl vor einiger Zeit verstorben und sie auf der Suche nach einem neuen Gönner an ihrer Seite ist?" Annabel sah das leichte Zucken um Roberts Mundwinkel und versuchte zu ergründen, ob sie mit ihrer Vermutung, er hätte seine Beziehung zu dieser Frau wieder aufgenommen, ins Schwarze getroffen hatte. Sie selbst hatte nie viel von dieser zwar verrucht schönen, aber stets um ihren gesellschaftlichen Aufstieg bemühten Frau gehalten. Leider waren die meisten Männer offensichtlich mit Blindheit geschlagen - oder auch gerade nicht, angesichts der außergewöhnlichen Erscheinung besagter Dame ! -, denn nicht nur Robert, sondern fast der gesamte *Ton* hatte ihr zu Füßen gelegen, einschließlich der bereits verheirateten Exemplare.

„Lady Emily ist hier? In London?" Er wusste nicht, warum er das fragte, denn im Grunde interessierte es ihn nicht mehr, was diese Frau tat oder wo sie sich aufhielt. Oder belog er sich selber, wenn er sich unbeteiligt gab? Wenn er an die Zeit dachte, die sie miteinander verbracht hatten, bevor sie die Frau eines anderen geworden war?

„Warum sollte sie nicht in London sein? Ihr hat es nie gefallen, dass der Earl of Leyburn sie quasi auf seinem

Landgut weggesperrt hat. Er hat nämlich ziemlich schnell erkennen müssen, dass seine Gemahlin die Heirat mit ihm nicht als Hindernis sah, sich auch anderweitig zu vergnügen. Aber das war ja, als du schon längst auf Barbados warst."

Robert spürte so etwas wie Genugtuung als er sich vorstellte, dass Lady Emily, strahlend schöner Mittelpunkt der Londoner Gesellschaft, sich mit ihrer ehrgeizigen Heirat selbst in einen goldenen Käfig gesperrt hatte. Ganz sicher hatte sie nicht damit gerechnet, dass ihr eifersüchtiger Ehemann sie von allen Vergnügungen des *Tons* fernhalten und auf sein Landgut verfrachten würde!

„Lady Emily ist also in London.", stellte Robert mit belegter Stimme fest. Seinem Tonfall konnte Annabel jedenfalls nicht entnehmen, ob er sich darüber freute.

Catherine bestieg die Kutsche, die vor der großen Freitreppe von Stamford Hall stand, mit gemischten Gefühlen. Sie würde nach London fahren! Ihr Onkel hatte ihr mitteilen lassen, dass er sie dort erwartete! Ihre Cousine Georgina brauche eine Gesellschafterin und Lord Alverstone hatte beschlossen, dass sie diese Aufgabe übernehmen sollte. Gesellschafterin! Catherine wusste nicht genau, was ihr Onkel von ihr erwartete, aber wenn es sie nach London brächte, dann sollte ihr alles recht sein!

Die Kutsche setzte sich in Bewegung und Catherine winkte der alten Mary, die oben an der Treppe stand und sich die Tränen aus den Augen wischte, mit Wehmut im Herzen zu. Zwar freute sie sich auf London, aber sie ließ auch viele Menschen hier auf Stamford Hall zurück, die ihr etwas bedeuteten. Darüber hinaus war das alte Gemäuer die einzige greifbare Verbindung zu ihrer toten Mutter, sah man von den Erinnerungen, die Catherine stets im Herzen trug, einmal ab. Stamford Hall war Leonoras Zuhause gewesen, hier war sie aufgewachsen und Catherine hatte viele Stunden in dem ehemaligen Schlafzimmer ihrer Mutter verbracht und sich ihr dabei so nah gefühlt. Es fiel ihr daher nicht leicht, diesen Ort zu verlassen. Andererseits war Stamford Hall nie ihr eigenes Heim gewesen, hatte nie die Stellung eines liebevollen Zuhauses eingenommen und wenn auch Mary wie eine Großmutter für sie war, so wusste sie doch, dass sie diese Erinnerungen und Gefühle hinter sich lassen musste. London bot ihr die Möglichkeit, die Nachforschungen zu den Umständen des Todes ihres Vaters wieder aufzunehmen, und vielleicht, ganz vielleicht, bot ihr dieser Aufenthalt auch die Möglichkeit, sich aus der Abhängigkeit ihres Onkels zu befreien. Sie hatte schon oft darüber nachgedacht, ihren Onkel zu bitten, sich für sie umzuhören, ob es jemanden gab, der sie einstellen würde. Immerhin musste es doch auch im Interesse ihres Onkels sein, wenn sie ihm nicht länger auf der Tasche lag! Catherine hatte keine Ahnung, als was sie sich bewerben sollte, sie hatte keine Referenzen aufzuweisen und noch nicht einmal eine Ahnung, was ihr Onkel von ihr als Gesellschafterin ihrer Cousine erwartete! Und als Buchhalterin, die einzige Sache, die sie wirklich außergewöhnlich gut beherrschte, hätte sie als Frau keine Chance. Niemand würde eine Frau mit der Überwachung des eigenen Vermögens betrauen, so viel wusste sie, auch wenn sie die letzten Jahre weit ab von London gelebt hatte! Aber immerhin würde sie in London bessere Möglichkeiten haben, eine Anstellung zu finden, als auf dem Land!

Catherine betrachtete die vorüberziehende Landschaft, die bunt gefärbten Blätter der Bäume, die jetzt im Spätherbst ihre volle Farbenpracht entfalteten und genoss die Sonnenstrahlen, die durch das milchig gewordenen Glas des Fensters ins Innere der Kutsche fielen. Sie wusste schon jetzt, dass sie Stamford Hall und das Leben auf dem Land vermissen würde, aber in ihrer Position hatte sie keine Wahl, zu entscheiden, wo sie sein wollte oder nicht sein wollte. Ihr Onkel bestimmte über ihr Leben und er wollte, dass sie nach London kam!

Robert ließ sich das strahlend weiße Halstuch von seinem Diener zu einen komplizierten Knoten binden und zog sich danach seinen eleganten, mitternachtsblauen Gehrock über die silbern schimmernde Weste. Wie er diese steife Mode doch hasste! Er sehnte sich in Augenblicken wie diesen nach der unkonventionellen, aber dafür umso praktischeren Kleidung, die man auf Barbados trug. Hemd, Hose, Stiefel, fertig! Bei gesellschaftlichen Anlässen wie Bällen, trug der Landadel auf der immer heißen Karibikinsel zwar formellere Kleidung, aber diese war bei weitem nicht so eng und erdrückend wie diese Mode, die George Byron Brummel, auch Beau Brummel genannt, als die einzig passende propagierte! Dieser stadtbekannte Dandy und selbst ernannte Stilikone der feinen Gesellschaft erschien zu keiner Gelegenheit nicht perfekt gekleidet, benötigte mehrere Stunden, um sich ausgehfertig zu machen und polierte nach eigenen Angaben seine glänzenden Lederstiefel mit Champagner. Unwillig brummend nahm Robert seinen Hut und die Handschuhe aus feinstem Rehleder und verließ das Haus. Hätte er Annabel nicht versprochen, sie heute auf den Ball bei Lord und Lady Hawthorne zu begleiten, hätte er einen weiteren geruhsamen Abend vor dem Kamin in seiner Bibliothek gesessen und den teuren Brandy genossen, den er im Keller des Hauses aufgespürt hatte. Und an *sie* gedacht, wie schon den Abend zuvor und den davor und...

So aber musste er sich wieder einmal der Gesellschaft präsentieren, mit affektierten Debütantinnen tanzen, mit ihren Müttern plaudern und sich tunlichst von dunklen, einsamen Gängen und Zimmern fernhalten, die ihm zu Verhängnis werden konnten!

Aber andererseits tat es ihm vielleicht auch ganz gut, sich von den Gedanken an diese unkonventionelle Schönheit abzulenken, die ihm das Schicksal an diesem stürmischen Tag in sein bis dahin geordnetes Leben geworfen hatte. Er hatte sich noch immer nicht für eine Mätresse entscheiden können, obwohl es bereits einige Frauen gab, die sich als solche empfohlen hatten, aber immer wieder tauchte Catherine vor seinem inneren Augen auf, wenn er gerade dabei war, sich näher mit einer dieser Damen zu befassen. Damit musste jetzt Schluss sein, denn auch wenn er nicht vorhatte, sich offiziell an eine Ehefrau zu binden, so stand es doch vollkommen außer Frage, dass er für bestimmte Stunden jemanden brauchte, der ihm das Bett wärmte.

Eine Frau, die keine über das finanzielle hinausgehende Anforderungen an ihn stellen würde und mit deren Diskretion er rechnen konnte. Vielleicht ergab sich ja an diesem Abend etwas, dann hätte sich der Ausflug in die feine Gesellschaft wenigstens aus diesem Grunde gelohnt.

Obwohl er lieber geritten wäre, hatte er seinen schwarzen Landauer vorfahren lassen, denn immerhin musste ein Duke repräsentieren und darüber hinaus würde er Annabel von zuhause abholen. Und da es wieder einmal zu regnen begonnen hatte, blieb ihm nichts anderes übrig, als für den kurzen Weg zu dem prachtvollen Anwesen der Hawthornes die Kutsche zu nehmen, wollte er nicht wie ein gerupftes Huhn dort ankommen.

Annabel wurde von einem ihrer Diener unter einem großen Schirm bis vor die Kutsche begleitet und ließ sich kurz darauf mit einem leicht genervten Seufzen in das Polster sinken, nur um kurz darauf die Augen weit aufzureißen.

„Robert!" Ihre großen braunen Augen wanderten über seine äußere Erscheinung und ihr schien außergewöhnlich gut zu gefallen, was sie da sah.

„Herrgott, wenn du dich so herausputzt musst du dich nicht wundern, wenn alle unverheirateten, und wahrscheinlich auch die verheirateten Damen des *Tons* dir ihre Aufmerksamkeit schenken!" Sie kicherte und überging betont lässig seine wachsende Unruhe.

„Du wirst dich heute sehr vorsehen müssen, wenn du nicht vorhast, unfreiwillig eine der Damen zu deiner Duchess zu machen! Ich habe da so einiges aufgeschnappt..." Sie ließ ihn im Unklaren darüber, was sie in Bezug auf seine Person gehört hatte, aber das entsetzte Gesicht ihres Bruders zeigte ihr, dass er auch so verstanden hatte, worauf sie anspielte.

„Mach nicht so ein Gesicht, als würdest du zum Tode verurteilt, Robert. Was ist Schlimmes daran, sich eine nette Frau zu suchen und einen Erben zu zeugen?"

„Ich will keine Frau und auch keinen Erben!", brummte er verstimmt, aber Annabel sah ihn mit einem Mal sehr ernst an.

„Robert, du kannst dich nicht auf ewig deiner Verantwortung entziehen. Ob du es willst oder nicht, du bist der neue Duke of Harrisford und als solcher musst du dich der Gesellschaft stellen. Es wird von dir erwartet, dass du heiratest und dafür sorgst, dass der Titel weitergeführt wird!"

Und obwohl es ihn nicht überraschte, sie so reden zu hören, vertrieb diese Wahrheit doch den Gedanken an jedwede Vergnügung, der er sich im Laufe des Abends hatte hingeben wollen.

Catherine betrachtete sich in dem grauen Musselinkleid, das ihre Figur unvorteilhaft umspielte, weil es wie ein alter Sack an ihrem schlanken Körper herunter hing. Natürlich war es ein altes, abgelegtes Kleid von Georgina, die inzwischen zwar etwas größer was als sie selbst, dafür aber auch erheblich fülliger. Vielleicht, wenn sie irgendwo noch ein Band fände, das sie unterhalb ihrer Brust umbinden könnte, würde der Eindruck von Unförmigkeit gemildert, aber so wie es aussah, würde sie ihren ersten Ball als Anstandsdame ihrer Cousine so überstehen müssen! Überhaupt hatte sich ihr Aufenthalt in London anders entwickelt, als sie es sich vorgestellt hatte. Wobei sie sich fragte, was sie sich genau vorgestellt hatte, als ihr Onkel sie nach London holte. Jedenfalls nicht das, was hier auf sie gewartet hatte, soviel war sicher. Sie hatte den ganzen Tag unsichtbar zu sein, besonders wenn Besuch kam, durfte das Haus nicht ungefragt verlassen und wenn, dann nur in Begleitung dieses widerlichen Finley, den ihr Onkel ihr als Aufpasser zugewiesen hatte. Überhaupt hatte sie aber bisher nur einmal die Läden in der Bond Street von innen gesehen, nämlich als ihre Cousine und ihre Tante Maude sich bei einer angesagten Modistin neu einkleideten und jemanden brauchten, der ihre Hutschachteln und Kleiderkartons trug. Ein wenig nagte der Neid an Catherine, wenn sie an die prächtigen Seidengewänder dachte, die Madame Genevieve für die beiden anfertigen würde, in unschuldigem Weiß für Georgina und in grellen Farben wie Gelb und Rot für Tante Maude. Ein wenig beruhigte sie der Gedanke, dass auch diese aufwendigen Kleider nicht darüber hinwegtäuschen konnten, dass beide Frauen ziemlich hässlich waren. Zumindest in ihren Augen, aber vielleicht war ihr Blick ja auch nicht ganz frei von Neid.

Und so stand Catherine vor dem Spiegel und streckte ihrer unscheinbaren Erscheinung die Zunge heraus. Wahrscheinlich würde es ohnehin niemandem auffallen, wie sie gekleidet war. Ihre Tante hatte den Spagat geschafft, dass sich das hässliche graue Kleid so eben am Rande dessen bewegte, was noch als schicklich für eine Anstandsdame zu diesem Anlass galt. Aufgrund der zarten weißen Stickerei am Saum und am Ausschnitt nicht einfach nur Tageskleid, aber eben auch nicht Abendrobe. Damit wäre sie quasi unsichtbar für den *Ton,* was ihr nur recht war. Catherine griff nach den einfachen Handschuhen aus Baumwolle, das einzige Accessoire, das ihre Tante ihr zugestand. Natürlich nur, um die hässliche Narbe an ihrer rechten Hand zu verbergen. Nicht um Catherine vor neugierigen, mitleidigen Blicken zu schützen, sondern einzig darum, sich und die anderen Damen der Gesellschaft nicht diesem „ekelhaften Anblick"

auszusetzen. Das hatte Tante Maude gesagt. Wörtlich.
Mit Wehmut dachte sie an den Tag zurück, an dem sie
und Robert sich geliebt hatten. Er hatte nicht eine
Sekunde gezögert, ihre Hand zu berühren, war nicht
abgestoßen gewesen von den Narben und hatte sie
sogar mit seinen warmen, weichen Lippen liebkost.
Robert! Wie oft hatte sie in den letzten Wochen an ihn
gedacht, an seine leidenschaftliche aber auch zärtliche
Art, sie zu berühren, in ihrem Körper Gefühle zu
entfachen, die sie nicht einordnen konnte, die aber ganz
sicher etwas mit Begehren zu tun hatten. Wie oft hatte
sie nachts wach gelegen und sich gewünscht, er wäre
bei ihr, würde sie halten und lieben, bis beide außer
Atem waren! Aber das alles würde ein Traum bleiben,
denn es war unwiderruflich vorbei. Zwar hatte Robert
ihr erklärt, wie sie ihn auf Oakwood Manor erreichen
könnte, falls... nun, falls sie schwanger wäre, aber das
klang nicht gerade danach, dass er vorhatte, sie zu
umwerben, wie sie es sich insgeheim erhofft hatte. Sie
hatte ihn gehen lassen, ohne Bedauern, dass sie sich
ihm hingegeben hatte, aber es tat weh, sich
einzugestehen, dass es ihm offenbar nicht so viel
bedeutet hatte wie ihr!
Als sie sich schon zum Gehen wenden wollte, fiel ihr
Blick auf das weiße Baumwollband, das die Vorhänge
ihres bescheidenen Zimmers im Dienstbotentrakt
zurückhielt. Das würde gehen! Schnell löste Catherine

das Band und steckte es sich in die bis zum Ellenbogen reichenden Handschuhe. Sie würde es erst auf dem Ball umbinden können, wenn Tante Maude und Georgina gerade nicht hinschauten, sonst würden sie es ihr womöglich verbieten. Immerhin sollte sie mit ihrem Aussehen kein Aufsehen erregen, was offenbar in den Augen von Tante Maude nur dann gegeben war, wenn man sie in hässliche graue Musselinkleider steckte, die wie ein Sack an ihr herunterhingen.

Catherine hielt die Luft an, als Tante Maude und Georgina nach gefühlten Stunden, die sie im Foyer auf die beiden gewartet hatte, endlich die breite Marmortreppe herunterkamen.

Gerorina trug ein Kleid aus weißer Seide, über und über besetzt mit großen und kleinen Rüschen aus Brüsseler Spitze, am Busen und an den Säumen abgesetzt mit einer breiten, goldenen Borte, was sie noch pummeliger erscheinen ließ, als sie ohnehin schon war.

„Komm, mein Engel!", flötete Tante Maude ihrer Tochter zu und ließ sich von einem bereitstehenden Diener ihren samtenen Umhang reichen.

Wenn so Engel aussehen, dann ist die Hölle vielleicht doch kein so schlechter Ort, dachte Catherine boshaft, ließ sich aber nichts anmerken. Die beiden Frauen rauschten durch die Eingangstür und beachteten sie nicht weiter, wohl wissend, dass sie schon folgen würde.

Das einzig beherrschende Gesprächsthema der beiden Frauen schien zu sein, ob der Duke of Harrisford wohl dieses Mal die Gesellschaft mit seiner Anwesenheit beehren würde, und der Ton, in dem Tante Maude von diesem Mann sprach, ließ Catherine glauben, dass sie in ihm einen potentiellen zukünftigen Gemahl für Georgina ausgemacht hatte.

„Meinst du, dass er dieses Mal kommt?", fragte Georgina aufgeregt. „Und ob er mich wohl zum Tanzen auffordert? Er soll wahnsinnig gut aussehen und alle Mädchen reißen sich um seine Bekanntschaft!" Verträumt blickte Georgina aus dem Kutschfenster in die Dunkelheit der Nacht.

„Du musst dich daher geschickt anstellen, mein Engel. Wenn du die neue Duchess werden willst, musst du es schaffen, seine Aufmerksamkeit zu erregen."

„Und wie soll ich das anstellen, Mutter? Ich meine, es werden doch bestimmt einige Frauen da sein, die um seine Gunst buhlen werden." Georgina knabberte an ihrer Lippe, was mit ihren hervorstehenden Zähnen eher an ein grasendes Pferd erinnerte als dass es elegant gewirkt hätte.

„Herrgott, Georgina. Ich mache dich mit ihm bekannt, und wenn er dich dann auffordert, siehst du zu, dass du kurz vor Ende des Tanzes einen kleinen Schwächeanfall hast. Du bittest ihn, dich auf die

Terrasse zu begleiten und dann wirfst du dich ihm an den Hals. Küss ihn, reiß dir dein Mieder vom Leib oder mach sonst was. Für den Rest sorgen dein Vater und ich und schon morgen steht eure Verlobungsanzeige in der Times und du wirst die zukünftige Duchess of Harrisford."

„Aber Mutter, ich kenne ihn doch gar nicht! Was ist, wenn er..."

„Herrgott, Kind, willst du nun Duchess werden oder nicht?" Tante Maude verließ offensichtlich die Geduld.

„Schon, aber..."

„Nichts aber! Einen Duke bekommt man nicht durch Zaudern und Zögern! Du tust, was ich dir sage und bist schon bald eine der ersten Frauen im Lande!"

Offensichtlich hatten die beiden vergessen, dass Catherine zusammengekauert in einer Ecke der Kutsche saß und versuchte, sich so wenig wir möglich zu bewegen. Sie fühlte Abscheu in sich aufsteigen. Was die beiden da planten, war nicht nur perfide, es war auch in höchstem Maße widerlich, einen arglosen Mann derart in die Falle zu locken. Was für eine Schlangengrube war doch dieser feine Haufen! Und ohne ihn zu kennen, tat der Duke ihr jetzt schon leid. Wenn er nicht auf der Hut war, hätte er schon morgen eine Verlobte, die er gar nicht wollte! Aber was ging es sie an? Ihre einzige Mission war es, diesen Abend ohne großes Aufsehen zu überstehen!

Robert Leighton, 10. Duke of Harrisford, lehnte an einer marmornen Säule und blickte gelangweilt über die tanzende und plappernde Menge. Seine Schwester unterhielt sich gerade mit ihrer Gastgeberin und er hatte sich bei einer dümmlich grinsenden Blondine für den nächsten Tanz entschuldigt, um sich und seiner Schwester ein Glas Champagner zu besorgen. Die Höflichkeit hätte es erfordert, dass er dieser Lady Mary oder Maribel oder wie auch immer angeboten hätte, ihr ein Glas mitzubringen, aber er konnte keine Minute länger das Geschwätz dieser Frau ertragen. Einen ganzen Tanz lang hatte er sich anhören müssen, wie viele Meter Seide und Spitze Madame Genevieve für ihr Ballkleid verarbeitet hatte und ob er fände, dass ihr Gelb so gut stünde, wie die Modistin es ihr versichert hatte. Himmel! Sie sah aus wie ein geplatzter Kanarienvogel und er war kurz davor gewesen, ihr das auch so schonungslos zu sagen, nur um sie loszuwerden. Gott sei Dank hatte Annabel ihn erlöst und ihn gebeten, ihr ein Glas Champagner zu besorgen und flüchtig hatte Annabel den Eindruck gewonnen, er wäre auf der Flucht, so schnell war er verschwunden.

Jetzt genoss er einen ruhigen Moment hinter der Säule und hoffte, dass ihn so schnell keiner hier entdecken würde. Er trank das Glas mit einem langen Schluck aus und erschrak, als eine Stimme ihn ansprach.

„Robert, wie schön, dich zusehen!"

Der Klang dieser Stimme war ihm vertraut, auch nach so langer Zeit noch, und schon bevor er sich zu ihr umdrehte, wusste er, wer hinter ihm stand. Er drehte sich um und verbeugte sich leicht vor der honigblonden Frau, die immer noch so schön war, wie er sie in Erinnerung hatte.

„Mylady, die Freude ist ganz auf meiner Seite." Er hatte erwartet, dass ihn eine Begegnung mit ihr aufwühlen würde, seine verletzten Gefühle an die Oberfläche spülen würde, aber nichts geschah. Vor ihm stand eine betörend schöne Frau, etwas älter und reifer als vor acht Jahren, aber immer noch eine Aufsehen erregende Erscheinung. Aber sein Herz pochte nicht. Sie berührte sanft seinen Arm.

„Robert, das Formelle hatten wir doch schon hinter uns. Früher hast du mich immer Liebling genannt, oder einfach nur Emily." Sie ließ ihre Finger seinen Arm hinauf wandern und strich dann zärtlich über seine Wange. „Würdest du mir die Ehre erweisen, mir den nächsten Tanz zu schenken?" Er wollte schon brüsk ablehnen, aber etwas in ihm hielt ihn davon ab. Vielleicht wollte er die alten Zeiten wieder heraufbeschwören, vielleicht wollte er aber auch nur ausloten, wie weit sie bereit war zu gehen, wenn er sie nach dem Tanz in den Garten entführen würde. Er war nicht mehr der verliebte Jüngling, den sie um den Finger hatte wickeln können, aber wenn er sie nun haben konnte, sollte es so sein. Damals hatte er sie heiraten wollen, sie zu seiner ehrbaren Gemahlin machen wollen. Das, was er nun im Sinn hatte, als sie ihn so betörend anlächelte, hatte mit Ehrbarkeit wenig zu tun. Und weil er wusste, dass sie inzwischen Witwe war, konnte er ihr Entgegenkommen auch ohne großartige Konsequenzen genießen, wenn er sich vorsah.

Robert hörte das Getuschel, das sich erhob, als er mit Lady Emily die Tanzfläche betrat. Mit einem teuflischen Grinsen bemerkte er, dass die Musiker zu einem Walzer aufspielten. Nun denn, das Schauspiel begann und er würde sich hüten, den Gerüchten, die dieser Abend nach sich ziehen würde, Einhalt zu gebieten. Vielleicht würde ihn eine Affäre mit der verruchten Lady Emily eine Zeit lang vor den Avancen der heiratswilligen Frauen schützen. Dann hätte er das Angenehme mit dem Nützlichen verbunden.

Als Catherine hinter ihrer Tante und Ihrer Cousine das elegante Anwesen der Hawthornes betrat, hielt sie den Atem an. Noch nie vorher hatte sie eine derart prunkvolle Halle gesehen! Roter und weißer Marmor bildeten einen reizvollen Kontrast auf dem Boden, die Säulen, die die Halle stützten, waren mit goldenen Ornamenten verziert und überall standen Vasen mit Astern, Chrysanthemen und anderen exotischen Blumen, die Catherine nicht kannte und die garantiert in dieser Jahreszeit auch nicht in England wuchsen! Die gewölbte Decke zierte ein Bildnis aus der Bibel und wenn Catherine auch nicht mit Bestimmtheit sagen konnte, was es darstellte, so war doch die Farbenpracht und die detailgetreue Abbildung ein Zeichen für höchste Kunstfertigkeit des Malers.

Bisher hatte sie immer geglaubt, ihr Onkel lebe im Luxus, aber verglichen mit dieser zur Schau gestellten Extravaganz war das Haus ihres Onkels allenfalls Mittelmaß! Hier gab es keine abgeblätterten Stellen an der Decke, keine abgetretenen Aubussonteppiche und auch die wenigen Möbel, die die Halle zierten, waren von erlesener Schönheit und auf eine unaufdringliche Art elegant. Mit einem Mal wurde ihr bewusst, dass das Haus ihres Onkels bestenfalls als geschmacklos eingerichtet gelten konnte, denn in seinem offensichtlichen Bestreben, bei seinesgleichen Eindruck zu hinterlassen, hatten er oder auch Tante Maude stillos alles, was sie für prunkvoll hielten, zusammengewürfelt. Noch dazu hatten viele der Möbelstücke ihre beste Zeit bereits hinter sich, was sie nun hier in dieser Halle deutlich erkannte. Und zum ersten Mal beschlich sie der Verdacht, dass Lord Alverstone vielleicht nicht ganz so reich war, wie er sich nach außen den Anschein zu geben versuchte.

Sie riss sich zusammen, als ihre Tante der Gastgeberin nach der Begrüßung in den nicht minder opulent geschmückten Ballsaal folgte und setzte sich auf einen Wink ihrer Tante etwas abseits der Tanzfläche auf einen Stuhl. Neben ihr saßen offensichtlich die anderen Gesellschafterinnen der anwesenden Debütantinnen, was Catherine aus den Gesprächen entnahm. Und ganz so, wie sie es erwartet und erhofft hatte, nahm niemand Notiz von ihr. So hatte sie Zeit, die illustere Gesellschaft genau zu mustern. Die meisten der anwesenden Damen trugen auffällige Gewänder aus teuren Stoffen und in grellen Farben, die sie mehr oder weniger vorteilhaft kleideten. Aber es schien hier nicht darum zu gehen, möglichst gut auszusehen, sondern sich von der Masse abzuheben, was zu den absonderlichsten Kreationen führte. Die Debütantinnen erkannte man an den pastellfarbenen oder weißen Kleidern und an ihrem ständigen Gekichere, wie Catherine feststellte. Der Gegenwert des zur Schau getragenen Schmucks hätte die Menschen in den

Elendsvierteln von London, und davon gab es mehr als genug, wie sie noch aus ihrer früheren Zeit in London wusste, bestimmt über Wochen hinaus versorgen können!

Ihre Tante hatte ihr eingeschärft, mit niemandem mehr als notwendig zu reden, immer in Gerorginas Nähe zu bleiben und sie nicht aus den Augen zu lassen. Wahrscheinlich um zu verhindern, dass diese sich in einem romantischen Anflug in einen anderen Herrn verguckte und damit den Plan ihrer Eltern, sich den Duke zu schnappen, vereiteln würde. Nach dem Gespräch in der Kutsche vermutete Catherine, dass das Beaufsichtigen nicht für den Moment galt, wenn sich Gerorgina weisungsgemäß mit dem Duke of Harrisford zurückziehen würde, was sie innerlich amüsierte. Der arme Tropf tat ihr schon deswegen leid, weil er in Zukunft mit einer dümmlichen Gattin und einer berechnenden Schwiegermutter gesegnet wäre, wenn er sich nicht vorsähe!

Lautes Getuschel und Gemurmel riss sie aus ihren Gedanken und wieder einmal stellte sie fest, wie falsch diese Gesellschaft doch war. Da gaben sich die Ladys den Anschein, vornehm und hinter vorgehaltener Hand zu flüstern, um die jeweilige Person nicht öffentlich zu brüskieren, sprachen dabei aber so laut, dass man es auch noch am anderen Ende des Saales gut verstehen konnte. Himmel, wie bigott dieser *Ton* doch war!

Zwei recht korpulente Damen in aufwändigen Kleiderkreationen aus orangefarbener und maigrüner Seide mit gelben Spitzenapplikationen verziert und passend eingefärbten Straußenfedern im grotesk aufgetürmten Haar, versperrten Catherine die Sicht auf den Gegenstand des Getuschels, aber sie hörte deutlich, was diese Damen von dem Schauspiel hielten, das sich ihnen offensichtlich bot.

„Liebste Hermine, sehen Sie, was ich sehe?! Der Duke of Harrisford und diese...diese Hure! Und wie sie ihn ansieht! Und wie er sie an sich presst! Dieser neumodische Tanz, dieser Walzer, also wenn es nach mir ginge, würde der König dieses lasterhafte Begrabsche offiziell verbieten!" Die Dame fächelte sich geziert Luft mit ihrem Fächer zu, vergaß aber, sich von dem in ihren Augen skandalösen Geschehen abzuwenden und starrte stattdessen mit offenem Mund auf die Tanzfläche.

„Ganz recht, meine Liebe, das ist... Also, als wir jung waren, gab es so etwas nicht. Da legte man noch Wert auf Moral, aber das scheint den jungen Leuten von heute ja vollkommen abhanden gekommen zu sein!" Sie seufzte theatralisch.

„Ist das nicht die Countess of Leyburn, mit der er da tanzt? Die, die erst kürzlich Witwe geworden ist? Schämen sollte sie sich, schon wieder auf Bällen Walzer zu tanzen! Hat sie nicht damals den heutigen

Duke versetzt, um diesen alten Kerl zu heiraten? Ein
ziemliches Gerede hat es damals gegeben, ich erinnere
mich noch gut!" Die Matrone griff sich ans Herz und
sandte einen Blick nach oben an die Decke, ganz so, als
bitte sie Gott um eine Bestätigung ihrer Meinung,
vorzugsweise, indem er einen Blitz oder ein Erdbeben
schickte, um das skandalöse Treiben zu beenden. Als
nichts passierte fasste sie ihre Nachbarin an den
Ellenbogen und zog sie ein Stück weiter nach links, wo
sich soeben eine Lücke in den Umstehenden aufgetan
hatte, um das Schauspiel, das einen interessanten
Abend versprach und genug Skandal war, um morgen
bei Almack's darüber zu lästern, besser beobachten zu
können. Durch die nun entstandene Lücke konnte auch
Catherine endlich sehen, um wen sich das Gespräch der
beiden Ladys gedreht hatte. Der Mann, der Catherine
seinen Rücken zuwandte und seine Partnerin gerade
leichtfüßig über das Parkett führte, überragte die
meisten der anwesenden Tänzer um mindestens einen
Kopf. Sein Haar war etwas länger als es der gängigen
Mode entsprach und berührte den Kragen seines
dunkelblauen Gehrocks, der sich unverschämt eng um
den muskulösen Körper des Mannes schmiegte. Das
allein schon hob ihn aus der Menge der Herren heraus,
die ihr Haar meist akkurat geschnitten und frisiert
trugen und ließ ihn verwegen aussehen. Er bewegte
sich leichtfüßig und vermittelte den Eindruck lässiger

Eleganz. Dazu schienen seine breiten Schulten den eleganten dunkelblauen Gehrock fast zu sprengen zu wollen und lenkten den Blick des Betrachters unwillkürlich auf seine in grauen Kniehosen steckenden, muskulösen Beine. Die Frau, die er in seinen Armen hielt, erschien Catherine wie eine dieser römischen Göttinnen, die sie einmal in einem der Bücher aus der Bibliothek ihres Onkels gesehen hatte. Sie trug ihr honigblondes Haar kunstvoll aufgesteckt, von Perlenschnüren gehalten., und ihr moosgrünes Seidenkleid war unter der Brust so eng geschnürt, dass es ihre Brüste fast unanständig zur Schau stellte. Sie lächelte ihren Tanzpartner verliebt an und seine Hand in ihrer Taille und die Nähe ihrer beider Körper ließ das Bild eines liebenden Paares entstehen. Dann drehten sich die beiden dem Takt der Musik folgend zu Catherine hin und für einen Augenblick setzte ihr Herzschlag aus. Der Mann, der diese betörend schöne Frau fest an sich gepresst hatte, war Robert Leighton, und wenn sie eins und eins zusammenzählte, dann war er auch der Duke of Harrisford!

Catherine konnte nicht anders als das elegante, alle Blicke auf sich ziehende Paar anzustarren, während in ihrem Kopf die Gedanken umherwirbelten wie Blätter im Wind. Der Mann, mit dem sie geschlafen hatte, und der ihr für ein paar Stunden das Gefühl gegeben hatte, etwas ganz Besonderes zu sein, war ein Duke! Aber er hatte doch gesagt, er wäre Verwalter auf einem Landgut...? Ganz offensichtlich hatte er sie angelogen, aber warum? Warum hatte er ihr an diesem Abend nicht gesagt, dass er diesen Titel trug? Und wenn er doch diese Frau hatte, warum hatte er sie dann geküsst und all diese wundervollen Dinge mit ihr getan, nach denen sie sich noch heute verzehrte, die Wünsche in ihr geweckt hatten, die sie nicht auszusprechen wagte? Die Antwort war angesichts der Tatsache, dass er offensichtlich von adeliger Abstammung und sogar ein Duke war, ziemlich einfach: Er hatte sich die Zeit mit ihr vertrieben, als ihn seine Gehirnerschütterung davon abgehalten hatte, nach London und in die Arme dieser Sirenen zu reiten!

Wie in Trance stand Catherine auf. Sie musste dringend an die frische Luft, ganz gleich, was Tante Maude dazu sagen würde. Die Luft in dem überfüllten Saal war auf einmal stickig und erschwerte ihr das Atmen. Ihr Herz raste und Catherine hatte Angst, hier vor allen Anwesenden in Ohnmacht zu fallen. Wie oft hatte sie in den vergangenen Wochen an ihn gedacht? Hatte sich verträumt über die Lippen gestrichen, wo er sie mit den seinen berührt hatte? Sie hatte sich gegen alle Vernunft und gegen den gesunden Menschenverstand ein Wiedersehen mit ihm in allen möglichen Situationen ausgemalt, zufällig im Hyde Park, oder auf einer der belebten Gassen, wenn sie eine Besorgung machte. Wie er sich freuen würde, sie zu treffen und sie gleich darauf zu einem Eis bei Gunther's einladen würde... Dass sich ihr Leben in London fast ausschließlich im Haus ihres Onkels abspielen und sie keine Gelegenheit haben würde, jemals ein Eis bei Gunther's zu essen, geschweige denn, im Hyde Park zu flanieren, hatte sie dabei geflissentlich ignoriert. Und auch die Tatsache, dass er keinerlei Anstalten gemacht hatte, sie nach den Geschehnissen im Cottage wiederzusehen.

Es war so schön zu träumen, wenn das wirkliche Leben so eintönig war! Und nun hatte sie ihn tatsächlich wiedergetroffen, allerdings hatte das hier wenig mit den romantischen Tagträumen zu tun, in denen es stets ein glückliches Ende gegeben hatte!

Eine Hand bohrte sich in ihren Arm und noch ehe sie reagieren konnte, zischte ihre Tante: „Wo willst du hin, du nichtsnutziges Ding?! Ich hatte doch gesagt, dass du schön hier auf diesem Stuhl sitzen bleiben sollst, bevor du noch Unheil anrichten kannst! Schlimm genug, dass Lord Alverstone darauf besteht, dass wir dich auf diese elitären Bälle mitnehmen sollen..."

„Bitte, Lady Alverstone, mir ist übel. Vielleicht... also ich möchte nur kurz an die frische Luft...", unterbrach Catherine die Schimpftirade ihrer Tante.

Unerwartet bekam sie Hilfe von ihrer Cousine.

„Mutter, schau sie dir doch dann! Sie ist ganz weiß im Gesicht! Nicht dass sie noch hier vor allen Leuten...

also ich meine, wie peinlich wäre das denn!"

Angewidert zog Georgina die Augenbrauen hoch.

„Vielleicht hast du recht, mein Kind. Sie sieht wirklich so aus, als ob..." Lady Maude ließ Catherines Arm los und winkte sie fort. „Und wehe, du machst uns Schande. Wenn du... also wenn du... dann bitte im Garten und so, dass dich niemand sieht! Und halte dich von den Gentlemen des *Tons* fern, die sind nicht deine Kragenweite! Nicht dass ich morgen bei Almack's hören muss, dass die schamlose Gesellschafterin des Viscount Alverstone sich im Park einem Kerl an den Hals geworfen hat!"

Catherine hatte die letzten Worte nur noch wie durch einen dichten Nebel wabern hören. Wenn die Situation nicht so absurd wäre, hätte sie über diesen letzten Einwand nur lachen können. Sich jemandem an den Hals werfen! Der Eine, dem sie sich an den Hals zu werfen gewünscht hätte, schwebte gerade mit einer honigblonden Göttin über das Parkett!

Catherine hastete, ohne sich um die irritierten Blicke der Umstehenden zu kümmern, zu den großen Flügeltüren, die ein beflissener Diener ihr öffnete und trat auf die zu dieser Uhrzeit bereits mit Fackeln und Kerzen erhellte Terrasse. Die kühle Herbstluft ließ sie frösteln, aber das war nichts im Vergleich mit der Kälte, die sie von innen her lähmte. Nach ein paar Atemzügen beruhigte sich ihr pochendes Herz langsam, aber sie war noch nicht bereit, sich wieder diesem Anblick zustellen, der sie unweigerlich mit ihren kindischen Hoffnungen in Bezug auf diesen Mann konfrontieren würde. Und obwohl ihr inzwischen ziemlich kalt war, trat sie weiter in den Garten hinaus, ging ziellos über den Rasen und fand schließlich eine Bank hinter einer Hecke, wo sie vor den neugierigen Blicken der anderen Gäste, die ebenfalls über die Kieswege flanierten, geschützt war.

Ihre Mutter hatte ihr einmal auf ihre Frage, woher sie gewusst hatte, dass ihr Vater der richtige Mann für sie war, geantwortet: „Du wirst es wissen, wenn du ihn triffst, mein Kind. Ich habe deinen Vater gesehen und wusste sofort, dass ich mit diesem Mann leben wollte, ganz gleich, was und wer er ist! Und ihm ging es ebenso mit mir."

Und nach dieser Sturmnacht im Cottage hatte Catherine geglaubt, glauben wollen!, dass ihr möglicherweise das gleiche Glück widerfahren wäre , jedenfalls hatte es sich für ihr unerfahrenes Herz so angefühlt. Aber ganz offensichtlich hatte sie die Situation mangels Erfahrung vollkommen falsch eingeschätzt. Und sie konnte diesem Robert Leighton schwerlich vorhalten, dass sie so einfältig gewesen war, in diese Begegnung mehr hineinzuinterpretieren, als gewesen war.

Wahrscheinlich hatte er einfach nur angenommen, was sie ihm angeboten hatte, so wie Männer seines Standes es eben taten. Und ehrlich belogen hatte er sie im Grunde genommen auch nicht. Oder war das Verschweigen seines Titels eine Lüge? Nein, er hatte gesagt, er sei Verwalter, fiel ihr ein, und das *war* ganz offensichtlich gelogen! Wahrscheinlich hatte er sich im Nachhinein köstlich über sie amüsiert! Die Erinnerung daran, dass sie mit ihm aus einer Flasche Wein getrunken und danach diesen peinlichen Schwips gehabt hatte, ließ ihr die Röte in die Wangen schießen. Und wie sie sich ihm im Cottage hingegeben hatte, schamlos! Himmel! Keine dieser Frauen da drin würde sich so benehmen! Ganz sicher würde diese blonde Sirene, diese vollkommene Verkörperung von Schönheit und Eleganz, nur an ihrem Champagnerkelch nippen! Und ihn nur dann in ihr Bett lassen, wenn sie ihn vorher geheiratet hatte. So war das nämlich in diesen Kreisen! Warf man seine Unschuld weg, war man als Frau gesellschaftlich verbrannt. Nicht, dass es ihr etwas ausgemacht hätte, in den Heiratsüberlegungen des *Tons* keine Rolle zu spielen, das kam ihr eher gelegen, aber die Tatsache, dass sie sich diesem Mann hingegeben hatte wie ein williges Dienstmädchen, nagte doch sehr an ihr.

Himmel, wie lächerlich sie sich gemacht hatte! Und das, was sie in seinen braunen Augen zu lesen gemeint hatte, war sicher keine Zuneigung gewesen, das ahnte sie jetzt, sondern Belustigung über ihr derart unbekümmertes Verhalten! Und dabei hatte sie sich in seiner Gegenwart so wohl gefühlt, dass sie sich gegeben hatte, wie sie war. Keine Geziertheit, die lag ihr fern und keine wohlüberlegte Wahl ihrer Worte, auch das war nicht sie! Und er hatte sie die ganze Zeit über angestarrt wie eines dieser exotischen Tiere, die in der Menagerie des Towers of London zu besichtigen waren!

Es tat Catherine gut, sich in diese irrationale Wut auf diesen Mann hineinzusteigern. Sie war ein willkommenes Ventil für ihre enttäuschten Hoffnungen und die Angst, sich vollkommen lächerlich gemacht zu haben. Und auch wenn Catherine tief im Inneren wusste, dass sie diesem Robert Leighton Unrecht tat, indem sie ihm die Schuld am Scheitern ihrer romantischen, naiven Träume gab, tat es doch gut, sich die eigene Verblendung nicht eingestehen zu müssen!

Robert Leighton war sich sehr sicher, dass Emily es nicht ablehnen würde, ihm in eine dunkle Ecke des Gartens zu folgen und ihn das tun zu lassen, was er sich vor acht Jahren mehr als alles andere gewünscht hatte. Damals hatte er sich nur ein paar Küsse gestohlen, denn trotz seines Rufes als Lebemann und Verführer war er zum ersten Mal in seinem Leben bereit gewesen, auf diese eine Frau zu warten, zu warten, bis sie offiziell verheiratet gewesen wären, und das, obwohl Emily sich ihm ganz sicher nicht verweigert hätte.

Die Art, wie sich nun in seine Arme schmiegte und ihn ansah, bestätigte ihn nur in seiner Ansicht, dass sie immer noch alles für einen Titel täte. Denn dass es Emily nie um ihn als Person gegangen war, bestätigte nur die Tatsache, dass sie ihn damals für einen doppelt so alten Earl verlassen hatte. Gerade überlegte er, ob er sich wirklich auf eine Affäre mit ihr einlassen sollte, als sein Blick auf die Frau fiel, die ihm seit dieser denkwürdigen Nacht nicht mehr aus dem Kopf ging. Für einen kurzen Moment dachte er, dass er sich geirrt hätte und sein überreiztes Gehirn ihm einen schlechten Streich gespielt hatte, aber dann sah er ihre weit aufgerissenen Augen, in denen sich Erkennen und gleich darauf Verblüffung spiegelten. Er konnte erkennen, dass plötzlich alle Farbe aus ihrem Gesicht wich, bevor sich die Lücke in der Menschenmenge wieder schloss und sie vor seinen Blicken verbarg. Was machte sie hier in London, auf diesem Ball? Er kam aus dem Takt und trat Emily auf den Fuß, was diese mit einem unwilligen Protestlaut quittierte.

„Was ist los, Robert? Hast du bei diesen Heiden da auf dieser Insel das Tanzen verlernt? Früher..." Er hörte nicht weiter hin, führte sie automatisch in Richtung der Stelle, wo er gerade noch diese Erscheinung gesehen hatte. Denn eine Erscheinung war sie! Wer auch immer sie in dieses schlichte graue Kleid gesteckt hatte, hatte nicht bedacht, dass gerade diese Schlichtheit sie deutlich aus diesem bunten Haufen von Selbstdarstellern heraushob. Soweit er es hatte erkennen können, trug sie keinerlei Schmuck oder Zierrat und doch überstrahlte sie alle Anwesenden!

„Robert, was ist bloß los mit dir?" Vorwurfsvoll zog Emily an seinem Ärmel und er bemerkte erst jetzt, dass er stocksteif dastand und auf die Stelle starrte, wo vor wenigen Augenblicken noch Catherine gesessen hatte.

„Emily, ich... entschuldige mich. Ich habe gerade jemanden gesehen, den ich unbedingt begrüßen muss." Das war wenigstens nicht gelogen.

„Du lässt mich hier stehen, um *irgendjemanden* zu begrüßen? Kann das nicht warten, ich meine..."

Robert schob sie entschieden zur Seite, ungeachtet der Tatsache, dass die Musik noch spielte und der Tanz noch nicht beendet war. Natürlich brüskierte er sie damit, aber das war ihm im Moment ziemlich egal. Er wollte - musste! - Catherine wiedersehen! Er hatte sich seit Wochen den Kopf zerbrochen, wie er es anstellen könnte, sie noch einmal zu treffen und nun stand sie hier, wo er am wenigsten damit gerechnet hatte, vor ihm. Und wenn er ihren Blick richtig gedeutet hatte, war sie von dem Wiedersehen ebenso überrascht wie er.

„Robert!" Emilys Stimme zitterte vor unterdrückter Wut, was die Umstehenden dazu brachte, sie aufmerksam zu beobachten. Nun gut, dann würde er morgen eben die Klatschspalten der einschlägigen Zeitungen füllen, ihm war es einerlei. Aber wenn er nicht auch Catherine diesem Gerede aussetzen wollte, musste er vorsichtig sein. Auf keinen Fall konnte er ihr direkt hinterhereilen, das wäre zu auffällig gewesen. Noch während er sich suchend umsah, vertrat ihm eine ihm unbekannte Frau den Weg und versank in einen tiefen Knicks. Neben ihr verharrte ihr jüngeres Ebenbild und starrte ihn dümmlich an.

„Georgina!", zischte die Ältere und daraufhin schloss die junge Frau, die ihn so unverhohlen gemustert hatte, ihren Mund und versank ebenfalls in einen tiefen Knicks.

„Euer Gnaden.", murmelte die Frau unterwürfig und Robert fragte sich, ob er die beiden kennen müsste.

„Äh, ich... helfen Sie mir bitte auf die Sprünge, Lady...?", sagte er, während er ihren Arm berührte und sie so aufforderte, sich wieder zu erheben.

„Ich bin Lady Alverstone und das", sie deutet mit der Hand auf das junge Mädchen neben sich, "ist meine Tochter Georgina."

Robert verbeugte sich höflich.

„Lady Alverstone, Miss Georgina." Er wollte schon

134

weitergehen, denn er ahnte, auf was dieses Gespräch hinauslief, als Lady Alverstone ihm wie zufällig in den Weg trat.

„Euer Gnaden, ich wollte nicht versäumen, Ihnen mein Beileid zum Tode Eures Bruders auszusprechen. Wirklich schrecklich, dieser Unfall. Aber immerhin hat er bewirkt, dass Sie nun wieder in London weilen!"

„Äh ja, ich danke Ihnen, Mylady." Er hatte keine Lust, sich noch länger mit den beiden zu unterhalten, denn alles in ihm drängte danach, Catherine zu suchen.

„Meine Tochter würde sich sehr geschmeichelt fühlen, wenn Sie sich in ihre Tanzkarte eintragen würden."

Immerhin besaß wenigstens diese Miss Georgina den Anstand, bis über beide Ohren zu erröten.

„Äh, also ich wollte gerade gehen." Als Lady Alverstone keine Anstalten machte, ihm den Weg freizugeben und ihn nur auffordernd anlächelte, sagte er: „Ich... muss wirklich gehen, aber vielleicht würde Miss Georgina mir bei unserem nächsten Zusammentreffen die Ehre erweisen, mir einen Tanz zu schenken?" Er verbeugte sich gequält und hoffte, dieser Tag würde nie kommen. Wie er diese ehrgeizigen Mütter und ihre debütierenden Töchter verabscheute! Endlich gab Lady Alverstone den Weg frei und rief ihm hinterher: „Ich nehme Sie beim Wort, Euer Gnaden!" Wenn ein Tanz mit dieser pferdegesichtigen Georgina der Preis dafür war, dass er endlich nach Catherine suchen konnte, dann wäre er bereit, diesen zu zahlen. Robert sah sich suchend um, aber er konnte Catherine nirgendwo entdecken. Sich immer wieder vorsichtig umblickend suchte er alle Räume ab, denn er war sich sehr wohl der Gefahr bewusst, schneller als ihm lieb war in eine Situation zu geraten, die ihm eine Ehefrau bescheren würde. Schließlich blieb nur noch der Garten übrig und bei dem Gedanken, Catherine könnte sich dort womöglich mit einem Mann treffen, spürte er ein dumpfes Ziehen in seinem Magen. Natürlich hatte er kein Recht, eifersüchtig zu sein, zumal er nichts weiter über sie wusste, als dass sie ständiger Gast in seinen Gedanken war. Vielleicht war sie bereits verlobt? Verheiratet wohl nicht, immerhin hatte sie Wert auf das „Miss" gelegt. Und sie war noch Jungfrau gewesen, als sie sich ihm im Cottage hingegeben hatte, was ebenfalls dagegen sprach, dass sie bereits gebunden war. Und küsste so eine Frau, die bereits jemand anderem zugetan war? Diese Stunden mit ihr hatten etwas in ihm zum Klingen gebracht, dass ihn nicht zur Ruhe kommen ließ. Sie war so unschuldig und gleichzeitig so leidenschaftlich. So zögernd und doch auch so fordernd. Er hatte sich gefragt, was so Besonderes an ihr gewesen war, immerhin hatte er schon unzählige Frauen geküsst... und nicht nur das, aber etwas Vergleichbares hatte er noch nie empfunden. Inzwischen hatte er die Terrasse erreicht, aber da niemand zu sehen war, ging er ein Stück tiefer in den Garten hinein. Nicht auszudenken, wenn er hier mit einer dieser titelversessenen jungen Damen angetroffen werden sollte, aber das Risiko musste er eingehen.

Catherine stand von der Bank auf, wischte sich entschlossen eine Träne ab und machte sich auf den Weg zurück in den Ballsaal. Sie fror inzwischen erbärmlich und auch wenn sie jedes Zeitgefühl verloren hatte, so wusste sie doch, dass sie schon über Gebühr lange dem illusteren Treiben fern war. Ganz sicher würde ihre Tante schon jetzt ihr langes Ausbleiben rügen. Sich noch weiter zu verspäten hieße aber, ihren Zorn erst recht zu entfachen.

Als sie das leise Knirschen von Schritten auf dem Kies hörte, stellten sich ihre feinen Nackenhaare auf. Nicht auszudenken, wenn man sie hier entdecken würde, mutterseelenallein und in diesem derangierten Zustand! Sie konnte sich ziemlich genau vorstellen, was man über ihre Anwesenheit hier in der Dunkelheit denken würde und so suchte sie panisch die Umgebung nach einem Versteck ab. Der Gedanke, dass womöglich ihre Tante selbst nach ihr suchen würde, verursachte ein flaues Gefühl in ihrem Magen. Was diese Frau über sie denken würde, lag auf der Hand, schlimmer aber noch, was sie ihrem Gatten erzählen würde. Ihr Onkel würde sie ganz sicher für ihr Benehmen bestrafen, und seine Methoden waren ungleich perfider als die ewigen Herabsetzungen und Beschimpfungen ihrer Tante! Schon fing ihre vernarbte Hand wieder an zu kribbeln und zu allem Überfluss durchzuckte sie ein unangenehmes Ziehen im Rücken. Wie immer, wenn sie sich zu schnell bückte, spannte sich die ebenfalls vernarbte Haut am Rücken, und sie hatte sich in dem Bestreben, ein Versteck zu finden, definitiv zu hektisch herabgebeugt! Eine Zeit lang hatte ihre Tante sie für ihre aufrechte, in ihren Augen zu stolze Haltung, beschimpft, hatte ihr Überheblichkeit vorgeworfen, die in den Augen von Tante Maude Menschen wie ihr nicht anstand. Aber da sie nichts von Catherines Verletzung wusste, hatte diese still die endlosen Debatten der Viscountess ertragen und nach einiger Zeit war ihre Tante müde geworden, ihr das immer wieder vorzuhalten. Konnte es also etwas Schlimmeres geben, als gerade in dieser Situation von ihr entdeckt zu werden?!

Als Catherine den Mann entdeckte, der da auf sie zukam, wusste sie: Ja, es konnte noch etwas Schlimmeres geben, als hier ihrer Tante zu begegnen, nämlich *ihm* hier zu begegnen!

Der Duke blieb vor ihr stehen und lächelte sie freundlich an.

„Hallo Miss Miller...Catherine! Ich habe schon geglaubt, ich hätte mich geirrt, als ich Sie im Ballsaal gesehen habe!" Er machte einen Schritt auf sie zu und mit einem Mal war Catherines in den Minuten vorher mühsam erkämpfte Gelassenheit verflogen und machte einer enttäuschten, irrationalen Wut Platz. Sie funkelte ihr Gegenüber wütend an und fauchte: „Auch ich dachte, ich hätte mich geirrt, *Euer Gnaden*!" Ihre Worte troffen vor Hohn als sie in einen tiefen Knicks versank, allerdings ohne das ehrerbietige Senken ihrer schönen blauen Augen, so wie es das Protokoll vorsah, wenn man einem Mann vom Rang eines Dukes gegenüber stand. Stattdessen fixierte sie ihn und fügte hinzu: „Ich hatte eine kurze Zeit lang geglaubt, ich hätte Robert Leighton gesehen! Stellen Sie sich meine Überraschung vor, als ich feststellen musste, dass dieser Robert Leighton in Wahrheit der Duke of Harrisford ist!"

„Äh, was...?" Robert räusperte sich verlegen. Ja, er hatte ihr verschwiegen, dass er diesen Titel trug, aber er hätte niemals damit gerechnet, dass sie darüber so offensichtlich erbost sein könnte. In der Regel wurden die Menschen, und im Besonderen die Frauen!, viel zugänglicher, wenn er sich als Duke vorstellte! Nun, das schien bei dieser Frau gerade das Gegenteil zu bewirken. Als er nichts weiter sagte, weil er noch darüber nachdachte, warum sie so reagierte, erhob sie sich und sprach weiter: „Ich hoffe, Euer Gnaden, Sie haben sich an dem Abend gut unterhalten gefühlt. Ich meine, es muss doch eine sehr unterhaltsame Erfahrung in Ihrem adeligen Leben gewesen sein, mit einer einfältigen Landpomeranze Wein zu trinken!" A*us der Flasche!,* fügte sie Gedanken hinzu. Als er sie nur irritiert anstarrte, fügte sie hinzu: „Haben Sie mit Ihren Freunden sehr darüber gelacht, dass ich nicht wusste, wie man diese verfluchte Duellpistole lädt?" Tränen der Scham traten in ihre schönen, blauen Augen, aber Catherine schluckte sie tapfer hinunter. Nur nicht hier vor ihm weinen. Es reichte schon, dass er ihre mühsam aufrecht erhaltene Fassung ins Wanken brachte, sie wollte sich nicht noch weiter erniedrigen, in dem sie ihn in ihre Seele blicken und dort die zerbrochenen Träume von Liebe und Glück sehen ließ.

„Und haben Sie Ihren Freunden auch von der Unschuld vom Lande erzählt, die sich Euch so willig hingegeben hat? Eine weitere Eroberung in einer Reihe von bedeutungslosen Abenteuern, die in Ihren Kreisen für Ablenkung sorgen?"

Entschlossen trat er einen Schritt näher auf sie zu, so dass ihn nur noch wenige Zentimeter von Catherine trennten. Wenn er eines wusste, dann, wie man ein aufgebrachtes Weib zum Schweigen bringen konnte. Er packte sie und ehe sie noch reagieren konnte, presste er seine Lippen auf ihre. Sie versuchte, von ihm los zu kommen, aber er hielt sie eisern fest und tat, was er sich seit dem ersten Kuss gewünscht hatte: wieder in ihr zu versinken, sie zu schmecken und sie in seinen Armen zu halten! Vorsichtig knabberte an ihren Lippen, fast schüchtern bat er sie darum, seiner Zunge Einlass zu gewähren und endlich gab sie ihm nach. Sie war eindeutig ungeübt, was das Küssen anbelangte, und er genoss es, diese Unerfahrenheit zu schmecken, ihre vollen Lippen zu liebkosen und dabei nichts anderes zu fühlen als die Richtigkeit seines Tuns. Da war keine Falschheit in ihrer Hingabe, keine Berechnung in ihrem Verhalten und das machte es für ihn zu etwas Außergewöhnlichem. Leider beendete sie schon wie beim ersten Mal den Kuss, indem sie ihn entschlossen von sich schob.

„Sie... ich... das geht so nicht!", stammelte sie noch völlig außer Atem. Eifersucht schlich sich in seine Gedanken, Eifersucht, sie könnte in der Zwischenzeit einen anderen Mann kennengelernt haben, der Ansprüche auf sie erhob.

„Erwarten Sie vielleicht jemanden, Catherine? Jemanden, mit dem Sie sich hier treffen wollten?" Auf die heftige Ohrfeige, die ihn unvermittelt traf, war er nicht vorbereitet.

„Oh, natürlich! Ich hätte mir denken können, dass die Anwesenheit einer unbegleiteten Frau in einem dunklen

Garten in den Augen Ihresgleichen nur einen Grund haben kann: nämlich, dass diese Frau sich ihrer gesellschaftlichen Stellung gemäß in den Garten begibt, um ihre Röcke für jemanden wie Sie zu heben. Ohne Konsequenzen, insbesondere für ein Mitglied des *Tons,* falls das frivole Treiben auffliegen sollte! Leider habe ich ja bereits bewiesen, dass Sie nicht ganz Unrecht haben, was diese Einschätzung angeht! Aber lassen Sie sich gesagt sein, das mit Ihnen... im Cottage... war einmalig, ein Fehler, wie sich herausgestellt hat, und wird sich ganz sicher nicht wiederholen, *Euer Gnaden!*" Und damit rauschte sie davon, den Kopf stolz erhoben und ließ einen vollkommen verdutzten Duke of Harrisford stehen, der sich noch Tage später den Kopf darüber zerbrach, wie sie ihn so falsch hatte verstehen können. Und wie er sie jemals mit einem hilflosen Kätzchen hatte vergleichen können, wo sie doch mindestens so angriffslustig war, wie eine dieser Raubkatzen, die in der Menagerie des Königs zu besichtigen waren, erschien ihm angesichts dieses Auftritts doch sehr weit hergeholt!

Catherine konnte sich später nur noch bruchstückhaft an den weiteren Verlauf des Abends erinnern. Sie war, um Fassung bemüht und mit heftig klopfendem Herzen, zurück in den Ballsaal gelaufen, wo sie prompt ihrer Tante über den Weg gelaufen. Bei ihrem zerzausten Anblick waren der Viscountess allerdings die tadelnden Worte im Hals stecken geblieben, und Georgina hatte es auf den Punkt gebracht: „Himmel, Mutter, wie sie aussieht! Sie ist ja immer noch ganz weiß im Gesicht! Nicht, dass sie irgendwas Ansteckendes hat, vielleicht dieses grässliche Fieber, das momentan in London grassiert?!" Mit einem entsetzten Ausdruck in den Augen hatte Tante Maude Georgina angesehen und dann entschieden, dass sie umgehend nach Hause aufbrechen würden. Da der Duke offensichtlich bereits ebenfalls gegangen war, würde ihr Vorhaben am heutigen Abend ohnehin keinen Erfolg versprechen, also hatte man vorsichtshalber den Rückzug angetreten, bevor Catherine sie noch weiter brüskieren konnte.

Sie konnte sich nicht erinnern, wie sie in das kleine Mansardenzimmer im Dienstbotentrakt gekommen war, aber Gott sei Dank ließ man sie in den nächsten Tagen in Ruhe, wohl um auszuloten, ob sie tatsächlich ernsthaft krank sein könnte.

Immer und immer wieder hatte sie sich gefragt, wie dieses Wiedersehen nur so hatte ausarten können?! Er hatte sie wieder geküsst, obwohl doch im Saal diese

Blondine auf ihn gewartet hatte. Natürlich hatte er die schlechte Meinung, die Catherine von Männern seines Standes hatte, eindrucksvoll bewiesen, indem er offensichtlich geglaubt hatte, sie wäre auf ein Abenteuer aus! Diese Erkenntnis ärgerte sie allerdings nicht halb so sehr wie die Tatsache, dass dieser Mann ganz augenscheinlich über etwas verfügte, dass sie in seiner Gegenwart immer schwach werden ließ. Sie hatte sich küssen lassen wie... wie... Ob es bei ihrer Mutter und ihrem Vater auch so gewesen war? So... leidenschaftlich? Sie hatte keinen Vergleich, wie ein Kuss sein oder sich anfühlen sollte, aber er kam dem, was sie sich unter einem leidenschaftlichen Kuss vorstellte, schon sehr nahe! Aber sie hätte sich niemals so küssen lassen dürfen, kein Wunder, dass er von ihr nur das Schlimmste dachte! Catherine beschloss, diesen Kuss als das anzusehen, was er in den Augen des Dukes ganz sicher gewesen war: ein netter Zeitvertreib und vollkommen belanglos. Und ganz sicher würde ihr das nicht noch einmal passieren, denn sie würde sich in Zukunft tunlichst von diesem Mann fernhalten! Was allerdings nicht einfach werden würde, denn ihre Tante hatte auf der Rückfahrt immer noch über das skandalöse Benehmen dieser Lady Emily lamentiert und Georgina vorgeworfen, ihre Chance bei dem Duke nicht genutzt zu haben. Aber immerhin hatte sie unter Missachtung sämtlicher gesellschaftlichen Regeln für

144

ihre Tochter einen Tanz mit dem Objekt ihrer Begierde herausgeholt. Das ließ sie weiter davon träumen, in Kürze die Schwiegermutter eines waschechten Dukes zu sein!

Robert drehte versonnen sein Brandyglas in der rechten Hand und betrachtete die hellbraune Flüssigkeit. Annabel saß ihm gegenüber und plauderte in einem lockeren Ton über diese und jene Veranstaltung, zu der sie gehen und ihn als Begleitung mitzunehmen gedachte, aber Robert hörte ihr nicht wirklich zu. Die Begegnung mit Catherine lag nun eine gute Woche zurück und noch immer konnte er sich keinen Reim auf ihr Verhalten machen. Er hatte lange darüber nachgedacht, was sie ihm an den Kopf geworfen hatte und war zu dem Schluss gekommen, dass sie die ganze Situation missverstanden hatte. Wenn er doch nur eine Gelegenheit bekommen würde, noch einmal mit ihr zu reden! Er bezweifelte zwar, dass sie ihm zuhören würde, aber er konnte dieses Missverständnis auch nicht auf sich beruhen lassen. Er verdrängte den Gedanken daran, warum ihm so viel an ihrer Meinung über ihn lag. Schließlich schien sie nicht daran interessiert zu sein, ihre Bekanntschaft mit ihm zu vertiefen!

„... Lady Emily?" Es dauerte eine Weile, bis er begriff, dass Annabel ihn offensichtlich gerade etwas gefragt hatte.

„Was ist mit ihr?", fragte er vage zurück, hoffend, dass Annabel seine geistige Abwesenheit nicht bemerkt hatte.

„Die Ohrfeige letztens, auf dem Ball bei den Hawthornes! War das Lady Emily? Weil du sie einfach hast stehen lassen?" Betont beiläufig nahm seine Schwester einen kleinen Schluck Tee aus der zierlichen Porzellantasse, aber Robert kannte sie zu gut um nicht zu wissen, dass sie ihn unter ihren schön geschwungenen Brauen aufmerksam musterte. Es war schon immer so gewesen, dass er nichts lange vor ihr geheim halten konnte, allerdings waren seine kleinen Geheimnisse bei ihr immer so sicher gewesen wie die Kronjuwelen im Tower. Aber in dieser Angelegenheit gedachte er nicht, ihre Neugier zu befriedigen.

„Nein.", sagte er deswegen nur und nahm endlich einen Schluck aus dem bis dahin unberührten Glas.

„Nein, es war nicht Emily, oder nein, es war nicht, weil du sie hast einfach auf der Tanzfläche stehen lassen?", bohrte sie nach. Robert konnte sich ein Grinsen nicht verkneifen.

„Oh, habe ich sie einfach stehen lassen? Das wäre wohl unverzeihlich gewesen, nicht wahr Bel. Ich dachte, die

Musik hätte aufgehört zu spielen." Er war dazu
übergegangen, sie wieder bei ihrem Kosenamen zu
nennen, weil ihm als kleiner Junge das „Annabel" nur
ruckelnd über die Lippen gekommen war und auch nur
dann, wenn er sich konzentriert hatte. Irgendwann war
er dazu übergegangen, ihren Namen in Bel abzukürzen,
und dabei war es geblieben. Überhaupt hatte er in den
letzten Wochen viel Zeit mit seiner Schwester verbracht
und fast war ihre alte Vertrautheit wieder hergestellt.
Trotzdem war er nicht bereit, sich in dieser Sache in die
Karten schauen zu lassen, jedenfalls so lange nicht, bis
er sich nicht sicher war, wie er seine Gefühle für
Catherine einordnen sollte.
„Komm schon, Robert, das *war* unverzeihlich, weil die
Musik noch *nicht* aufgehört hatte. Ich wusste gar nicht,
dass dein Gehör offensichtlich nicht mehr so gut ist wie
früher!" Sie nahm einen weiteren kleinen Schluck von
dem heißen Getränk. „Die Gute hat den ganzen Abend
geschäumt vor Wut und noch mehr am nächsten
Morgen, als sie in den Klatschspalten lesen musste,
dass ein gewisser Duke of H. Eine gewisse Countess L.
vor allen Anwesenden des *Tons* brüskiert hat, indem er
einen Tanz mit ihr nicht beendet hat, nur um darauf
fluchtartig die Veranstaltung zu verlassen!" Sie kicherte
undamenhaft. „Nicht, dass sie es nicht verdient
hätte...!"
„Ich habe den Ball nicht fluchtartig verlassen, das

müsstest du doch am besten wissen, meine Liebe. Immerhin habe ich dich noch abgeholt!"

„Ja, du saßest in der Kutsche, völlig verwirrt und mit einer leuchtend roten Wange, auf der man ein paar zierliche Fingerabdrücke ausmachen konnte! Also, du Schwerenöter, wer war sie, wenn nicht Emily?"

Einmal mehr verfluchte Robert den Scharfsinn seiner Schwester und ihre mangelndes Taktgefühl, jedenfalls ihm gegenüber.

„Du wirst dich damit abfinden müssen, dass ich über dieses unrühmliche Kapitel dieses Abends schweigen werde wie ein Grab!" Damit erhob er sich und ging zu einem Stapel Einladungskarten, die ordentlich gestapelt auf seinem Schreibtisch lagen. Er musste Catherine wiedersehen, und wenn er sich nicht täuschte, war sie nicht aufgrund einer eigenen Einladung auf dem Ball gewesen, sondern als Gesellschafterin für eine Dame der Gesellschaft. Also würde er sie am ehesten treffen können, wenn er die Bälle der angesehenen Mitglieder des *Tons* besuchte, was ihm zutiefst widerstrebte, aber es schien so, dass es keine andere Möglichkeit gab. Betont schwungvoll drehte er sich zu Annabel um, den Schwung Karten in der Hand.

„Nun, liebste Schwester, auf welchem der Bälle lassen wir uns als nächstes sehen?"

Catherines Schonzeit war vorüber. Nachdem man sicher sein konnte, dass sie nicht an einem Fieber litt, würde sie ihre Tante und Cousine heute wieder auf einen Ball begleiten müssen. Zu allem Überfluss hatte Tante Maude aus „sicherer Quelle" erfahren, dass auch der Duke wieder anwesend sein würde, was deren Laune erheblich steigerte. Catherines Laune indes sank aufgrund dieser Information in den Keller. Man hatte ihr dieses Mal ein rehbraunes Leinenkleid zur Verfügung gestellt, das zwar nicht ganz so abgetragen war wie das graue, aber aufgrund seiner langen Ärmel und einer unvorteilhaften Rüsche am hochgeschlossenen Kragen würde sie wieder aussehen wie eine fleischgewordene Kleiderpuppe aus dem letzten Jahrhundert! Die Ballkleider der anderen Frauen würden tief dekolletiert sein, mit kurzen Ärmeln, reich verziert Spitzen und glitzernden Applikationen und allein schon deshalb würde sie aus der Menge herausstechen wie ein Anachronismus! Sie konnte sich schon jetzt die Blicke der Anwesenden vorstellen, die über ihre Erscheinung die Nase rümpfen würden. Leider hatte Tante Maude in ihrem Bestreben, sie für andere möglichst unsichtbar zu machen, genau das Gegenteil erreicht. Schon beim Ball der Hawthornes hatte sie das Getuschel gehört, das ihr Erscheinen begleitet hatte, aber es hatte sie wenig gestört. Heute aber, da sie wusste, dass auch der Duke anwesend sein würde, machte es ihr doch etwas aus, so auffällig unauffällig gekleidet zu sein. Was natürlich vollkommen irrational war, da sie doch beschlossen hatte, ihn zu ignorieren.

„Heute vermasselst du es nicht, hast du mich verstanden!" Tante Maude redete unaufhörlich auf Georgina ein, die mit einem ängstlichen Gesichtsausdruck vor sich hinstarrte und an den Fingernägeln knabberte.

„Und was ist, wenn er mich gar nicht liebt?", wagte sie einzuwenden.

„Er muss dich nicht lieben, er soll dich nur heiraten, du einfältiges Kind! Liebe!" Tante Maude zeigte mit dem Zeigefinger auf Catherine. „Schau sie dir doch an! Das kommt dabei heraus, wenn man auf die Liebe hört und vergisst, wo man herkommt und unter seinem Stand heiratet! Möchtest du so enden wie sie?" Ihre Stimme klang schrill und verächtlich. „Wenn du erst die Duchess of Harrisford bist wirst du Schmuck und Kleider tragen, von denen du heute nur träumen kannst, meine Liebe! Und alles, was du dafür tun musst, ist, dich heute mit dem Duke erwischen zu lassen, hast du verstanden!" Sie fächelte sich Luft zu, obwohl es in der Kutsche wirklich nicht warm war, aber diese flammende Rede hatte sie offensichtlich erhitzt.

„Aber wenn... also wenn er mich dann wirklich heiratet, dann muss ich doch...", Georgina wurde rot und wand sich sichtlich, „... also er wird doch Erben haben wollen."

„Herrgott Georgina! Natürlich wirst du das Bett mit ihm teilen müssen, wenn ihr Kinder haben wollt. Aber nach allem, was man so über den Duke hört, wird er sich wohl schnell eine Mätresse nehmen, dann hast du deine Ruhe! Er soll...", sie senkte ihre Stimme, obwohl außer Georgina und Catherine niemand sie hätte hören können, „... früher ein ziemlicher Lebemann gewesen sein. Also bevor er nach Barbados gegangen ist, um diese Schmach des Scheiterns vor seinem Vater zu verbergen. Es heißt, er habe eine Menge Geld bei einer hoch spekulativen Investition verloren."

Georgina schienen diese Worte nicht wirklich zu beruhigen, denn sie riss erschrocken die Augen auf.

„Barbados? Ganz sicher hält er da doch Sklaven! Was ist denn, wenn er wieder dahin zurück will, also ich meine, wenn er mich da mit hinnehmen will? In dieses unzivilisierte Land mit diesen schwarzen äh... ich glaube jedenfalls, dass sie schwarz sind... also diesen schrecklichen... Sklaven?!"

Barbados ist kein Land, sondern eine Insel in der Karibik, verbesserte Catherine ihre Cousine in Gedanken und erinnerte sich an ein Buch aus der Bibliothek ihres Onkels, das die einzige Auslandsreise die der spätere Präsidenten der Vereinigten Staaten von Amerika, George Washington, je unternommen hatte, zum Thema hatte. Und eben diese Reise ging nach Barbados, weil dort seine Vorfahren zu den ersten englischen Siedlern gehört hatten. Warum nur, fragte sich Catherine, hatte ihr Onkel eine derart umfangreiche Bibliothek, wenn offenbar niemand außer ihr Interesse an den Büchern hatte?!

„Sei doch froh, wenn der Duke nach Barbados reist, Georgina. Ganz sicher wird er nicht von dir und seinen Kindern erwarten, dass ihr ihn in dieses primitive Land...", *Insel! k*orrigierte Catherine sie boshaft, allerdings natürlich nur in Gedanken, „...begleitet! Und dann bist du ihn los und kannst hier in London dein eigenes Leben leben!"

Catherine ließ sich nichts anmerken, aber die Arroganz, mit der ihre Tante die Menschen in ihrer Umgebung manipulierte, machte sie immer wieder fassungslos. Aber noch etwas ganz anderes verursachte ein beklemmendes Gefühl in ihr: der Gedanke daran, wie der Duke of Harrisford ihre Cousine berührte, sie küssen könnte, wie er sie geküsst hatte, um dann... Erschrocken über die Heftigkeit der Gefühle, die dieses Bild in ihr auslöste, keuchte sie auf. Was hatte dieser Mann in ihr ausgelöst, dass sie nur bei der bloßen Vorstellung, wie er ihre Cousine - oder auch irgendeine andere Frau! - begehren könnte, derart heftig reagierte?! Tante Maude warf ihr kurz einen bitterbösen Blick zu, offenbar um ihr anzudeuten, dass sie

Catherines Reaktion bemerkt hatte. Nach einer kurzen Pause fuhr sie fort: „Wir müssen uns jedenfalls beeilen, Kind, sonst hat diese dreckige Hure Lady Emily die Nase vorn!"

Catherine wurde angesichts dieser Worte übel. Nicht nur, dass ihre Tante das Leben der Menschen um sie herum wie ein schlechter Theaterregisseur zu beeinflussen versuchte, sie hatte auch keine Skrupel ihre eigene Tochter zu verschachern, obwohl diese sich bei dem Gedanken an eine Ehe mit dem Duke sichtlich unbehaglich fühlte. Fast tat Georgina ihr leid. Und Robert auch, jedenfalls ein klein wenig. Wenn er doch diese Lady Emily liebte, was ohnehin in diesen Kreisen ein seltenes Gut war, dann sollte er auch die Chance bekommen, diese Frau zu heiraten. Das schmerzliche Ziehen in ihrem Herzen ignorierte Catherine geflissentlich. Sie wollte ihm nichts Böses, auch nach allem nicht, was er ihr angetan hatte. Aber was hatte er schon getan, dass sie ihm vorhalten könnte? Weder hatte er sie gezwungen, mit ihm zu schlafen, noch hatte er ihr über die Zusicherung hinaus, falls diese Nacht Folgen haben würde, finanziell dafür aufzukommen, irgendwelche Versprechungen gemacht. Was sie sich in ihrer naiven, romantischen Vorstellung erträumt hatte, dafür konnte er nichts! Trotzdem konnte sie ein eifersüchtige Ziehen in ihrem Herzen und den kleinen Neidteufel, der ihr einflüsterte, Georgina hätte diesen

Mann gar nicht verdient, nicht ignorieren. Sie redete sich ein, dass der einzige Grund, warum sie diese Hochzeit verhindern musste, der war, dass der Duke dann, natürlich ohne es zu wissen!, sozusagen ihr Cousin war. Und das galt es unter allen Umständen zu verhindern, weil sie ihm dann gar nicht mehr aus dem Weg gehen konnte. Sollte er seine Lady Emily heiraten und glücklich werden! Das Schicksal, mit ihrer farblosen, kindischen Cousine verheiratet zu sein, wollte sie ihm auf jeden Fall ersparen. Und sich auch! Als die Kutsche hielt und sie hinter ihrer Tante und Georgina die breite Freitreppe zum Anwesen der Familie des Marquess of Lismore hinauf ging, war sie fest entschlossen, für heute Abend zu vergessen, dass sie nie wieder mit dem Duke sprechen wollte.

Amüsiert beobachtete Annabel, wie ihr Bruder immer wieder zu der großen Eingangstür schielte, während er krampfhaft versuchte, der Unterhaltung der beiden Männer, die ihn mit Beschlag belegt hatten, zu folgen. Vielleicht würde sie heute erfahren, wer Robert so den Kopf verdreht hatte! Denn auch wenn er es vehement abstritt, hinter seiner Zerstreutheit und seiner angestrengten Art, sie von diesem Thema abzulenken, steckte garantiert eine Frau! Annabel wusste nicht, ob sie sich für ihn freuen sollte. Immerhin hatte er schon einmal in Bezug auf eine Frau daneben gelegen. Diese Lady Emily hatte seinem Herzen und seinem Stolz gehörig zugesetzt, und Annabel wusste bis heute nicht, ob Roberts überstürzte Abreise nach Barbados, die mehr wie eine Flucht gewirkt hatte, nicht auch mit dieser Frau zu tun gehabt hatte.

Ihre Überlegungen wurden unterbrochen, als sie bemerkte, wir Robert sich versteifte und zur Tür starrte. Sie erinnerte sich nicht an den Namen der Frau, die dort, offensichtlich mit ihrer Tochter, gerade die Gastgeber begrüßte, aber Robert schien sie zu kennen. Die korpulente Dame trug ein mit feiner Brüsseler Spitze überladenes Seidenkleid in dunkelviolett, dazu passend ein auffälliges Collier und passende Ohrringe aus Amethysten, aber Annabels Blick blieb an einer unfassbar hässlichen Kreation aus lila eingefärbten Federn hängen, die die Frau auf dem Kopf trug. Daneben verblasste die Gestalt der Jüngeren geradezu, obwohl auch sie ein auffälliges, mit üppiger Spitze besetztes Kleid in einem ihrem blassen Teint wenig schmeichelndem Apricot trug. Ihre Haare trug sie hochgesteckt, allerdings fehlte der Frisur, Gott sei Dank!, der lächerliche Federschmuck. Die freundlichste Beschreibung, die Annabel zu diesem Mädchen einfiel, war: unscheinbar. An der Grenze zu langweilig. Robert hatte sich inzwischen von den Herren abgewandt und ließ seinen suchenden Blick über die Neuankömmlinge schweifen. Offenbar hatte er entdeckt, wonach er gesucht hatte, denn über sein markantes Gesicht glitt ein Lächeln. Entschlossen bahnte er sich einen Weg durch die Menge auf die beiden Damen zu. Verblüfft und amüsiert zog Annabel die Augenbrauen in die Höhe. Offenbar hatte sich sein Geschmack in Bezug auf Frauen während der langen Zeit seiner Abwesenheit entscheidend geändert, denn früher hätte Robert diesen Frauentyp geflissentlich übersehen! Als die beiden Ladys seiner ansichtig wurden, versanken sie ehrerbietig in einen tiefen Knicks, um ihn zu begrüßen, und gaben den Blick auf die Frau frei, die hinter ihnen stand, mit stolz erhobenem Kopf und einem angriffslustigen Blitzen in ihren saphirblauen Augen. Einen kurzen Augenblick zu spät, um der Etikette zu entsprechen, versank auch sie in einen tiefen Kniefall, und Annabel hielt den Atem an. Mit einem Mal begriff sie, und alles fügte sich zu einem passenden Bild zusammen. Es war nicht die farblose Debütantin, die die Aufmerksamkeit ihres Bruders auf sich zog, sondern die rotblonde Schönheit hinter ihr! Natürlich! Wenn es die adelige Lady gewesen wäre, hätte Robert schon längst um ihre Hand anhalten können, schließlich wäre sie eine passende Duchess, jedenfalls in den

Augen des *Tons*. Aber diese junge Frau dort, deren Haltung irgendwie provokant wirkte, in ihrem bestenfalls unmodischen, böse Zungen würden gar von einem hässlichen Kleid reden!, war nicht von Stand und eine solche Verbindung würde für erheblichen Aufruhr innerhalb des *Tons* sorgen. Aber war das wirklich der einzige Grund, warum Robert zögerte? Er hatte nie wirklich etwas auf das Gerede gegeben, das ihn stets verfolgt hatte. Früher hatte man ihn einen skrupellosen Lebemann geschimpft, einen Spieler und Trinker, aber er hatte stets mit einem Lächeln und einem Achselzucken auf die Vorwürfe reagiert. Annabel wusste, dass zwar nicht alle Gerüchte, die über sein Leben in Umlauf waren stimmten, aber Robert hatte aus dem verzweifelten Versuch heraus, die Aufmerksamkeit seines Vaters zu erringen, viel von dem getan, was man ihm vorhielt.

Und nun stand er hier und konnte seine Augen nicht von dieser Frau lassen, die da immer noch vor ihm, in einen Knicks versunken, verharrte. Annabel beschloss, sich das aus der Nähe anzusehen und trat zu der kleinen Gruppe.

Die Lady und ihre Tochter hatten sich inzwischen erhoben und auch die junge Frau stand wieder. Aus der Nähe betrachtet war sie noch schöner als es den Anschein gehabt hatte und daran konnte auch dieses braune Leinenkleid nichts ändern. Die Haare hatte sie straff zu einem Knoten geschlungen und sie trug keinerlei Schmuck, noch nicht einmal ein Retikül baumelte an ihrer Hand. Aber es war gerade diese Schlichtheit, die ihre äußere Erscheinung zur Geltung brachte. Diese Frau brauchte keinen Zierrat um aufzufallen!

„...sehr erfreut, Euer Gnaden. Ich hoffe, Sie denken an den Tanz, den Sie meiner Tochter versprochen haben?", säuselt die Frau gerade und Annabel musste angesichts des gequälten Gesichtsausdrucks ihres Bruders grinsen. „Willst du uns nicht bekannt machen, Robert?", mischte sie sich in das Gespräch ein.

„Äh... selbstverständlich. Annabel, das sind Lady Alverstone und Miss Georgina, ihre Tochter." In der kurzen Pause, die Robert machte, konnte Annabel erkennen, wie sich das Gesicht der Älteren missmutig verzog, während die Jüngere unbeteiligt dreinblickte. „Und das, Mylady, ist meine Schwester, die Marchioness of Almsford." Fast augenblicklich verwandelte sich der zuvor wachsame Ausdruck in den Augen der Viscountess in ehrerbietige Unterwürfigkeit. Da Annabel als Marchioness im Rang über ihr stand, beugte Lady Alverstone erneut das Knie, allerdings nicht ganz so tief wie bei Robert, was Annabel heimlich amüsierte.

„Sehr erfreut, Ihre Bekanntschaft zu machen, Mylady!", säuselte sie. „Ich habe gar nicht gewusst,

dass der Duke eine so reizende Schwester hat! Sie sehen ganz bezaubernd aus, meine Liebe! Und Ihr Kleid! Eine Kreation aus Frankreich? Wo lassen Sie schneidern? Vielleicht haben wir später Zeit, uns in Ruhe zu unterhalten, liebste Marchioness. Also wirklich, ganz außergewöhnlich, dieses Kleid!" Annabel wusste, dass ihr Kleid ganz und gar nicht außergewöhnlich war, eher dezent, wenn auch aus kostbarer cremefarbener Seide, aber sie bevorzugte nun einmal eher schlichte Garderobe, was man von der Viscountess ganz und gar nicht behaupten konnte. „Ich danke Ihnen für das Kompliment, Lady Alverstone, aber neben Ihnen verblasse ich wie ein Stint neben einem Goldfisch! Sie müssen eine ganz außergewöhnlich starke Persönlichkeit sein, dass Sie sich trauen, diese Farbe zu tragen!" Annabel lächelte liebenswürdig und der wechselnde Gesichtsausdruck der Viscountess verriet, dass sie nicht sicher war, wie die Marchioness das gemeint hatte. Aber schließlich entschied sie sich, es als Kompliment aufzufassen und strahlte über das ganze Gesicht. „Sie sind zu freundlich, Mylady! Aber jemand wie Sie weiß natürlich ganz genau, wie wichtig das äußere Erscheinungsbild ist, nicht wahr?!", säuselte sie.
„Ja, da mögen Sie recht haben, Lady Alverstone, aber denken Sie nur an das Trojanische Pferd: nicht immer steckt drin, was man erwartet!" Und damit wandte

Annabel sich der jungen Frau zu, die scheinbar unbeteiligt die Unterhaltung verfolgt hatte. Aber Annabel erkannte an ihren blitzenden Augen, dass sie im Gegensatz zu der Viscountess sehr wohl die wahre Bedeutung von Annabels Worten verstanden hatte.

„Wollen Sie mir nicht die junge Dame vorstellen, die Sie begleitet?" Freundlich sah sie Catherine an, aber die schien wie versteinert, als sie plötzlich das Interesse der Marchioness auf sich gerichtet spürte.

„Äh... wie bitte?" Irritiert sah sich Lady Alverstone um.

„Oh, äh, also das ist... Miss Miller." Sie wandte sich wieder Annabel zu und fasste sie vertraulich am Arm.

„Was halten Sie davon, liebste Marchioness, wenn Sie mir bei einem Glas Champagner verraten, wo Sie dieses bezaubernde Kleid gekauft haben?" Aber Annabel war nicht gewillt, sich so leicht ablenken zu lassen.

„Ich freue mich sehr, Sie kennenzulernen, Miss Miller." Catherine wusste nicht, wie sie die Worte der Marchioness auffassen sollte. Hatte Robert seiner Schwester etwa von ihr erzählt? Oder noch schlimmer, mit ihr zusammen über sie gelacht?

„Ganz meinerseits, Mylady.", murmelte Catherine, aber ihre Tante ging energisch dazwischen.

„Ich bitte Sie, Lady Almsford, Sie wollen doch Ihre Zeit nicht mit... äh, meiner Gesellschafterin verschwenden! Ich kann Ihnen versichern, sie hat nichts Spannendes zu erzählen!"

„Man kann eine höfliche Vorstellung doch nicht wirklich Zeitverschwendung nennen, oder, Mylady?" Annabels Stimme klang schneidend und die Viscountess zuckte unter dieser Zurechtweisung zusammen. „Nein, natürlich nicht, aber seien Sie versichert, dass Miss Miller zu keinem Thema, das für die Gesellschaft interessant ist, etwas beizutragen hätte!"

Annabel war sich sicher, dass ein Gespräch mit der jungen Frau ganz sicher unterhaltsamer sein würde, als alles, was die Viscountess mit ihr zu besprechen hatte, aber für den Augenblick beließ sie es dabei, Catherine freundlich zuzunicken.

Robert hatte die Unterhaltung teils amüsiert, teils mit unterdrücktem Zorn verfolgt, aber bevor diese gehässige Matrone Catherine noch mehr beleidigen konnte, fühlte er sich verpflichtet, sie aus der Schusslinie zu nehmen.

„Miss Georgina, dürfte ich Sie um den nächsten Tanz bitten, den ich unlängst Ihrer Mutter angesichts Ihrer leeren Tanzkarte versprochen habe?" Seine braunen Augen hatten sich wie ein Gewitterhimmel verdunkelt und befriedigt sah er, wie die Viscountess angesichts dieses offenen Affronts nach Luft schnappte während ihre Tochter errötend kicherte und ihm ihre behandschuhte Hand reichte.

„Sehr gerne, Euer Gnaden.", strahlte sie und Robert fragte sich, wer sich jemals für dieses farblose Geschöpf erwärmen und sie heiraten würde. Immerhin hatte er Gerüchte gehört, dass es mit den Finanzen ihres Vaters nicht zum Besten stand, was ihre Chancen auf dem Heiratsmarkt mangels Mitgift nicht verbessern würde.

Annabel, Lady Maude und Catherine folgten den beiden und während Catherine sich auf den für Gesellschafterinnen vorgesehenen Platz am Rand der bereits gut gefüllten Tanzfläche niederließ, begann sie fieberhaft zu überlegen, wie sie es anstellen sollte, Robert zu warnen, ohne dass ihre Tante etwas davon mitbekommen würde.

Die Marchioness stand etwas abseits neben ihr und sah recht belustigt aus, während sie Robert beobachtete, der sich steif und gequält mit Georgina über die Tanzfläche bewegte.

Jetzt oder nie!, dachte Catherine, da auch ihre Tante ganz gebannt das Paar verfolgte.

„Mylady, bitte entschuldigen Sie, dass ich Sie anspreche, aber...", versuchte sie, die Aufmerksamkeit der Frau auf sich zu lenken, „...ich müsste dringend mit Ihnen sprechen."

Überrascht drehte Annabel sich um und krauste die Augenbrauen.

„Bitte, schauen Sie nicht zu mir herüber, kommen Sie

nur bitte etwas näher. Was ich Ihnen zu sagen habe, ist vertraulich."

Neugierig tat Annabel, was Catherine von ihr verlangte und stellte sich neben sie, die Augen starr auf die Tanzfläche gerichtet.

„Bitte, sagen Sie nichts und hören Sie einfach nur zu. Ich.... möchte Sie warnen. Also besser gesagt, Ihren Bruder."

„Meinen Bruder? Aber..." Annabel drehte sich nun doch zu Catherine um, aber die verzog nur ängstlich das Gesicht.

„Bitte, sehen Sie nicht zu mir herüber. Sie müssen Ihren Bruder warnen, wenn er nicht morgen schon mit Miss Georgina verlobt sein möchte."

„Wie bitte?" Entgeistert sah Annabel Catherine an, aber in deren Gesicht stand nur aufrichtige Sorge und noch etwas anderes, was Annabel nicht deuten konnte.

„Bitte, wenn Lady Alverstone bemerkt, dass ich mit Ihnen reden, dann..." Catherine ließ den Satz unvollendet, stattdessen fuhr sie sich mit der Zunge über ihre vollen Lippen und fuhr fort: „Also, Lady Alverstone plant, ihre Tochter und Ihren Bruder in eine kompromittierende Situation zu bringen, damit er Georgina heiraten muss. Ich weiß, dass sie glaubt, der heutige Abend sei der passende Zeitpunkt, und wenn Ihr Bruder nicht aufpasst..."

„Warum sagen Sie ihm das nicht selbst?" Annabel ließ

Catherine nicht aus den Augen. Kurz huschte ein trauriger Schatten über ihr schönes Gesicht, aber sie hatte sich sofort wieder unter Kontrolle.

„Weil...", Catherines blaue Augen bekamen einen traurigen Ausdruck, „...Ihr Bruder keine sehr hohe Meinung von mir hat. Er könnte... meine Warnung missverstehen."

„Dann kennen Sie meinen Bruder?" Neugierig musterte Annabel die Frau vor ihr. Nun wurde es interessant.

„Kennen ist zuviel gesagt. Wir... sind uns kurz begegnet." Catherine wand sich sichtlich unbehaglich. „Bitte, ich verabscheue es einfach nur, wenn Menschen so manipuliert werden."

Catherine stieg in Annabels Gunst, denn ihre Worte klangen aufrichtig. Und das war eine Seltenheit in dieser Gesellschaft.

Leider drehte sich Lady Alverstone gerade in diesem Augenblick um und blickte misstrauisch auf Catherine, die aber ein ausdrucksloses Gesicht zur Schau trug. Annabel war immer mehr der Ansicht, dass die junge Frau, die dort blass aber wunderschön am Rande der Gesellschaft saß, nicht so uninteressant war, wie die Viscountess es darstellte. Annabel nahm sich vor, Miss Miller näher kennenzulernen, aber erst galt es, Robert zu warnen. Kurz überlegte Annabel, aber dann fasste sie einen Plan. Sie würde ihren Bruder nicht warnen, das würde sie dieser Catherine Miller überlassen. Sie würde den beiden Gelegenheit verschaffen, miteinander zu reden. Sie hatte das unbestimmte Gefühl, dass Robert etwas mit dieser Frau verband und dass die Ablehnung, die diese Miss Miller ihm entgegenbrachte, auf irgendeinem Missverständnis beruhen musste.

Denn so, wie ihr Bruder auf ihr Erscheinen reagiert hatte, hatte er ganz bestimmt keine „schlechte Meinung" von ihr, eher im Gegenteil.

Als Robert sich nach einiger Zeit zu ihr gesellte, hatte sie einen Plan gefasst.

„Liebster Bruder, würdest du mich auf die Terrasse begleiten? Mir ist schrecklich heiß und ich brauche frische Luft. Und ich möchte nicht alleine gehen, dieser grässliche Lord Pendell...", sie deutet mit einem dezenten Kopfnicken in die Richtung, in der der dickliche Mittvierziger stand und Annabel nicht aus den Augen ließ, „...stellt mir schon den ganzen Abend nach." Robert blickte ebenfalls in die angegebene Richtung und zog dann unheilvoll die Brauen zusammen. „Ist er dir zu nahe getreten? Ich werde ihn..."

„Es ist nichts gewesen, Robert. Ich möchte nur nicht allein nach draußen. Er soll keine Gelegenheit bekommen, sich mir ungebührlich zu nähern!" Als Robert sich etwas entspannte, sagte sie: „Ich hole nur schnell meine Stola. Geh du schon vor. Wir treffen uns dann an dem kleinen Pavillon, nicht weit vom Haus entfernt." Damit ließ sie ihn stehen und begab sich auf die Suche nach Lady Alverstone. Sie fand sie in ein Gespräch mit ihrem Gatten vertieft und hörte noch die Worte: „... heute! Georgina wird tun, was wir von ihr verlangen!" Als die beiden sie bemerkten, unterbrachen sie abrupt das Gespräch und Lady Alverstone wechselte in dem Bruchteil einer Sekunde den Gesichtsausdruck von angespannt zu liebenswürdig.

„Lady Annabel! Ich darf Sie doch so nennen?"
Annabel lächelte huldvoll, das Spiel beherrschte sie schließlich auch!, und die Viscountess fuhr erfreut fort: „Also, was für ein schönes Fest! Darf ich fragen, ob Sie und Euer Gnaden planen, den ganzen Abend hier zu bleiben? Oder plant der Duke... äh, also mit Ihnen natürlich, noch eine weitere Festlichkeit zu besuchen?"
Es war durchaus üblich, sich an einem Abend auf mehreren Festen sehen zu lassen, aber Annabel witterte hinter dieser Frage mehr als nur reine Neugier.

„Oh, Lady Alverstone, ich fürchte, das haben mein Bruder und ich noch nicht entschieden. Im Augenblick fühlen wir uns hier sehr wohl." Sie ließ ihre Worte wirken und bemerkte ein kleines zufriedenes Lächeln im Gesicht der Viscountess. Auch Lord Alverstone schien erleichtert zu sein, denn er verabschiedete sich sogleich mit den Worten: „Lady Almsford, Maude, bitte entschuldigen Sie mich. Ich habe... ein wichtiges Gespräch mit Lord Pembroke zu führen. Er wartet im

Spielzimmer auf mich." An seine Gattin gewandt fügte er hinzu: „Dann also wie abgemacht, Maude. Und gebt euch dieses Mal etwas mehr Mühe!" Lady Alverstone ließ ein geziertes Lachen hören und Annabel kroch eine Gänsehaut über die Arme. Wenn diese Miss Miller sie nicht gewarnt hätte...

„ Lady Alverstone, warum ich Sie eigentlich aufsuchte, war ein Gefallen, um den ich Sie bitten möchte. Würden Sie mir Ihre Gesellschafterin vielleicht für ein paar Minuten ausborgen? Ich möchte etwas frische Luft schnappen, wage mich aber nicht alleine in den Garten. Ich bin zwar Witwe, aber es gibt einige Herren hier...", sie senkte verschwörerisch die Stimme, „...denen ich nicht über den Weg traue. Ich möchte in keine unangenehme Situation kommen, wenn Sie versteht, was ich meine."

Die Brauen der Viscountess schossen in die Höhe und auf ihrem unscheinbaren Gesicht spiegelten sich die unterschiedlichsten Empfindungen. Sie war augenscheinlich nicht gewillt, diese Miss Miller mit der Marchioness allein zu lassen, warum auch immer. Aber der Gedanke daran, dass sie ihr damit einen Gefallen erweisen und sich so bei ihr beliebt machen könnte, stand dann doch im Vordergrund und gab den Ausschlag.

„Aber gerne doch, Lady Annabel! Wenngleich ich Sie schon im Voraus bitte, bei Miss Miller ein paar...

gesellschaftlich Abstriche zu machen. Sie ist es nicht gewohnt, sich unter Unseresgleichen zu bewegen!" Annabel blieb angesichts dieser unfreundlichen Herabwürdigung die Antwort im Halse stecken und so nickte sie nur huldvoll. Unseresgleichen! Diese Lady Alverstone war wirklich eine überhebliche Plage, ein leuchtendes Beispiel für so viele Mitglieder des *Tons*. Aber eben nicht alle, Gott sei Dank!

Mit einem Kopfnicken verabschiedete Annabel sich von ihr und machte sich auf, diese Miss Miller zu überzeugen, sie in den Garten zu begleiten.

Robert war es nicht ganz wohl dabei, so ganz alleine im Garten des Anwesens herumzuspazieren. Das war gefährlich, vor allem für einen unverheirateten Duke. Aber er vertraute darauf, dass Annabel ihn nicht lange warten lassen würde. Er lehnte sich an die verglaste Front des Pavillons und dachte darüber nach, wie er es anstellen sollte, mit Catherine zu reden. Er wollte herausfinden, was sie so aufgebracht hatte, obwohl er es natürlich ahnte. Und er wollte, dass sie ihm zuhörte, wenn er ihr gestand, dass sie ihm nicht mehr aus dem Kopf ging. Noch hatte er nicht beschlossen, was das in letzter Konsequenz bedeutete, aber er wollte sie näher kennenlernen, wollte Zeit mit ihr verbringen um sich über seine Gefühle klar zu werden. Denn dass er etwas für sie fühlte, konnte er nicht leugnen, so sehr er sich auch einzureden versucht hatte, sie sei nur ein weiteres Abenteuer für ihn gewesen.

„Robert?" Das sinnliche Timbre einer ihm wohlbekannten Stimme riss ihn aus seinen Gedanken.

„Emily. Ich habe dich gar nicht gehört." Langsam drehte er sich zu der Frau um, die so dicht hinter ihm stand, dass er ihre Brüste durch sein Jackett fühlen konnte. Sie schmiegte sich sogleich noch dichter an ihn und gurrte: „Hast du gerade an mich gedacht, Liebster?"

„Ich habe nicht einmal gewusst, dass du heute Abend auch hier bist, Emily." Damit schob er sie ein Stück von sich weg. Er ärgerte sich, dass sie ihn gestört hatte, während er an die süße Catherine dachte.

„Robert, ich dachte, wir könnten noch einmal ganz von vorne anfangen. Ich hoffe, du kannst mir diese schreckliche Dummheit verzeihen. Ich liebe dich, habe immer nur dich geliebt, aber das habe ich erst erkannt, nachdem ich diesen furchtbaren Fehler, den Earl zu heiraten, begangen habe!" Sie stellte sich auf die Zehenspitzen und presste ihren Mund auf seinen. Für einen kurzen Moment nahm er sich die Freiheit, ihr Angebot anzunehmen und erwiderte ihren Kuss. Seine

Hände umfingen ihre Brust und sie stöhnte leise.

„Gott sei Dank hat die Natur diesen Fehler inzwischen korrigiert, Robert. Ich bin wieder frei, frei für dich!"

Diese Worte trafen ihn wie ein Schwall kalten Wassers. Sie bezeichnete den Tod ihres Gemahls also als Korrektur eines bedauerlichen Fehlers!

Ernüchtert schob er sie von sich. Schon zuvor hatte er nicht in dem Maße auf sie reagiert, wie er es von sich erwartet hatte. Wenn er ehrlich war, hatte ihr Kuss ihn völlig kalt gelassen, aber diese Worte aus ihrem Mund bewiesen ihm mehr als alles andere, dass sie ein durchtriebenes Luder war, das längst ihre Wirkung auf ihn verloren hatte.

Sie sah ihn aus verhangenen Augen an, dann schob sie sich, in völliger Missdeutung der Situation, das Oberteil ihres kostbaren Gewandes von den Schultern und gab den Blick auf ihren üppigen Busen frei. Sie nahm seine Hand und presste sie auf eine rosige Brust, gleichzeitig wanderte die andere Hand zu seinem Schritt, aber noch bevor er ihr Einhalt gebieten konnte, unterbrach ein auffälliges, äußerst undamenhaftes Schnauben die Situation. Erstarrt wandte Robert sich der Quelle dieses Lautes zu und wusste im selben Augenblick nicht, ob er erleichtert oder entsetzt sein sollte. Vor ihm standen Annabel und... Catherine.

Catherine hatte sich gewundert, warum die Marchioness sie so unbedingt mit in den Garten hatte nehmen wollen, aber schließlich war ihr Wunsch, der Aufsicht ihrer Tante und dem Gerede der Anwesenden für eine kurze Zeit zu entkommen, größer gewesen als ihre Bedenken. Darüber hinaus war die Marchioness eine ungleich angenehmere Gesellschaft als Tante Maude und Georgina.

„Miss Miller, ich entschuldige mich für Lady Alverstone. Sie hat kein Recht, Sie so... zu behandeln. Ich bitte Sie, das nicht auf alle Mitglieder der Gesellschaft zu übertragen." Catherine hatte erstaunt die Luft angehalten. Ein Mitglied des *Tons* entschuldigte sich für ein anderes? Noch dazu, wo es bei der Vorstellung am Einlass nur um sie, Catherine, gegangen war?

„Sie müssen sich nicht nicht entschuldigen, Mylady. Das war... nicht der Rede wert?" Schüchtern senkte Catherine den Blick, aber die Marchioness blieb empört auf den Treppenstufen zum Garten stehen.

„Ich bitte Sie, das war wohl der Rede wert! Ich bin mir sicher, Sie haben eine Menge mehr Geistreiches zu erzählen als Lady Alverstone! Diese... aufgeblasene Pute ist eine Schande für die feine Gesellschaft!" Catherine blinzelte ungläubig. Das waren nicht nur Ausdrücke, die eine feine Dame nicht in den Mund nehmen sollte, sondern auch eine so vehement vorgetragene Schmähung ihrer Tante, dass sie sich ein schadenfreudiges Grinsen nicht verkneifen konnte. Aber sie hatte sich schnell wieder in der Gewalt. Es stand ihr nicht an, sich über ihre Tante zu amüsieren, schon gar nicht in Gegenwart einer Marchioness! Und es stand ihr ebenfalls nicht zu, die Worte der Marchioness durch eine weitere Bemerkung in die eine oder andere Richtung zu kommentieren. Also schwieg sie, während Lady Annabel zielstrebig den Garten durchquerte. Fast schien es Catherine so, als hätte sie ein bestimmtes Ziel vor Augen und wollte nicht einfach nur flanieren. Und als sie von einem äußerst missfälligen Laut aufgeschreckt wurde, und den züchtig nach unten gerichteten Blick hob, wusste sie mit einem Mal, was das Ziel der Marchioness gewesen war! Dort stand der Duke, Robert, in einer mehr als eindeutigen Situation mit dieser Sirene und blickte entsetzt in ihre Richtung. Es war Catherine, als bliebe die Zeit stehen, während sie sich fragte, was hier vor sich ging. Hatte die Marchioness etwa einen Verdacht, dass sie und Robert... Und wollte sie ihr so vor Augen führen, wie aussichtslos jedwede Hoffnung war, die eine so törichte Frau wie Catherine in Bezug auf den Duke haben könnte? Es hätte für Catherine nicht dieses schamlosen Schauspiels bedurft um ihr klar zu machen, dass Robert unerreichbar für sie war! Und während sie noch vor wenigen Augenblicken geglaubt hatte, die

Marchioness sei anders als die anderen Mitglieder der feinen Gesellschaft, sah sie sich wieder einmal getäuscht! Sie war eine Närrin, wenn sie glaubte, es gäbe hier unter diesen Menschen so etwas wie Mitgefühl oder Aufrichtigkeit!

Mit einem letzten Rest Selbstachtung wandte sie sich von dem demütigenden Schauspiel ab, nur mühsam die Tränen zurückhaltend, und floh über den Rasen zurück in den Ballsaal.

Als sie am nächsten Morgen erwachte, fühlte sie sich wie gerädert. Ihre Tante hatte ihr Vorhaltungen gemacht, weil sie alleine zurück in den Ballsaal gekommen war, aber wie immer prallten die Anschuldigungen und Anfeindungen an ihr ab. Überhaupt hatte sie kaum noch etwas wahrgenommen, zu sehr lastete der Anblick von Robert und dieser Lady Emily auf ihrem Gemüt. Und die beschämende Erkenntnis, dass auch Lady Annabel sie hintergangen hatte mit ihrer aufgesetzten Empörung über die Behandlung, die Tante Maude ihr immer wieder zuteil werden ließ. Und das nur, um sie in Sicherheit zu wiegen und ihr dann diesen vernichtenden Schlag zu verpassen und sie mit ihrer eigenen Naivität zu konfrontieren! Nein, sie tat recht daran, den *Ton* zu verabscheuen! Diese Heuchelei, die Falschheit und das impertinente Beharren, etwas Besseres zu sein, bestätigte alles, was sie sich jemals über die feine Gesellschaft zusammengereimt hatte!

Sie hatte im Davoneilen noch gehört, wie Robert etwas hinter ihr her gerufen hatte, dann einen hitzigen Wortwechsel, aber es war ihr einerlei, was er sagen wollte. Am liebsten würde sie ihn nie wiedersehen, aber das würde nur ein frommer Wunsch bleiben, denn sie würde Tante Maude und Georgina auch weiterhin auf Bälle begleiten müssen. Aber sie würde sich nie, nie wieder, in andere Angelegenheiten mischen! Was ging es sie an, wen der Duke heiraten würde? Sie würde einfach weiterhin still am Rande der Gesellschaft verharren und den Dingen ihren Lauf lassen.

Catherine schlug die Bettdecke zurück und stand auf. So früh am Tag schliefen alle noch und sie liebte diese Stunde, weil sie dann ihre Ruhe hatte.

Sie wusch sich und zog ein altes graues Tageskleid an. Viel Auswahl hatte sie nicht, aber das störte sie auch nicht. Was sie weitaus mehr störte, war die Tatsache, dass sich ihr Aufenthalt in London ganz und gar nicht so entwickelte, wie sie erhofft hatte.

Sie war keinen Schritt weiter in Bezug auf die Rehabilitierung ihres Vaters, weil sie ja keinen unbeaufsichtigten Schritt tun konnte. Und sie hatte immer mehr das Gefühl drohenden Unheils. Sie hatte ihren Onkel und Finley oft dabei ertappt, wie sie ein Gespräch abbrachen sobald sie den Raum betrat. Und überhaupt sah dieser Finley sie immer so... lüstern an, dass ihr ganz unwohl wurde. Und dass sie von ihrem Onkel keine Hilfe für den Fall erwarten konnte, dass Finley ihr auflauern würde, ahnte sie.

Vorsichtig ging sie den kalten dunklen Flur entlang, der hinunter in die Räume der Familie führte. Vielleicht konnte sie etwas in Onkel Edwards Unterlagen finden, das ihr verriet, was er mit ihr vor hatte. Aus den geflüsterten Gesprächsfetzen, die sie aufgeschnappt hatte, hatte sie gefolgert, dass es irgendetwas mit ihrem Geburtstag zu tun haben musste. Nicht dass sie an ein Geschenk oder ein besondere Aufmerksamkeit dachte, eher etwas Unangenehmes. Wollte er sie vielleicht auf die Straße setzen? Zuzutrauen wäre ihm das, dachte Catherine. Kurz zögerte sie, als sie vor der Tür zur Bibliothek angekommen war, die ihr Onkel auch als Schreibzimmer nutzte. Wenn er sie hier erwischen würde... Aber dann drückte sie die Klinke herunter und trat entschlossen ein. So oder so drohte ihr Ungemach, und sie wollte lieber wissen, was auf sie zukam.

Der Schreibtisch ihres Onkels war mit Papieren übersät, und es war keine Ordnung zu erkennen. Vorsichtig nahm Catherine ein paar Briefe und Blätter in die Hand, aber es waren alles nur Einladungen zu Bällen, Visitenkarten, Rechnungen oder Schreiben des Verwalters auf Stamford Hall. Nichts, was in irgendeiner Weise mit ihr zu tun hatte. Sie rüttelte an der Schreibtischschublade, aber die war natürlich verschlossen. Natürlich würde ihr Onkel wichtige Unterlagen nicht einfach so herumliegen lassen! Stellte sich nur die Frage, was an ihrer Person so wichtig sein könnte, dass er es offensichtlich vor ihr zu verheimlichen versuchte! Da sie die Schublade ohne Schlüssel nicht öffnen konnte, wandte sie sich dem Papierkorb zu, allerdings hatte sie keine allzu großen Hoffnungen, hier etwas zu finden. Schließlich warf man wichtige Dinge nicht weg! In der Tat enthielt der Papierkorb außer den adressierten und weggeworfenen Umschlägen und angefangenen Briefen nichts Erhellendes. Dann fiel ihr ein Briefumschlag in die Hand, der an sie adressiert war, den sie aber niemals erhalten hatte. Irritiert sah sie auf den Absender: Bank of England, Mister Smith, Threatrneedle Street, London. Während sie noch überlegte, ob dieser Brief möglicherweise etwas mit einer verspäteten, acht Jahre verspäteten!, Forderung an ihren Vater und damit an sie als Erbin, zu tun haben könnte, hörte sie Schritte im Flur. Wenn ihr Onkel sie hier finden würde, noch dazu mit dem Umschlag in ihren Händen und somit ganz offensichtlich beim Herumschnüffeln, würde es ihr schlecht bekommen. Wie immer in diesen brenzligen Situationen erinnerten ihre Hand und ihr Rücken sie durch ein unheilvolles Kribbeln an die Strafen, die er schon für sie ersonnen hatte.

Schnell ließ sie den Umschlag in den Papierkorb fallen und hastete zur Tür. In dem Moment, in dem sie sie öffnen wollte, wurde sie ihr aus der Hand gerissen und ihr Onkel stand im Rahmen. Nach einem kurzen Augenblick der Verblüffung knurrte er sie an: „Was tust du denn hier?"

„Ich...", Himmel, was sollte sie jetzt sagen?, „...ich wollte mit Ihnen reden, Mylord." In solchen Augenblicken hatte es sich als hilfreich erwiesen, ihm eine gewisse Ehrerbietung entgegenzubringen.

„Aber... Sie waren nicht hier und ich.. wollte gerade wieder gehen." Misstrauisch blickte er über ihre Schulter, wohl um einen Beweis für seine Vermutung, sie hätte herumgeschnüffelt, zu finden.

„Was wolltest du denn von mir?" Er trat an ihr vorbei in sein Arbeitszimmer.

„Ich... wollte Sie bitten, mir zu erlauben, in einem Haushalt eine Stellung anzutreten." Gott sei Dank war ihr das noch eingefallen. Und es war noch nicht einmal gelogen! „Ich möchte Ihnen nicht länger zur Last fallen,denn ich glaube, dass Sie mich als solche empfinden..."

„Nein."

Überrascht hielt Catherine inne. Nein?

„Nein? Aber...“

„Ich habe andere Pläne mit dir. Und nun geh und lass mich alleine." Damit war für ihn das Gespräch beendet, aber Catherine brauchte einen kurzen Augenblick, um das Gehörte sacken zu lassen. Er hatte *Pläne* mit ihr? Was für Pläne?

„Ist noch was?“

Sie löste sich aus ihrer Erstarrung. „Nein, ich... danke Mylord, ich... muss... gehe dann jetzt." Hilfloses Gestammel, aber zu mehr war sie im Moment nicht fähig. Sie wandte sich zur Tür und verließ das Arbeitszimmer. Welche Pläne er auch immer mit ihr hatte, Catherine ahnte, dass diese Pläne nichts damit zu tun hatten, ihr einen Gefallen zu erweisen.

„Es tut mir leid, Robert, aber wie hätte ich ahnen können, dass du mit Lady Emily... nun... beschäftigt warst? Ich wollte dir einen Gefallen tun und dir Gelegenheit geben, mit Miss Miller zu reden. Ich hatte das Gefühl, dass es da etwas Unausgesprochenes zwischen euch gibt." Zerknirscht sah Annabel ihren

Bruder an. Nach der unerfreulichen Szene im Garten hatte er noch versucht, Catherine zu folgen, aber sie hatte sich auf ihren Platz zurückgezogen und ihm so keine Gelegenheit gegeben, auch nur ein Wort an sie zu richten. Sie war blass gewesen, und in ihren Augen hatte er eine Verletztheit gesehen, die sein Herz anrührte. Wie hatte das alles nur so aus dem Ruder laufen können? Annabel hatte es gut gemeint und diese dumme Situation mit Emily hatte niemand voraussehen können. Er hatte ihr inzwischen ziemlich unverblümt klar gemacht, dass sie ihn von ihrer Beuteliste streichen konnte, aber an der Tatsache, dass Catherine vollkommen falsche Schlüsse aus der Situation gezogen hatte, war nun nichts mehr zu ändern.

„Komm schon, Annabel, wie hättest du wissen sollen, dass sich dieses verruchte Frauenzimmer ausgerechnet diesen Augenblick ausgesucht hatte, mich zu umgarnen! Aber sei es drum, vermasselt ist vermasselt." Robert schenkte sich ein weiteres Glas seines teuren Brandys ein und stürzte es in einem Zug herunter. Und dann noch eins. Bevor er das dritte Glas leeren konnte, hielt Annabel ihn durch einen leichten Griff an seinen Ellenbogen davon ab.

„Robert, findest du es nicht an der Zeit, mir zu erzählen, was da zwischen euch ist? Und sag jetzt nicht wieder, dass du nicht weißt, wovon ich spreche! Seit du in London bist, bist du unkonzentriert, du grübelst vor

dich hin und bist... melancholisch. Du lebst nur auf,
wenn du Miss Miller siehst, dann ist da so ein
Ausdruck in deinen Augen..." Sie ließ seiner Phantasie
Raum, zu überlegen, von welchem Ausdruck sie
sprach, allerdings hatte er auch schon bemerkt, dass er
sich wie ein verliebter Trottel benahm, wenn Catherine
in seiner Nähe war.

„Und Miss Miller hat angedeutet, dass ihr euch schon
einmal begegnet seid."

„Was hat sie gesagt?" Er zuckte leicht zusammen. Hatte
Catherine seiner Schwester etwa erzählt, was zwischen
ihnen vorgefallen war? Und wenn ja, was bezweckte
sie damit? Versuchte sie, ihn zu einer Ehe zu drängen?
Gleich darauf schalt er sich einen Narren. Nicht sie,
nicht Catherine! Jede andere Frau in der Gesellschaft
hätte die Tatsache, dass er sie entjungfert hatte,
ausgenutzt. Aber Catherine hatte nichts gefordert,
damals nicht und auch nicht heute. Sie hätte längst zu
ihm kommen und ihm die Pistole auf die Brust setzen
können, aber das hatte sie nicht getan. Im Gegenteil: sie
machte nicht den Eindruck als wolle sie noch
irgendetwas mit ihm zu tun haben! Und das war sein
Elend! Er musste sich eingestehen, dass der Gedanke
an eine Ehe, wie er ihn noch vor gar nicht allzu langer
Zeit mit Schrecken erfüllt hatte, nun nicht mehr ganz so
abstoßend war. Jedenfalls nicht, wenn es bei der
potentiellen Kandidatin um Catherine ging!

„Also?" Annabel sah ihn auffordernd an. Resigniert zuckte Robert mit den Schultern. Nun war es auch schon egal und wenn er eine Verbündete brauchte, um Catherine wiederzusehen, dann wäre es besser, er würde sie ins Vertrauen ziehen.

Und dann begann er, zu erzählen, wie er Catherine kennengelernt hatte. Nicht alles natürlich, aber die Details, die er Annabel erzählen konnte, ohne dass sie ihm den Kopf waschen und eine Moralpredigt halten würde.

❧

Edward Sutton, 8. Viscount Alverstone sah von seinen Papieren auf, als Finley auf seine Aufforderung hin eintrat. „Mylord, ein Herr wünscht Sie zu sprechen."

„Hat er seine Karte abgegeben?"

„Nein Mylord, er... sieht nicht aus wie jemand, der einen Visitenkarte hat."

Alarmiert sah Edward auf.

„Wie sieht er denn aus?"

„Wie jemand, der sich nicht an der Nase herumführen lässt, Alverstone!", erklang eine feste Stimme und die Tür flog auf. Finley blieb vor Schreck das Wort im Munde stecken und auch Lord Alverstone zuckte unter diesen Worten zusammen. In der Tür stand, breitschultrig und Unheil verheißend, Trevor Barnes, der Besitzer einer der berüchtigtsten Spielhallen mit angeschlossenem Bordell. Und er war einer der Männer, vor denen sich Edward Sutton am meisten fürchtete!

„Lass uns alleine!", knurrte er Finley an, der auf ein kurzes Nicken seines Dienstherren hin den Raum verließ und die Tür hinter sich zuzog. Er würde hier Position beziehen, falls der Viscount seine Hilfe brauchen würde, und darüber hinaus würde er vielleicht einige Informationen aufschnappen können, die sich als hilfreich erweisen würden. Schon lange suchte er nach einer Gelegenheit, sich von seinem Dienstherren unabhängig zu machen. Er zahlte nicht nur schlecht, er behandelte seine Angestellten auch noch schlecht! So presste er sein Ohr an die Tür und versuchte, möglichst viel von der Unterhaltung aufzuschnappen.

„Mister Barnes, nehmen Sie doch Platz. Darf ich Ihnen einen Drink anbieten? Ich habe erst gestern eine neue Lieferung besten Brandys bekommen." Umständlich ging Lord Alverstone auf die niedrige Anrichte zu, die an einer vertäfelten Wand stand und auf der eine Karaffe mit Brandy und Gläser standen. Er wusste, dass das Gespräch unangenehm werden würde und wollte Zeit gewinnen. Während er seinem Besucher das Glas reichte, musterte er den Mann verstohlen. Trevor

182

Barnes war ein großer, kräftiger Mann, das Gesicht entstellt von unzähligen Narben, die davon zeugten, dass er keinem Kampf aus dem Weg ging. Seine fast schwarzen Augen glitzerten kalt und unbarmherzig und Edward wusste, dass er von diesem Mann keinen weiteren Aufschub seiner Schulden erwarten konnte.

„Reden wir nicht lange um den heißen Brei herum, Alverstone. Ich habe nicht ewig Zeit, aber das Ausmaß Ihrer Schulden verlangt, dass ich mich persönlich der Sache annehme." Er drehte das Glas mit der bernsteinfarbenen Flüssigkeit in der Hand, bevor er einen Schluck nahm. Edward hingegen rutschte unbehaglich auf seinem Stuhl hin und her. Er hatte in der Tat keine genaue Vorstellung von der Summe, die er Barnes schuldete, aber wenn der Kerl hier persönlich auftauchte, dann musste es sich um einen stattlichen Betrag handeln.

„Ich sehe, Alverstone, Sie sind nicht vollkommen im Bilde." Drohend beugte er sich vor. „Sie schulden mir inzwischen 15.000 Pfund und ich bin nicht gewillt, Ihnen diese Summe länger zu stunden. Zumal Gerüchte die Runde machen, dass es um Ihre Zahlungsmoral in der letzten Zeit nicht gut bestellt ist."

Edward bemühte sich, sich sein Entsetzen nicht anmerken zu lassen. Äußerlich anscheinend gefasst, lehnte er sich in seinem Stuhl zurück.

„Ich hätte nicht gedacht, Barnes, dass Sie etwas auf

Gerüchte geben. Seien Sie versichert, dass ich in Kürze eine größere Summe zur Verfügung haben werde. Sie bekommen Ihr Geld, keine Sorge."

„Oh, nicht dass ich besorgt wäre, Alverstone. Sie sollten es sein, denn wenn Sie nicht bald zahlen, landen Sie im Schuldgefängnis, dafür werde ich sorgen!" Und damit stand er auf und ging zur Tür.

„Sie hat mit einer Duellpistole auf dich gezielt?" Ungläubig sah Annabel ihren Bruder an. Sie versuchte, sich das Lachen zu verbeißen, aber schließlich platzte es doch aus ihr heraus. Robert verzog beleidigt den Mund. Er hatte seiner Schwester nicht alles erzählt, damit sie sich jetzt über ihn lustig machen konnte. „Komm schon! Der Gedanke, dass sie versucht hat, dich mit einer Pistole davon abzuhalten, sie... nun, du weißt schon... das hat doch was! Die meisten Damen die ich kenne, hätten versucht, dich mit Waffengewalt *in* ihr Bett zu kriegen, nicht, dich davon fern zu halten!" Wieder kicherte sie und diesmal musste Robert ihr zustimmen. Die Vorstellung, wie Catherine damals zitternd aber mit dem Mut einer Löwin vor ihm gestanden hatte, amüsierte auch ihn.

„Sie ist eben anders als die Damen, die du... die wir kennen." Robert sah wieder Catherine vor sich, aus der den Wein aus der Flasche trinkend, in seinen Armen friedlich schnarchend und dann, wie sie sich ihm hingab, voller Vertrauen, nichts fordernd und doch so viel gebend. Er schloss die Augen, aber die Gedanken an diese Frau ließen sich nicht so einfach vertreiben. Sie spukte ihm im Kopf herum und er musste sich eingestehen, dass keine Frau vor ihr ihn so fasziniert hatte. Bislang waren sie aus seinem Leben und Denken verschwunden, sobald er morgens neben ihnen erwacht war.

„Ich sehe schon, liebster Bruder, du bist ein akuter Notfall in Sachen Miss Miller. Aber es wird nicht leicht sein, sie nach deinem Auftritt neulich Nacht dazu zu bringen, noch einmal mit dir zu reden." Sie lehnte sich in ihrem Sessel zurück und grinste ihn herausfordernd an. „Aber ich wäre nicht deine Schwester, wenn ich nicht eine Idee hätte, wie wir das hinkriegen. Nur hoffe ich, du vergeigst es nicht wieder."

„Du bist eine unerträgliche Ränkeschmiedin, liebste Annabel.", sagte er, aber Annabel wusste, dass er es nicht böse meinte.

„Aber nur, wenn ich etwas Gutes damit bewirken kann. Und ich glaube, Miss Miller und dich zusammenzubringen, ist etwas Gutes!" Sie ließ bewusst die Zweideutigkeit ihrer Worte im Raum stehen. Auch wenn Robert es noch nicht wahrhaben wollte, aber er war bis über beide Ohren in diese Frau verliebt und wenn sie nicht ganz von ihrer Menschenkenntnis verlassen worden war, war diese Miss Miller genau die Frau, die Robert brauchte. Und dass sie nicht von Adel war, war allenfalls ein kleiner Makel, dem sie und vor allem Robert keine Bedeutung beimessen würden.

„Also, ich denke, ich habe einen Plan. Aber du musst auch etwas vorbereiten. Schließlich willst *du* mit ihr reden, liebster Bruder."

Finley öffnete mit grimmigem Gesichtsausdruck die Eingangstür. Nicht genug, dass Lord Alverstone ihn als Kutscher, Kammerdiener und Handlanger brauchte, wenn er wieder einmal die Pretiosen seiner Gemahlin zu verscherbeln versuchte, jetzt musste er auch noch den Türdienst versehen! Schon lange wusste Finley, dass es mit den Finanzen seines Arbeitgebers nicht zum Besten Stand, aber in der letzten Zeit war der drohende Ruin nicht mehr zu übersehen. Es wurde Zeit, dass er sich nach etwas anderem umsah, etwas, das mehr Zukunft hatte als der Dienst in dem adeligen Haushalt.

„Sie wünschen?" Finley konnte sich nur mit Mühe

überwinden, sich vor dem vornehmen Herren in maßgeschneiderter Kleidung, mit Zylinder und Monokel angetan, zu verbeugen. Allesamt waren diese Männer überhebliche Stutzer, die seinesgleichen mit Herablassung behandelten.

„Ich wünsche den Viscount Alverstone zu sprechen!" Der arrogante Tonfall des Mannes bestätigte alle Vorurteile, die Finley gegenüber diesen Menschen hegte. Er reichte ihm eine vornehm aussehende Karte mit geschwungenen Schriftzeichen. *Hieronymus Smith, Threatrneedle Street, Bank of London,* konnte Finley entziffern und an dem Blick des Bankers erkannte er, dass dieser erstaunt darüber war, dass sein Gegenüber lesen konnte. Kalte Wut strömte durch seine Adern, aber er ließ sich äußerlich nichts anmerken.

„Der Viscount ist nicht im Hause. Möchten Sie vielleicht im Salon auf ihn warten?"

Der Mann winkte ab. „Nein, dazu habe ich keine Zeit. Aber wenn Sie ihm ausrichten würden, dass ich ihn dringend sprechen muss, wäre ich Ihnen dankbar." Um die Wichtigkeit seines Anliegens zu unterstreichen, fügte er hinzu: „Es geht um das Erbe seiner Nichte." Damit drehte er sich auf dem Absatz um und ging die Stufen hinunter, um gleich darauf im Gedränge der belebten Straße zu verschwinden.

Erbe...Nichte... Die Gedanken in Finleys Kopf überschlugen sich. Er hatte schon immer geahnt, dass die hübsche Miss Miller ein Geheimnis hatte, und aus diesem Grund hatte er begonnen, heimlich ein paar Informationen zusammenzutragen, die ihm seine zwielichtigen Freunde gegen ein geringes Entgelt lieferten. Unbeabsichtigt hatte ihm nun dieser Smith das letzte fehlenden Puzzleteil geliefert, das alles sinnvoll zusammenfügte.

Catherine hatte einen dicken Kloß im Hals. Sie saß in einer vornehmen Kutsche mit dicken Polstern und hübschen Vorhängen vor den klaren Fenster und war auf dem Weg zur Marchioness of Almsford. Ihre Tante hatte ihr mitgeteilt, die Marchioness hätte sie darum gebeten, sich Catherine für den heutigen Abend ausleihen zu dürfen. *Ausleihen*, wie einen Regenschirm oder einen Umhang. Es war schon seltsam, wie diese Menschen auf andere herabsahen. Aber natürlich hatte sie sich dem Eifer ihrer Tante, der Schwester des Mannes, den sie als Schwiegersohn auserkoren hatte, einen Gefallen zu tun, zu fügen. Und so saß sie nun hier in dieser Kutsche, und hätte gerne gewusst, was die Marchioness von ihr wollte. Hatten sie und ihr Bruder sie noch nicht genug gedemütigt?! Mit ihrer panischen Flucht in den Ballsaal hatte sie mehr preisgegeben als ihr lieb war, das war ihr im Nachhinein aufgegangen. Und zu allem Überfluss hatte sie sich am folgenden Morgen mehrfach übergeben müssen, so dass sie nun auch noch befürchten musste, schwanger zu sein.

Als die Kutsche vor dem prachtvollen, dreistöckigen Anwesen der Marchioness am Grosvenor Square hielt, musste Catherine unwillkürlich schlucken. Das war so viel zu Schau gestellte Pracht, dass sie sich sofort unwohl fühlte. Aber der Kutscher ließ ihr keine Zeit, sich näher mit ihren verstörenden Gedanken zu befassen, denn er klappte die kleine Treppe an der Tür der Kutsche hinunter und half ihr beim Aussteigen. Sie straffte ihre Schultern und stieg die breite Treppe hinauf. Oben öffnete sich die Tür wie von Geisterhand und ein älterer Mann in wunderschöner Livree verbeugte sich vor ihr.

„Miss Miller, wenn Sie mir bitte folgen würden?" Unbehaglich durchquerte Catherine hinter dem Mann die imposante Halle. Sie kam nicht umhin, die prachtvollen, weißen Marmorsäulen zu bewundern, die trotz ihrer Höhe fast filigran wirkten. Kostbare goldene Verzierungen, Efeublättern nachgebildet, schlängelten sich um die mächtigen Sockel und Kapitel. Genug, um dem Betrachter ins Auge zu fallen, aber zu wenig, um aufdringlich luxuriös zu wirken. Himmel! Das war die prächtigste Halle, die Catherine bis jetzt hier in London gesehen hatte! Und wieder einmal fühlte sie, dass sie nichts in dieser Welt zu suchen hatte. Sie war und blieb ein Außenseiter. Fast wäre sie in den freundlichen Butler hineingelaufen. Sie war so sehr von der schlichten Eleganz dieser Halle beeindruckt, dass sie gar nicht bemerkt hatte, wie der Mann an eine wundervoll mit Intarsien verzierten Mahagonitür geklopft hatte. Nachdem er sie geöffnet hatte, verbeugte er sich wieder vor ihr und sie war allein. Allein mit ihrer Unsicherheit und allein mit der Marchioness, wie sie mit einem schnellen Blick in das gemütliche eingerichtete Zimmer feststellte. Es war bedeutend kleiner als die Halle, aber ein weicher Aubussonteppich und zierliche Möbel ließen es luftig und gemütlich wirken. Die Wände waren mit cremefarbenen und hellgrünen Tapeten bespannt und verliehen dem Raum etwas Leichtes, Fröhliches.

Die Marchioness erhob sich von einem zierlichen, ebenfalls lindgrünen Sofa und kam auf sie zu, beide Hände freundlich ausgestreckt, so als wären sie Freunde und Catherines Besuch eine Verabredung zum Tee.

„Miss Miller, wie freue ich mich, Sie zu sehen!" Ihre Stimme klang aufrichtig, aber Catherine war auf der Hut. Schon einmal war sie auf die Freundlichkeit der Lady hereingefallen. Sie versank in einen tiefen Knicks und sah erschrocken auf, als die Marchioness sie fast unhöflich hochzog.

„Liebe Miss Miller, darf ich Catherine sagen?" Sie wartete die Antwort ihres Gegenübers nicht ab, sondern zog sie zu dem Sofa.

„Setzen Sie sich doch bitte. Darf ich Ihnen Tee einschenken?" Schon griff sie nach einer zierlichen Porzellantasse und goss den heißen Tee ein.

„Milch, Zucker oder Zitrone?" Fragend sah sie Catherine an, aber die war wie erstarrt. Was sollte das? Ganz sicher war sie nicht hier, um mit der Marchioness Tee zu trinken! Und warum schenkte Lady Annabel ihr ein und nicht umgekehrt?

„Nur Zucker.", krächzte sie schließlich, aber ihr Gegenüber schien ihre Befangenheit nicht zu bemerken. „Gut, so trinke ich meinen Tee auch am liebsten." Damit setzte sie sich und nach einem kleinen Schluck begann sie erneut zu sprechen.

„Catherine, sicherlich fragen Sie sich, warum ich Sie hergebeten habe." *Hergebeten, dass ich nicht lache,* dachte Catherine. *Ausgeliehen!,* hämmerte es ihrem Kopf. Als sie nicht gleich antwortete, fuhr Annabel fort. „Ich... also dieses unerfreuliche Zusammentreffen bei dem Ball neulich... ich entschuldige mich bei Ihnen. Ich habe nicht gewusst, dass Robert dort... mit Lady Emily..." Nun geriet sie doch ins Stottern, aber Catherine ließ sich keine Gefühlsregung anmerken.

„Ich bitte Euch, Mylady, Sie müssen sich nicht entschuldigen. Ro... ich meine, der Duke, kann tun und lassen, was er will."

„Ich bewundere Ihre Haltung, Catherine. Aber bitte, nennen Sie mich Annabel. Nicht Mylady, das hört sich so alt an." Sie kicherte mädchenhaft, und wirkte viel jünger als sie war.

„Das kann ich nicht, Lady Almsford. Ich... es schickt sich nicht, wenn ich Sie so vertraulich anrede." Ihr Rücken machte mit einem leichten Ziehen auf sich aufmerksam, so, als wollte er Catherine warnen, ihre gesellschaftliche Position zu vergessen.

„Ach was! Wenn wir in Gesellschaft sind, können Sie meinetwegen der Form halber meinen Titel benutzen, aber wenn wir alleine sind, bestehe ich darauf, dass Sie mich Annabel nennen." Sie nahm einen kleinen Schluck heißen Tee und setzte die Tasse dann grazil wieder ab.

„Ich möchte nicht indiskret sein, aber... Robert hat mir alles erzählt. Also, wie sie sich kennengelernt haben, und..." Irritiert hob Annabel ihre schön geschwungenen Brauen, als Catherine bis an den Haaransatz errötete. Was hatte Robert seiner Schwester erzählt? Doch wohl nicht...?! Sie hoffte, die Erde würde sich auftun und sie verschlingen, aber nichts geschah, außer, dass die Marchioness sie einen Augenblick eindringlich musterte und dann in offensichtlichem Verstehen sagte:

„Oh, wie ich sehe, hat er nicht *alles* erzählt, aber das lassen wir mal außen vor." Sie lehnte sich entspannt in ihrem Sitz zurück. „Bevor wir gehen, möchte ich Ihnen etwas erzählen."

Catherine verspannte sich zusehends. Was sollte das alles hier?

„Robert ist der dritte Sohn unseres Vaters. Niemand, am wenigsten er selbst, hätte je damit gerechnet, dass er den Titel erben würde. Vor acht Jahren verliebte er sich in eine junge Frau, Emily Walcott. Er wollte sie sogar heiraten, aber die Dame zog ihm einen Earl vor. Sie ist so kalt und berechnend, wie sie schön ist. Robert ist dann nach dieser Abfuhr nach Barbados gegangen. Nicht nur , aber auch wegen ihr. Er hatte sich gleichzeitig verspekuliert, einem windigen Eisenwarenhändler vertraut, der ihn um sein Vermögen geprellt hatte. Jetzt ist er ein Duke und Lady Emily ist Witwe." Sie machte eine bedeutungsvolle Pause, aber Catherine spukte etwas anderes im Kopf herum. Robert hatte also in einen Eisenwarenhandel investiert! Und war betrogen worden. Auch wenn Catherine nicht genau wissen konnte, ob dieser Mann ihr Vater gewesen war, so lag doch die Vermutung nahe. Denn das Zeitfenster stimmte. Acht Jahre, das konnte kein Zufall sein. Sie schluckte. Auch das noch.

„Catherine?" Annabel sah sie fragend an. „Haben Sie verstanden, dass es nicht Roberts Schuld war? Dieses

Luder hat sich an ihn herangemacht, jetzt, wo er einen Titel hat. Aber Robert ist nicht dumm, er würde sich nie mit Emily einlassen. Er hat begriffen, dass es ihr nie um ihn als Person ging."

Die Worte rauschten an Catherine vorbei. Warum erzählte die Marchioness ihr das alles?

„So, jetzt wollen wir aber etwas Vernünftiges für Sie zum Anziehen heraussuchen." Damit stand Annabel auf.

Etwas Vernünftiges zum Anziehen? Natürlich, Lady Annabel hatte etwas von „weggehen" gesagt. Sie schämte sich also auch für ihren unmodischen, armseligen Anblick!

Als hätte Annabel ihre Gedanken erraten, fügte sie schnell hinzu: „Also, ich meine, für diesen Anlass sind Sie nicht passend gekleidet. Wir...", sie kreuzte die Finger wegen diese Lüge hinter dem Rücken, denn sie würde Catherine nicht begleiten, „...gehen zu einem Kostümfest. In den Vauxhall Garden!"

Vauxhall Garden! Schon seit sie denken konnte, wollte sie diesen magischen Ort sehen. Bisher hatte sie noch keine Gelegenheit gehabt, diesen illusteren Vergnügungspark zu besuchen. Gut einhundertfünfzig Jahre gab es ihn schon und Catherine hatte viele Geschichten über diesen magischen Ort gehört. Man konnte dort essen, in Separees, die der Adel mieten konnte oder ganz einfach an den vielen Ständen, die es

194

gab. Oder man konnte Konzerten lauschen. Die bekanntesten Sänger ganz Londons, vielleicht der ganzen Welt, traten dort auf und es sollten sogar Feuerwerke dort stattfinden! Catherine hatte noch nie eines gesehen und konnte sich nur schwer vorstellen, wie es aussehen würde, wenn farbige Raketen den Himmel erhellten. Aber es musste himmlisch anzusehen sein!

Wie betäubt ließ sie sich von Lady Annabel durch den Flur ziehen, direkt in das Ankleidezimmer der Marchioness. Über einem Paravent hingen mehrere Kleider, eines schöner als das andere und kostbare Juwelen lagen passend bereit. Annabel klingelte mit einer kleinen Glocke und sofort kamen zwei junge Frauen herbeigeeilt, von denen eine sie sofort hinter den Wandschirm zog, während die andere mit Annabel beratschlagte, welche Frisur am besten für heute Abend passen würde.

„Bridget, lass die hellen Kleider weg. Ich denke, Miss Miller kann auf die Farben der Debütantinnen gut verzichten." Bei jedem anderen hätte Catherine eine Kränkung hinter dieser Anspielung vermutet, aber der amüsierte Tonfall der Marchioness ließ eher darauf schließen, dass sie unkonventionell war und auch, wenn niemand es sehen konnte, so errötete Catherine doch beschämt.

Catherine fühlte sich wie in Trance, ließ alles

widerstandslos über sich ergehen, bis auf den Moment, als Bridget ihr das Unterhemd ausziehen wollte. Catherine wehrte sich heftig, denn niemand sollte die Narben auf ihrem Rücken sehen, und nach kurzem Kampf kapitulierte die junge Zofe schließlich. Wahrscheinlich glaubte sie einfach, Catherine wäre zu schüchtern, um sich vollständig zu entblößen und erleichtert ließ Catherine sie in dem Glauben. Es reichte schon, dass sie die Handschuhe hatte ausziehen müssen, die sie, wie immer, wenn sie ausging, zum Schutz trug. Aber weder Bridget noch Annabel hatten die entstellenden Narben kommentiert, so dass Catherine sich entspannt hatte. Während Bridget ihr ein Kleid über den Kopf zog, das zwar etwas zu groß war, aber rasch mit ein paar Nadeln abgesteckt und danach von Bridget mit feinen Stichen passend genäht wurde, wirbelten unzusammenhängende Gedanken Catherines Gefühlsleben durcheinander. Robert hatte viel Geld durch ihren Vater verloren. Und da alle Welt glaubte, ihr Vater sei ein unverbesserlicher Spieler gewesen, würde Robert das auch tun. Robert würde sie verachten, weil sie die Tochter des Mannes war, wegen dem er das Land verlassen hatte.

Und was sollten Lady Annabels Anspielungen auf Robert und Emily? Weder sie noch Robert waren ihr eine Erklärung für diesen Abend schuldig.

Und dann der Gedanke an Vauxhall! Würde heute

wirklich einer ihrer Träume wahr werden und sie für kurze Zeit in eine Welt sehen lassen, die ihr bis dahin verschlossen gewesen war?

Catherine fühlte eine leichte Übelkeit in sich aufsteigen, vermischt mit Vorfreude, aber auch Angst.

„Nun machen Sie schon die Augen auf, Catherine!", hörte sie Annabel rufen und erst jetzt bemerkte sie, dass niemand mehr an ihr herumzupfte. Und auch, dass sie die ganze Zeit die Augen fest geschlossen hatte.

Vorsichtig blinzelte sie und sah die zufriedenen Gesichter der drei umstehenden Frauen.

„Jenny, du bist eine wahre Künstlerin!", lobte die Marchioness eine der Zofen. Es war die, die sich an Catherines Haaren zu schaffen gemacht hatte.

„Und das Kleid, das du ausgesucht hast, Bridget, steht Miss Miller ausgezeichnet. Es hat exakt die Farbe ihrer Augen!"

Catherine wagte angesichts dieser überschwänglichen Worte einen Blick in den mannshohen Standspiegel, der an der gegenüberliegenden Seite des Raumes aufgebaut war.

Beim Anblick der Frau, die ihr entgegen blickte, riss sie erstaunt die Augen auf. Sie trug ein nach der neuesten Mode geschneidertes Seidenkleid in einem dunklen Blauton. Über und über bestickt mit silbernen Blüten und Ranken sah sie aus, als wäre sie ein strahlender Stern am Nachthimmel. Ihre Haare waren kunstvoll aufgesteckt und mit Bändern in Blau und Silber geschmückt. Der Ausschnitt dieser Robe brachte auf eine dezente, aber doch verführerische Weise ihre kleinen, festen Brüste zur Geltung. Niemals zuvor hatte sie so... elegant ausgesehen und sie musste schlucken. Äußerlich unterschied sie nun nichts mehr von den Damen des *Tons,* aber die Narben auf ihrem Rücken schienen ihr zuzuflüstern, dass es nur eine Verkleidung war. Das prächtige Kleid änderte nichts an ihrer Stellung in der Gesellschaft.

Catherine öffnete den Mund um etwas zu sagen, aber kein Ton kam über ihre Lippen. Stattdessen schluckte sie einmal, zweimal, um den Kloß herunter zu schlucken, aber die Marchioness war noch nicht zufrieden. Sie reichte Catherine ein paar filigrane Ohrhänger mit Saphiren und bedeutete ihr, sie anzustecken.

Erschrocken wich Catherine zurück. Das war... das konnte sie nicht tun! Das Kleid selbst war schon zuviel, ließ sie als jemand erscheinen, der sie nicht war, aber jetzt noch dieser Schmuck?! Dass die Marchioness im Begriff war, ihr diese kostbaren Pretiosen zu leihen, konnte sie auf keinen Fall annehmen. Was, wenn sie die verlieren würde?! Nie im Leben würde sie Lady Annabel den Wert ersetzen können! Energisch schüttelte sie den Kopf.

„Das kann ich nicht annehmen, Mylady!"

„Annabel! Wir hatten uns doch darauf geeinigt, dass Sie mich so nennen."

Genau genommen hatte Catherine sich auf gar nichts mit der Marchioness geeinigt, aber sie ließ es dabei.

„Ich verstehe, dass Sie sich für meine... Erscheinung schämen, und ich sehe ein, dass ich Sie so nicht begleiten kann, aber die...", sie deutete auf die Ohrringe, „...werde ich auf keinen Fall anlegen." Entschlossen blickte sie Annabel direkt in die Augen. Einen kurzen Moment maßen sich die beiden Frauen mit Blicken, dann zuckte Annabel mit den Schultern. Jede andere Frau hätte das Angebot, sich mit derart wertvollem Geschmeide zu schmücken, nicht abgelehnt, aber Robert hatte recht: Catherine war nicht wie die anderen Frauen. Sie hatte eine ganz eigene Art. Sie war zurückhaltend, ohne schüchtern zu sein, ehrlich, ohne verletzend zu sein und stolz, ohne arrogant zu sein. Eine sehr seltene Mischung und Annabel konnte gut verstehen, warum ihr Bruder so fasziniert von Catherine war.

„Also gut, Sie sind auch ohne den Schmuck eine wahre Schönheit. Sie brauchen nichts, was von ihrer Persönlichkeit ablenkt." Sie zwinkerte Catherine zu, die wegen der schmeichelnden Wort der Marchioness errötete.

„Aber den hier,", sie griff nach einem Umhang aus nachtblauem Samt, der ebenfalls mit silbernen Fäden bestickt war und hervorragend zu dem Kleid passte, „werden Sie brauchen. Es ist ziemlich kühl heute Abend."

Catherine sah ein, dass die dünne Seide des Kleides sie nicht vor der herbstlichen Kälte schützen würde und nahm den Umhang an.

„Dann lassen Sie uns gehen. Die Kutsche wartet bestimmt schon. Ah... gehen Sie doch schon vor. Ich habe meinen Umhang vergessen!" Damit schob Annabel sie in Richtung Tür.

Robert schaute ungeduldig auf seine Taschenuhr. Warum dauerte das denn so lange? Oder war es Annabel gar nicht gelungen, Catherine unter einem Vorwand zu sich zu lotsen? Aber dann hätte sie ihn bestimmt benachrichtigt. Also hieß es warten.

Auf den Anblick, der sich ihm bot, als Catherine schließlich die breite Treppe hinunter kam, war er allerdings nicht vorbereitet. Im Schein der Gaslaternen, die in den vornehmen Vierteln der Stadt ein trübes Licht verbreiteten, funkelte sie wie ein heller Stern am Firmament. Die silberne Stickerei auf ihrem Kleid versprühte glitzernde Funken und der mitternachtsblaue

200

Umhang stand dem in nichts nach. Robert musste schlucken. Er hatte Catherine in einem einfachen Kleid kennengelernt, dessen Schlichtheit seine Aufmerksamkeit auf ihre aparte Schönheit gelenkt hatte, aber die Frau, die dort die Treppe hinunter kam, raubte ihm den Atem. In seinen kühnsten Träumen hätte er sich nicht ausmalen können, wie betörend schön die „Landpomeranze", wie Catherine sich selber genannt hatte, aussehen könnte. Sie überstrahlte alle Frauen, die er jemals kennengelernt hatte und das Verlangen, sie in seine Arme zu ziehen und zu küssen, ihre weiche Haut zu berühren und mit ihr in einem Taumel der Lust zu versinken, ließ alles Blut in seinen Unterkörper fließen. *Nur nichts überstürzen, Robert!*, ermahnte er sich, denn dieser Abend sollte nur dazu dienen, ihr eine Freude zu bereiten und die Missverständnisse zwischen ihnen auszuräumen. Und sie dazu bringen, ihm wieder zu vertrauen, wie sie ihm in dem kleinen Cottage vertraut hatte!

Chesterfield, Annabels Kutscher, klappte den kleinen Tritt vor der Kutschentür herunter und half ihr beim Einsteigen. Als sie im Inneren des eleganten Landauers Platz nehmen wollte, erstarrte sie, denn durch die kleinen Fenster fiel genug Licht herein, um eine weitere Person zu erkennen, die bereits dort saß.

„Guten Abend Catherine." Die dunkle Stimme umfloss sie wie ein warmer Hauch und die Haare an ihren

Armen stellten sich auf. Robert! Die Erkenntnis traf sie wie ein Blitz, noch bevor er sich etwas vorlehnte und sie im Dämmerlicht sein Gesicht erkennen konnte.

„Was..." Weiter kam sie nicht, denn auf ein Klopfzeichen am Kutschendach hin setzte sich der Landauer in Bewegung und sie plumpste auf den Sitz.

„Halt! Euer Gnaden, Ihre Schwester... Lady Annabel..."

„Hat heute Abend schon etwas anderes vor, liebste Catherine." Er ergriff ihre behandschuhte Hand und sie spürte die Wärme, die von ihm ausging, durch den dünnen Stoff hindurch. Hitze rauschte durch ihren Körper und sofort vibrierten alle Sinne in ihr. Die Stelle prickelte und kribbelte, und leider konnte sie nichts dagegen tun, dass sich dieses Gefühl in ihrem ganzen Körper ausbreitete.

„Was soll das, Euer Gnaden?", presste sie mühsam beherrscht heraus, aber Robert lachte nur leise.

„Kennst du die Geschichte vom Raub der Sabinerinnen?" Als Catherine ihn fragend ansah, führte er aus: „Einst gab es im alten Rom einen Mangel an unverheirateten Mädchen und Romulus, damals der Herrscher im Reich, erdachte einen Plan, dies zu ändern. Er lud die Einwohner benachbarter Städte ein und überfiel diese dann, um nur die Mädchen zu behalten, damit sie die Männer seines Volkes heirateten. Diese Mädchen waren fast ausnahmslos vom Volk der Sabiner, weshalb man auch vom Raub der Sabinerinnen spricht." Catherine konnte nicht einordnen, was Robert ihr damit zu verstehen geben wollte, daher sagte sie: „Euer Gnaden, ich kann nicht glauben, dass es in Ihrem Leben einen Frauenmangel gibt, so dass Sie es nötig hätten, mich zu entführen. Ganz sicher hätte keine der Debütantinnen eine Einladung von Euch abgelehnt."

„Wohl wahr, nur dass ich mit keiner dieser Frauen hier in der Kutsche sitzen und in die Vauxhall Gardens fahren möchte." Er beugte sich wieder vor und sah Catherine in die Augen. „Und bei dir hatte ich das unbestimmte Gefühl, du würdest eine Einladung von mir nicht annehmen, weshalb ich zu dieser kleinen List greifen musste." Er war ihr so nahe, dass nur wenige Zentimeter ihn von ihr trennten und Catherine konnte deutlich den herben Duft wahrnehmen, der ihn umgab. Sie schloss die Augen. Eine Mischung aus Sandelholz und Bergamotte stieg ihr in die Nase und erregte ihre Sinne. Warum nur musste dieser Mann eine derartige Wirkung auf sie haben?

Ganz zart berührten seine Lippen die ihren, aber Catherine zuckte erschrocken zurück. Ihr Herz klopfte viel zu schnell und ihr blieb die Luft weg. Nein! Das durfte nicht sein! Sie sollte nicht hier sein, sollte nicht dieses Kleid tragen und sich schon gar nicht von einem Duke küssen lassen! Damals, als sie noch dachte, er wäre einfach nur Robert Leighton, da hatte es sich richtig angefühlt. Aber das Wissen um seine wahre Identität hatte alles verändert. Ihr war inzwischen klar geworden, dass sie sich hoffnungslos in ihn verliebt hatte, aber sie konnte es nicht zulassen, dass sie sich in etwas verrannte, was nicht sein durfte. Ihre Träume waren eine Sache, die Realität eine andere.

Robert bemerkte ihr Erschrecken und zog sich zurück. Ihr Anblick hatte ihn verleitet, ihre verführerischen Lippen zu küssen, so wie damals im Cottage. Aber etwas war anders. Sie war anders. Er hatte sich geschworen, ihr einen unvergesslichen Abend zu bereiten, vorsichtig um sie zu werben, ihr Vertrauen zurück zu gewinnen. Also musste er sich beherrschen und durfte sie nicht bedrängen.

„Was wollen Sie von mir, Euer Gnaden?", flüsterte sie, die Augen gesenkt. Nervös zupfte sie an ihrem Kleid herum und ganz offensichtlich fühlte sie sich unwohl.

„Ich möchte diesen Abend mit dir verbringen, Catherine. Nicht mehr und nicht weniger."

Catherine atmete heftig, und ihre Brust hob und senkte sich in schneller Folge.

„Was...,", sie befeuchtete ihre roten Lippen mit der Zungenspitze und allein dieser Anblick brachte ihn schier um den Verstand, „...was beinhaltet dieses „verbringen"?" Sie sah ihn immer noch nicht an, aber Robert spürte ihre innere Anspannung.

„Alles und nichts, Catherine. Lass dich überraschen."

Seine Vorbereitungen waren abgeschlossen. Nun hieß
es, schnell zu handeln. Der Gedanke, bald ein reicher
Mann zu sein, ließ sein Herz schneller schlagen. All die
Jahre, die er die Drecksarbeit gemacht und dafür nur
wenig mehr als ein Danke und ein Dach über dem Kopf
erhalten hatte, würden in wenigen Tagen der
Vergangenheit angehören. Er würde in Geld
schwimmen, würde sich sämtlichen Luxus der
dekadenten Londoner Gesellschaft ebenfalls leisten
können. Ein Haus am Grosvenor Place,
maßgeschneiderte Anzüge, teuren Brandy,
Pferdewetten und die schönsten Huren des
Königreiches würden sich darum streiten, seine
Wünsche zu erfüllen!
Er ließ seine Hand über das kühle Metall der Beschläge
streicheln, die die Pistole zierten, berührte fast zärtlich
das dunkle Holz, das den Korpus der Waffe ausmachte.
Wie überaus schön und nützlich diese Dinger doch
waren! So schön, wie die Frau, die ihm dieses
Luxusleben verschaffen würde! Er konnte es kaum
noch erwarten, bis er die Frau, die ihm das alles
verschaffen würde, in seiner Gewalt haben würde. Der
Gedanke, was dann passieren würde, ließ ihm das Blut
in die Lenden schießen. Endlich würde er auf der

Sonnenseite des Lebens stehen, so, wie er es schon seit langem verdient hätte!

Catherine hielt den Atem an. Schon die Fahrt über die Themse war ein Erlebnis gewesen. Robert und sie waren in Westminster in ein Boot gestiegen, das sie geradewegs zu einer steinernen Treppe am Südufer gebracht hatte, von der aus man den Eingang zu den Gärten erreichte. Der kalte Wind hatte an ihrer Kapuze gezerrt und sie war der Marchioness dankbar, ihr den wärmenden Umhang geliehen zu haben. Der leicht salzige Geruch des Wassers, das sanfte Schaukeln des Bootes und der Sternenhimmel über ihr waren schon aufregend gewesen, aber niemand hätte sie mit Worten auf das vorbereiten können, was sie sah als sie durch das Eingangstor die breite Chaussee betraten, die in diese andere Welt hineinführte. Tausende bunte Lampions erhellten die Wege, tauchten sie in schimmerndes Licht und die Luft surrte und summte von den unterschiedlichsten Geräuschen. Leise war Musik zu hören, irgendwo plätscherte ein Brunnen und überall flanierten Menschen der unterschiedlichsten gesellschaftlichen Schichten. Staunend und mit großen Augen blieb Catherine stehen und ließ die Szenerie auf sich wirken. Ihr Mund formte ein entzückendes *Oh* und ihre Freude erwärmte Roberts Herz. Sie hatte ihm in den Stunden im Cottage erzählt, dass sie zwar in London gelebt aber niemals die Gelegenheit gehabt hatte, einmal die Vauxhall Gardens zu besuchen. Das hatte ihn auf die Idee gebracht, ihr diesen magischen Ort zu zeigen. Leicht fasste er sie am Ellenbogen und zog sie weiter die breite Alle entlang. Er hatte für den heutigen Abend eine der zum Grand Walk hin offenen Supper Boxen gemietet, eine Räumlichkeit, in der man erlesene Speisen und Getränke serviert bekam. Für gewöhnlich boten diese Räume bis zu zehn Personen Platz, aber Robert wollte Catherine heute mit niemandem teilen. Auf dem Weg dort hin passierten sie eine Marmorstatue der Göttin Aurora und Catherine blieb fasziniert stehen. Die fein gemeißelten Gesichtszüge zogen sie ebenso in den Bann wie die vollendeten Proportionen des Körpers und ganz unwillkommen schlich sich das Bild dieser Lady Emily in ihre Gedanken. Sie war ebenso vollkommen und schön, wie diese Statue und...

„An was denkst du gerade?" Roberts weiche Stimme riss sie aus ihren Gedanken, so nah an ihrem Nacken, dass sie seinen heißen Atem spürte.

„Ich... bewundere diese Statue, Euer Gnaden." Eine Gänsehaut kroch über ihren Körper, so bewusst nahm sie seine Nähe war. Ein leises Grollen entwich seiner

Brust, als er sie zu sich umdrehte.

„Wenn du noch einmal Euer Gnaden zu mir sagst, dann..." Seine braunen Augen bohrten sich in ihre und Catherine verlor sich in diesem Blick. Die förmliche Anrede schaffte die Distanz, die Catherine brauchte, um einigermaßen bei klarem Verstand zu bleiben, aber dann beschloss die romantische, träumerische Seite in ihr, diese Distanz für heute zu vergessen. *Robert,* für heute sollte er wieder Robert sein. Sie erlaubte sich, alle Gedanken an den Standesunterschied zu vergessen. Morgen würde die Welt wieder schwarz und weiß sein, aber heute sollte sie bunt und unbeschwert sein.

„Robert.", flüsterte sie und ein zufriedenes Lächeln umspielte seinen Mund.

Kurz darauf erreichten sie die von Robert gemietete Räumlichkeit und er rückte ihr einen Stuhl zurecht, auf dem sie sich unbehaglich niederließ. Die hier zur Schau getragene Dekadenz verunsicherte sie. Die Wände zierten Gemälde in prächtigen Farben aus den verschiedenen Epochen der Geschichte und der lange Tisch war mit einem blütenweißen Tuch bedeckt. Üppige Silberleuchter standen überall herum und tauchten die Szenerie in ein gespenstisch flackerndes Licht. Catherine rutschte bis auf die Stuhlkante vor und als Robert ihr ein Glas mit Champagner reichte, nahm sie es nur zögernd an.

„Was hast du, Catherine? Warum entspannst du dich

nicht?" Besorgt sah er sie an.

„Ich... es ist nichts... nur,", sie schluckte den Kloß herunter, der sich in ihrer Kehle gebildet hatte, „...ich dachte nur, wenn man uns zusammen sieht, dann..."

„Was dann?" Er hielt ihren Blick gefangen, und sie vermochte nicht, ihr Unbehagen zu verbergen.

„Wenn man uns zusammen sieht, könnte man denken... also... man könnte falsche Schlüsse ziehen."

„Und die wären?" Er ließ sie nicht aus den Augen, quälte sie, indem er sie zwang, ihre größte Angst in Worte zu fassen.

„Dass Sie... du... und ich...", er war offensichtlich nicht bereit, ihr zu helfen, indem er sie unterbrach,"... nun, dass wir zusammen sind." Tapfer hob sie den Kopf und sah ihn an. In seinen Augen las sie eine Mischung aus Erheiterung und Ernst, aber auch Verlangen und etwas, das sie nicht deuten konnte.

„Und? Sind wir das nicht?" Seine Lippen kamen den ihren gefährlich nah, als er sich zu ihr hinbeugte.

„Nein... ich meine, nicht so! Du und ich, wir können niemals...," sie fing an zu stottern, als er sich quälend langsam noch weiter vorbeugte und sie küsste. Erst zart, nur ein Hauch streifte ihre Lippen, aber als sie nicht im Stande war, ihm zu widerstehen, wurde sein Kuss fordernder.

„Robert, man kann uns sehen!", keuchte sie an seinem Mund, als er ihn für einen kurzen Moment freigab, um an ihrem Ohrläppchen zu knabbern.

„Na und?" Sein dunkler Bariton war voller Verlangen.
Sie stieß ihn von sich. Was taten sie da nur?! Schwer
atmend presste sie sich eine Hand auf ihr schnell
pochendes Herz.

„Robert, was immer auch zwischen uns geschehen ist,
es darf sich nicht wiederholen..."

„Ah, sieh an, der Duke of Harrisford! Und in
Begleitung!" Die helle Stimme troff vor unterdrückten
Zorn. Geistesgegenwärtig griff Catherine nach der
Maske, die die Marchioness ihr zur Aufrechterhaltung
dieses Possenspiels noch in Hand gedrückt hatte. Bis
jetzt hatte sie unbeachtet an ihrem Handgelenk
gebaumelt, aber nun war sie wie ein rettender Anker.
Dass sie nicht eher daran gedacht hatte!, schalt sich
Catherine und rückte die blaue, mit Federn und
funkelnden Steinen geschmückte Maske über ihrem
Gesicht zurecht. Die untere Hälfte war unbedeckt und
auch ihre Augen konnte sie nicht verstecken, trotzdem
hoffte sie, nicht erkannt zu werden.

„Wer ist dieses Flittchen, das du mir vorziehst, mein
Lieber? Hast du sie in einer dunklen Ecke hinten im
Park gefunden?""

Ohne große Hast wandte Robert sich um, aber seine
ganze Haltung verriet, dass sich Emily auf gefährliches
Terrain vorgewagt hatte. Äußerlich vollkommen ruhig
sagte er: „Ah, die Countess of Leyburn!" Er verbeugte

sich leicht vor ihr, das Gesicht spöttisch verzogen.
„Und wie ich sehe und höre, haben Sie ihre schärfsten
Waffen auch dabei, Mylady: ihre verdorbene
Vorstellungskraft und Ihre bösartige Zunge!"
Catherine hielt angesichts dieses Wortwechsels
erschrocken den Atem an. Nichts war ihr
unwillkommener als die Aufmerksamkeit, mit der die
Countess sie bedachte.
„Eine Hure erkenne ich auf den ersten Blick, auch
wenn sie in einem kostbaren Kleid steckt!" Sie funkelte
Catherine feindselig an. Für einen kurzen Augenblick
schloss Catherine die Augen. Sie hasste das Gefühl,
dass in den Worten der Countess ein Körnchen
Wahrheit lag. Sie hatte sich Robert hingegeben wie ein
liederliches Weib und die prächtige Robe fühlte sich an
wie eine Verkleidung, ein verzweifelter Versuch,
jemand zu sein, der sie nicht war, aber das gab dieser
Frau nicht das Recht, sie eine Hure zu nennen.
„Oh, ich habe gehört, dass es hier Wege und Ecken
gibt, die zu meiden es sich für eine Dame geziemt.
Umso überraschter bin ich, dass Sie offensichtlich
wissen, wen man dort alles so treffen kann! Sind wir
uns dort schon einmal begegnet, Countess?" Catherine
hatte gesprochen, ohne groß nachzudenken, und als sie
nun den verblüfften Blick der Blondine auffing, hätte
sie sich am liebsten die Zunge abgebissen. Was war nur
in sie gefahren? Diese Wortgefecht war so weit von

kein Aufsehen erregen entfernt, wie die Sonne vom Mond!

Amüsiert blickte Robert von Catherine zu Emily. „Touché, würde ich sagen, liebste Countess!" Er nahm Catherines Hand und hauchte einen Kuss darauf. „Im Übrigen bitte ich Sie, mich und diese zauberhafte Lady jetzt zu entschuldigen. Das Essen wird sonst kalt. Ich würde vermuten, dass Sie heute Abend noch irgendeinen unverheirateten Marquess oder Viscount finden, der an Ihnen mehr interessiert ist als ich!"

Damit ließ er sie stehen und winkte dem Diener, den ersten Gang aufzutragen. Die Countess öffnete den Mund, aber es kam kein Ton über ihre Lippen. Stattdessen drehte sie sich auf dem Absatz um und stürmte mit raschelnden Röcken in die Nacht hinaus.

Robert grinste Catherine an. „So langsam beginne ich, Gott oder wem auch immer zu danken, dass diese Pistole damals nicht geladen war!"

Catherine wurde unter ihrer Maske rot. „Ich... es tut mir leid. Es war ganz unerhört von mir, diese Dame so... zu beleidigen."

„Oh, nicht doch, Catherine. *Sie* hat *dich* beleidigt! Und es tut ihr ganz gut, einmal in ihre Schranken gewiesen zu werden."

„Nein, sie ist eine Lady! Ich hatte kein Recht..."

Roberts Augen verdunkelten sich und über sein markantes Gesicht huschte ein zorniger Ausdruck.

„Still! Ich will niemals wieder aus deinem Mund hören, dass du kein Recht hast, dich zu verteidigen, nur weil du denkst, sie wäre eine Lady und du nicht!" Er zog sie wieder in seine Arme. „Catherine, ich..." Er geriet ins Stocken und sie sah, dass er mit sich kämpfte, etwas auszusprechen, das ihn offensichtlich beschäftigte. Aber statt etwas zu sagen, presste er erneut seine Lippen wie ein Verhungernder auf ihren Mund, auf der Suche nach Nahrung für seine hungernde Seele, seinen hungernden Körper und er labte sich an der Süße, die ihr Mund ihm schenkte.

Verdammt! Beinahe hätte er es getan! Sie zu bitten, seine Frau zu werden! Was war nur mit ihm los? Er, der niemals heiraten wollte, zog es in Erwägung, diese unwiderstehliche Schönheit zu bitten, ihr restliches Leben an seiner Seite zu verbringen, in guten und in schlechten Zeiten. Der innerliche Aufruhr, der dieser Erkenntnis folgte, hatte allerdings nichts Beunruhigendes, sah man davon ab, dass Robert noch vor wenigen Wochen gerade der Gedanke an eine Ehe aus der Fassung gebracht hätte. Eher fühlte es sich so an, als sei sein schlingerndes, wellengeschütteltes Schiff endlich in den sicheren Hafen eingelaufen. Der Gedanke an Catherine und daran, dass sie morgens neben ihm aufwachen, mit ihm frühstücken und seine Sorgen teilen würde, schickte ein heißes Verlangen durch seinen Körper. Verlangen nach ihr, ihrer Seele, ihrem Körper und dem Gefühl, angekommen zu sein. Aber er wusste auch, dass er sie nicht mit einem Antrag überfallen durfte. Sie war nicht die Sorte Frau, die sich seufzend und geschmeichelt an seine Brust warf und „Ja" sagte. Sie war zurückhaltend, misstrauisch, und auch wenn er nicht wusste, was sie so hatte werden lassen, musste er das bedenken.

Robert hatte keinen Zweifel, dass sie etwas für ihn empfand, so wie sie sich in seine Armen schmiegte, aber ein Rest Zurückhaltung blieb, das spürte er deutlich.

Er löste sich von ihr, steckte eine widerspenstige Locke hinter ihr Ohr und fuhr die zarten Konturen ihres Halses mit dem Finger nach. Er würde ihr die Zeit geben, die sie brauchte, würde um sie werben, bis er ihren schützenden Panzer durchbrochen hatte. Er räusperte sich, dann nahm er ihr das Champagnerglas aus der Hand, das sie gerade an ihren Mund heben wollte und stellte es, so wie sein eigenes auch, zurück auf den Tisch. Als Catherine ihn verdutzt ansah, griff er sich die Flasche und nahm einen großen Schluck. Grinsend reichte er sie an Catherine weiter.

„Ich denke, wir brauchen diesen ganzen Aufwand nicht. Komm," er zog sie am Handgelenk aus der Supperbox und bedeutete ihr, die Flasche mitzunehmen. „Wir holen uns woanders eine Pastete und dann setzen wir

uns auf den Rasen. Ich habe noch eine Überraschung
für dich."

Catherine fühlte sich wie in einem schönen Traum, aus
dem man nie erwachen wollte. Robert hatte von
irgendwo eine Decke aufgetrieben und sie saßen
zusammen etwas abseits des Treibens im Gras und aßen
all die Köstlichkeiten, die er besorgt und auf einem
Tablett herbeigeschafft hatte. Sandwiches mit dem
berühmten Vauxhallschinken, Käsetörtchen und
Pasteten mit Cheddar. Und dazu tranken sie
Champagner. Aus der Flasche. Und am meisten
überraschte Catherine, dass sie nicht die Einzigen
waren, die sich hier zu einem Picknick niedergelassen
hatten, wenn auch die meisten Menschen, die dieser
Vergnügung frönten, einfache Leute waren. Mitglieder
des *Tons* flanierten an ihnen vorbei, ein paar grell
geschminkte Frauen, die eindeutig andere
Vergnügungen suchten als ein harmloses Picknick,
mischten sich darunter und das einfache Volk stand
neben den Adeligen an den Ständen und kaufte
geröstete Maronen oder Ale. Und niemand nahm daran
Anstoß. Hier in Vauxhall Gardens schienen andere

Gesetze zu gelten als auf dem glatten Parkett der feinen Gesellschaft und Catherine hatte sich schon lange nicht mehr so wohl gefühlt. Sie konnte Roberts Nähe ohne Vorbehalte genießen, konnte vergessen, dass er ein Duke war und sie nur... Nein, nicht heute! Dieser Abend gehörte nur Robert und ihr.

Sie schmiegte sich satt und zufrieden an ihn und genoss es, die Wärme zu spüren, die von ihm ausging.

Lachend zog er sie an sich und küsste sie auf die Nasenspitze. „Du darfst jetzt nicht einschlafen." Er zog sie auf die Füße und sie ergab sich protestierend. „Bitte, Robert, es war gerade so... schön!"

„Nichts ist so schön, dass es nicht noch schöner werden könnte." Er grinste sie an. „Außer du natürlich."

Verlegen folgte sie ihm zu einem weitläufigen Platz, auf dem sich bereits eine große Menschenmenge eingefunden hatte. Alle redeten und riefen durcheinander, winkten sich zu und über allem lag eine gewisse Spannung. Gerade, als Catherine Robert fragen wollte, was es hier zu entdecken gab, erklang ein Trompetensignal und kurz darauf erschütterte ein Krachen und Donnern die Luft. Catherine drängte sich erschrocken an Robert, aber der lachte nur und deutete in den Himmel.

Sprachlos weiteten sich ihre Augen und einmal mehr weidete Robert sich an ihrer kindlichen Freude. Keine der anderen Frauen, mit denen er je hier in Vauxhall gewesen war, hatte eine derart natürliche und ungekünstelte Lebensfreude versprüht, wie Catherine. Staunend und mit geröteten Wangen verfolgte sie die gleißenden und in tausend einzelne Sterne zerspringenden Lichter, die den Himmel erhellten.

Robert hatte keine Augen für das Schauspiel, das sich ihm am Himmel bot. Er hatte nur Augen für die Frau, die, wenn es nach ihm ging, schon bald seine Frau sein würde!

Catherine dagegen konnte sich nicht satt sehen an dem Feuerwerk. Kurz fragte sie sich, wie es möglich war, dass jemand so etwas Wunderbares vollbringen konnte, wie diese Lichter und Reflexe in den Nachthimmel zu zaubern, aber dann versagte all ihr Denken und sie ergab sich dem Zauber, den sie empfand. Sie bemerkte nicht, wie sie kleine „Ahs" und „Ohs" ausstieß und vor lauter Aufregung auf einer Lippe kaute. Aber Robert bemerkte es und konnte den Blick nicht von ihr wenden. Diese Frau zog ihn in ihren Bann, stärker als irgend jemand zuvor, und er wollte sie hier auf der Stelle, wollte ihr das Kleid vom Körper reißen und ihre weiche Haut kosten und kosen, bis sie glühte. Zur Hölle mit diesen Gedanken, aber er konnte nicht länger warten. Mit dem Verglühen des letzten Leuchtens zog er sie an sich. „Lass uns gehen.", flüsterte er in ihr Ohr und seine Stimme war rau und heiser vor Verlangen. Catherine lief ein Schauer durch den Körper, allein seine Stimme entfachte ein Brennen in ihr, das nach Erfüllung schrie. Wie heiße Lava strömte Sehnsucht durch ihren Körper, Sehnsucht nach diesem Mann und der Erfüllung, die er ihr schenken konnte. Ohne Widerstand ließ sie sich durch die Menge manövrieren, konnte sich später nicht mehr daran erinnern, wie sie auf das Boot und in Roberts Schlafzimmer gelangt war. Aber sie war dort. Und es fühlte sich gut an, als er sie in seine Arme zog und küsste.

Robert ließ seinen Mund über Catherines weiche Haut an den Schultern wandern, so, wie er es sich schon vor Stunden ausgemalt hatte. Irgendwie hatte er es geschafft, die unzähligen Knöpfe an ihrem Rücken zu öffnen und nun schob er ihr das Gewand über die Schultern. Sie half ihm indem sie sich schlängelnd aus dem Stoffberg befreite und schließlich nur in ihrem dünnen Unterhemd vor ihm stand. Und obwohl er sie bereits nackt gesehen hatte, hielt er den Atem an, als sie sich das Hemd über den Kopf zog und unbekleidet vor ihm stand. Sie war einfach vollkommen! Von ihren festen Brüsten über ihren flachen Bauch bis hin zu den weichen Locken ihrer Scham war sie in seinen Augen
218

perfekt. Sie lächelte ihn an, knöpfte sein Hemd auf und vergrub ihre kleinen Hände in den weichen Haaren auf seiner Brust. Ihre Augen waren bereits dunkel vor Verlangen und auch Robert konnte sich nicht länger zurück halten. Er packte beinahe grob ihr Handgelenk und während er seine Stiefel abstreifte und seine Hose öffnete, dirigierte er sie zu seinem großen Bett und drückte sie in die Matratze. Mit einem Stöhnen ließ er sich auf sie fallen und ohne weiteres Vorspiel warf er sich auf sie und war mit einem einzigen, kräftigen Stoß in ihr. Sie keuchte vor Verlangen und seinem fast groben Tun erregt auf und passte sich willig seinem Rhythmus an, der sie beide innerhalb kürzester Zeit in einen Taumel der Lust riss. Stöhnend und wimmernd trieben sie sich gegenseitig zu immer neuen Höhen, bevor das gleißende Licht der Erfüllung fast gleichzeitig in ihnen explodierte. Schwitzend und schwer atmend löste Robert sich schließlich von ihr und rollte sich auf die Seite. Zärtlich strich er ihr das wirre Haar aus dem Gesicht. „Catherine, ich...", Er schluckte schwer. Es zu wissen war deutlich leichter, als es auszusprechen. „Ich liebe dich." Als sie protestierend den Mund öffnete, legte er ihr einen Finger auf die Lippen. „Sag jetzt nichts. Lass mich aussprechen. Ich... möchte, dass du meine Frau wirst." Robert sah ihr ernst in die Augen und ihr Herz zog sich schmerzhaft zusammen. Sein Blick war so voller Liebe, dass ihr die Tränen kamen.

„Bitte, Robert, sag so etwas nicht. Es... geht nicht. Ich kann nicht deine Frau werden."

„Aber warum nicht, Catherine. Ich hatte das Gefühl... liege ich so falsch, wenn ich denke, dass du auch etwas für mich empfindest?" Sie wich seinem forschenden Blick aus. Er schien bis auf den Grund ihrer Seele zu sehen und sie wusste, ihre Schonzeit war vorbei. Er hatte ein Recht darauf, ihre Gründe zu erfahren.

„Ich... es ist eine lange Geschichte, aber wenn du sie gehört hast, wirst du verstehen, dass ich dich nicht heiraten kann." Sie befeuchtete ihre Lippen mit der Zunge und fuhr fort. „Ich... heiße nicht Catherine Miller." Sie wartete gespannt auf eine Reaktion, aber Robert stützte sich nur auf seinen Ellenbogen und sah sie an. „Mein richtiger Name ist... Catherine O'Reiley."Für einen kurzen Augenblick runzelte er die Stirn, dann schien er sich zu erinnern, denn ein harter Zug erschien auf seinem Gesicht. „Ich sehe, du erinnerst dich. Mein Vater... war der Mann, dem du vor acht Jahren dein Geld anvertraut hast." Er drehte sich abrupt um und stand auf, sich seine Hose über die Hüften ziehend. Er fuhr sich durch sein dichtes, dunkelblondes Haar und atmete ein paar Mal heftig ein und aus. Dann wandte er sich wieder zu ihr um."Warum hast du mir das nicht eher erzählt?"

„Weil... ich weiß es selbst erst seit heute Abend. Deine

Schwester hat mir davon erzählt, dass du damals... also deswegen nach Barbados gegangen bist." Heiße Tränen stiegen in ihr auf. Insgeheim hatte sie gehofft, er würde ihr sagen, es mache ihm nichts aus, dass sie die Tochter eben dieses Mannes sei, aber seine Reaktion auf ihre Worte zerstörten diese Hoffnung im Keim. „Ich bitte dich, verurteile meinen Vater nicht! Er ist... war nicht so, wie man es ihm im Nachhinein vorwarf."

„Woher willst du das wissen? Du warst damals höchstens,", er rechnete kurz nach,"dreizehn oder vierzehn. Wie kann ein junges Mädchen, das nichts vom Leben und der Schlechtigkeit der Menschen weiß, sich so sicher sein, dass der eigene Vater nicht spielt und Huren besucht!" Seine Stimme hatte nichts mehr von dem zärtlichen Liebhaber, der er noch vor wenigen Minuten gewesen war. Und obwohl Robert wusste, dass Catherine nichts dafür konnte, was ihr Vater getan hatte, wollte er sie dennoch dafür bestrafen, dass sie ihn so glorifizierte. Sie zog sich die Bettdecke über ihre Blöße und begann zu weinen.

„Weil... es gab Hinweise, dass er sich nicht selbst das Leben genommen hat. Er war Linkshänder, hielt aber die Pistole in der rechten Hand. Er hat immer nur gearbeitet und war ansonsten zuhause, bei meiner Mutter und mir. Er hatte gar keine Gelegenheit, diese... Häuser zu besuchen!" Sie schluchzte verzweifelt, aber er war noch nicht bereit, ihr entgegen zu kommen.

„Wenn ein Mann eine Hure besuchen will, findet er immer Zeit und Gelegenheit!" Spöttisch zuckte er die Schultern.

„Warum tust du das?", flüsterte sie.

„Was?" Verwirrt sah er sie an. In ihren blauen Augen standen Schmerz und Verzweiflung. Ihr Anblick rührte ihn. Zum Teufel mit ihm! Er liebte diese Frau und ließ sie leiden! Mit einigen schnellen Schritten war er bei ihr und setzte sich neben sie aufs Bett.

„Was tue ich denn, Catherine?" Er widerstand dem Verlangen, sie in seine Arme zu ziehen, denn er hatte das unbestimmte Gefühl, dass das nicht alles war, was sie ihm verheimlicht hatte. Vielleicht lag hier der Schlüssel zu ihrem widersprüchlichen Verhalten.

„Du zwingst mich, dich so zu sehen, wie du bist, nicht wie ich hoffte, dass du sein könntest. Natürlich hätte ich wissen müssen, dass du mir ebenso wenig glaubst wie diese oberflächlichen Mitglieder der Gesellschaft, in der du dich bewegst." Sie holte tief Luft und Robert schnürte sich bei ihrem Anblick das Herz zusammen.

„Catherine, Liebste, ganz gleich, was dein Vater getan oder nicht getan hat, ich liebe dich! Es spielt keine Rolle mehr. Das alles ist schon lange her und ich habe damit abgeschlossen." Er zog sie in seine Arme, aber sie wehrte sich gegen ihn.

„Du vielleicht, aber für mich ist es nicht vorbei! Meine Mutter war die Tochter des alten Viscounts Alverstone.

Edward Sutton ist mein Onkel." Sie sah ihn an und er brauchte einen kleinen Augenblick, um diese Neuigkeit zu verdauen. „Aber dann bist du... die...", Er runzelte in ungläubigem Verstehen die Augenbrauen.

„Nichts bin ich, Robert. Meine Mutter hat meinen Vater geheiratet, einen irischen Einwanderer und in den Augen der feinen Gesellschaft,", *und in deinen auch!,* fügte sie in Gedanken hinzu, „war er ein Spieler und...ein...", sie wischte sich die Tränen aus dem Gesicht und schob ihn energisch zur Seite, so dass sie aufstehen konnte. „Meine Mutter hat Schlimmes durchgemacht, weil sie der Liebe zu meinem Vater den Vorrang vor einer arrangierten, gesellschaftlich anerkannten Heirat gegeben hatte. Mein Onkel hat ihr diesen *Fehltritt* Zeit ihres Lebens nicht verziehen." Sie griff nach ihrem Unterkleid. „Und mir auch nicht." Robert hielt ihre Hand fest, bevor sie sich das dünne Hemd überstreifen konnte.

„Catherine, ich verstehe nicht, was das mit uns zu tun hat? Dein Onkel..." Sie riss sich los und funkelte ihn wütend an. „Mein Onkel hat sie und mich dafür büßen lassen, dass meine Mutter Schande über seinen Namen und Titel gebracht hat. Ich gehöre nicht in deine Welt, Robert, ob du es wahrhaben willst oder nicht! Und ich will mit diesen oberflächlichen Menschen der feinen Gesellschaft nichts zu tun haben! Und das ist der Grund, warum ich dich nicht heiraten werde! Du bist ein Duke und damit ein Mitglied des *Tons,* den ich verabscheue!" Inzwischen war ihre Wut einer tiefen Traurigkeit gewichen und Robert spürte fast körperlich, wie sie unter ihren Erinnerungen litt.

„Catherine, was immer auch passiert ist, was immer dein Onkel dir auch angetan hat, das hat nichts mit mir oder uns zu tun. Ich liebe dich und ich will dich immer noch heiraten." Er wollte sie an sich ziehen, aber sie sah ihn nur traurig an. „Und es ist mir vollkommen gleich, ob du von adeliger Geburt bist, oder nicht." Catherine atmete ein paar Mal heftig ein und aus und er konnte erkennen, dass sie mit irgendwelchen Dämonen aus der Vergangenheit kämpfte, die sie in ihren Krallen hatten.

„Du hast einmal danach gefragt, was mit meiner Hand passiert ist." Sie hielt ihm ihre vernarbte Rechte hin. „Mein Onkel hat mich dabei erwischt, wie ich ein Brot aus seiner Küche nehmen und es der armen Misses Fenton bringen wollte, die nichts zu essen mehr hatte. Da hat er meine Hand genommen und sie so nah an das Feuer im Herd gehalten, bis.." Sie schluchzte einmal kurz auf. „Er hat gesagt, dass passiert mit Leuten wie mir, die einen Adeligen bestehlen wollen." Sie schluckte noch einmal, dann drehte sie sich langsam aber bestimmt um und zeigte ihm endlich ihren vernarbten Rücken. „Und das hat er mir auch angetan, als ich einmal meine Stellung in seinem Haus vergessen hatte!", flüsterte sie. "Vielleicht verstehst du jetzt, warum ich nicht in deiner Welt leben kann."

Und während Robert mit einem entsetzten Laut den Atem einzog war ihnen beiden bewusst, dass es nicht nur ihre körperlichen Narben waren, die sie gefangen hielten.

Catherine stieg aus der Kutsche, die die Marchioness ihr für den Heimweg zur Verfügung gestellt hatte. Es war früh am Morgen und sie hatte die ganze Nacht nicht geschlafen. Nachdem sie sich Robert so geöffnet hatte, war er wie ein verwundetes Tier durch das Schlafzimmer geschritten, Flüche und Verwünschungen murmelnd und den Mann verfluchend, der ihr das angetan hatte. Sie hatte ihn nur mit Mühe davon abbringen können, sofort zu ihrem Onkel zu gehen und ihn zur Rede zu stellen. Er hatte noch mehrmals versucht, sie zu überreden, ihn doch zu heiraten, aber sie war bei ihrem Entschluss geblieben. Und schließlich hatte er es aufgegeben und sie gehen lassen. Sie liebte Robert mit einer schmerzlichen Gewissheit, aber sie konnte nicht in seine Welt eintauchen. Zu sehr fürchtete sie sich vor den Reaktionen, die eine derartige Mesalliance hervorrufen würde. Darüber hinaus war sie sich seit einigen Tagen so gut wie sicher, dass sie ein Kind von ihm erwartete, und das galt es vor den üblen Attacken des Tons zu beschützen. Sie hatte einmal ein Gespräch zwischen ihren Eltern mitbekommen, eines der wenigen, in denen sie sich gestritten hatten.

„Bereust du es, mich geheiratet zu haben, Leonora?", hatte ihr Vater gefragt. Und während ihre Mutter bisher immer sofort heftig verneint hatte, hatte sie dieses Mal länger geschwiegen. Als sie schließlich geantwortet hatte, war ihre Stimme dunkel vor Kummer und unterdrückten Tränen gewesen.

„Ach Connor, natürlich bereue ich nicht, dich geheiratet zu haben. Aber als ich heute mit Catherine auf dem Weg zur Schneiderin war, kamen uns die Duchess of Penningworth in Begleitung ihrer besten Freundin, der ehrenwerten Viscountess Fulham entgegen. Sie haben sich nicht einmal die Mühe gemacht, ihre Stimmen zu senken. *Oh, sieh nur, liebste Victoria, da drüben ist die irische Hure mit ihrem Balg! Ein hübsches Gesicht hat sie ja, die Kleine, aber egal, was sie tut oder lässt, sie wird so enden wie ihre Mutter! Bestiegen und geschwängert von einem Bastard!* Und dann sind sie an uns vorbeigerauscht." Ihre Mutter hatte geschluchzt und an den Geräuschen hatte Catherine erkannt, dass ihr Vater aufgestanden und zu ihr gegangen war.

„Ich bereue nicht, dich geheiratet zu haben, Connor,

aber ich fürchte, wir waren zu blauäugig. Wir haben uns entschieden, dieses Leben zu führen, aber durften wir diese Entscheidung auch für unser Kind treffen? War es nicht egoistisch und unbedacht, Catherine diesem Gerede auszusetzen?"

„Ach Leonora unsere Tochter ist stark. Sie wird damit klarkommen!"

Als Catherine sich an diese Worte erinnert hatte, waren ihr die Tränen gekommen. Sie war nicht so stark, wie ihre Eltern es sich gewünscht und von ihr erwartet hatten. Die ständigen Beleidigungen und Anfeindungen verletzten sie mehr, als sie zugeben wollte, und genau davor wollte sie ihr Kind beschützen. Und so sehr sie Robert auch liebte, die Tatsache, dass die Liebe ihrer Eltern sie auch nicht vor all dem bösen Gerede hatte schützen können, bestärkte sie in ihrem Entschluss, seinen Antrag abzulehnen.

Catherine nahm den Hintereingang, der ihr und dem Personal vorbehalten war. Sie trug wieder ihr abgetragenes Kleid und sie war der Marchioness dankbar, dass sie den Rest der Nacht dort hatte verbringen können. Zwar hatte diese sie neugierig gemustert, war aber diskret genug, nicht weiter in sie zu dringen. Aber Catherine vermutete ohnehin, dass Robert ihr berichten würde, was vorgefallen war. Müde wollte sie die Treppen zu ihrer Kammer hinaufsteigen, um sich frisch zu machen und umzuziehen, als ein Geräusch hinter ihr sie erschreckte. Für gewöhnlich schliefen um diese Zeit alle noch. Catherine war absichtlich sehr früh von der Marchioness aufgebrochen, aber sie konnte deutlich spüren, dass sie nicht alleine war.

„Du kommst spät, mein Täubchen. Oder auch früh, ganz wie man es sieht!" Heißer Atem streifte ihren Nacken und als sie die Stimme erkannte, lief ein Schauer über ihren Rücken. Sie wollte sich losreißen, aber er hielt sie mit eisernem Griff fest. Dann spürte sie etwas Metallenes in ihrem Rücken und wenn sie sich nicht sehr irrte, war das der Lauf einer Pistole.

„Wir beide machen jetzt einen kleinen Ausflug, meine Schöne. Sieh es als vorgezogene Hochzeitsreise." Er löste den Knoten, mit dem ihr Haar zurückgehalten wurde und ließ seine Finger genießerisch durch ihre seidigen Locken gleiten. „Und ich kann dir versprechen, die Hochzeitsnacht ziehen wir auch vor." Und damit dirigierte er sie zur Tür.

Robert ging unruhig auf und ab. Er hatte seine Schwester aufgesucht, um sie um Rat zu bitten, aber so wie es schien, wusste sie auch nicht weiter.

„Ich verstehe es nicht! Emily wollte mich nicht, weil ich *keinen* Titel hatte, und Catherine will mich nicht, *weil* ich einen habe. Das ist doch verrückt!"

„Ja, aber es zeigt, dass es deiner Catherine nicht um Ansehen, einen Titel oder Geld geht." Sie ging zu einer Anrichte, nahm zwei Gläser und goss sich und Robert einen großen Schluck Brandy ein.

Trotz seiner inneren Zerrissenheit musste er lächeln. Es gab wenige Frauen, die Brandy tranken, aber wenn er es sich recht überlegte, passte das zu seiner Schwester. Und zu Catherine hätte es auch gepasst. Er war wütend und in seinem Stolz verletzt, schon zum zweiten Mal zurückgewiesen worden zu sein, aber es war mehr als das. Mit Catherine hatte ihn ein Teil von sich selbst verlassen. Sie hatte sein Herz mitgenommen, seine Seele und alles was ihm geblieben war, war Leere und ein taubes Gefühl, das ihn lähmte.

„Robert, du musste ihr Zeit geben. Sie hat furchtbare Dinge erleiden müssen. Versuch, sie zu verstehen. Sie war noch sehr jung, als ihre Mutter und ihr Vater starben und danach hatte sie keine Zeit mehr, erwachsen zu werden. Ihr eigener Onkel, der sich um sie hätte kümmern müssen, hat sie schmählich im Stich gelassen. Was glaubst du, das das mit einem Menschen macht, noch dazu einem so jungen Mädchen?" Sie legte ihm eine Hand auf den Arm.

„Und was soll ich deiner Ansicht nach tun? Ich kann sie

ja wohl schlecht zwingen, mich zu heiraten."
Verzweifelt raufte er sich die Haare.
„Du könntest schon, aber das würde dir nicht helfen.
So, wie ich sie kennengelernt habe, würdest du nur
erreichen, dass sie sich von dir zurückzieht, weil du ihr
ein Leben aufgezwungen hast, das sie nicht will. Du
aber willst ihre Liebe." Sie nahm einen Schluck und
anerkennend stellte Robert fest, dass sie noch nicht
einmal das Gesicht verzog.
„Sprich noch einmal mit ihr. Versuch, sie davon zu
überzeugen, dass du es wert bist, dass sie über ihren
Schatten springt."
„Und wie soll ich das anstellen? Catherine klang
äußerst entschlossen, als sie mir sagte, ich solle mich in
Zukunft aus ihrem Leben heraushalten."
„Ich bitte dich, Robert, wer, wenn nicht du, kennt
Mittel und Wege, eine Frau herumzukriegen?!"
„Die Frauen, die ich bisher von mir überzeugt habe,
waren mit Ohrringen, Ketten oder sonstigem Zierrat zu
beeindrucken. Ich habe das unbestimmte Gefühl, das
alles interessiert Catherine nicht." Er grinste etwas
schief, nahm dann ebenfalls einen großen Schluck und
sah Annabel an.
„Da könntest du recht haben, liebster Bruder, aber die
Frau, die du dir ausgesucht hast, ist nun einmal anders
als all die anderen Frauen, die du bisher umworben
hast. Sie verdient etwas... Außergewöhnliches." Sie sah

ihn eindringlich an.

„Wie weit bist du bereit, für diese Liebe zu gehen?"

Als er nicht sofort antwortete, fügte sie hinzu: „Du bist unserem Vater nichts schuldig, Robert. Lass ihn nicht gewinnen, indem du dir ein Leben aufdrängen lässt, das du nicht willst. Du bist ein Duke, das kannst du nicht ändern, aber was du daraus machst, das liegt allein in deiner Hand!" Er sah sie mit brennenden Augen an, dann nickte er langsam.

„Du hast recht, Annabel. Ich gehe zu ihr. Ich will ohne sie nicht mehr leben. Ich muss versuchen, sie zu überzeugen, einem Leben mit mir eine Chance zu geben."

❦

Catherine war wie erstarrt. Finley hielt sie eng an sich gepresst, die Waffe in ihren Rücken gebohrt und drängte sie zur Tür. Gerade in dem Augenblick, als sie sie erreicht hatten, wurde sie von außen aufgestoßen. Es war zu spät, der Gestalt auszuweichen, die hereintaumelte und in sekundenschnelle änderte sich die Situation. Lord Alverstone brauchte einen Moment, um das Bild zu verarbeiten, dass sich ihm bot, dann aber straffte er sich.

„Finley, du Hurensohn, was hast du vor?" Er taumelte leicht und Catherine konnte auch auf die Entfernung seinen alkoholgeschwängerten Atem riechen.

„Ich nehme mir, was mir zusteht, *Mylord!*" Er spuckte die Worte förmlich aus. „Und Sie werden mich nicht daran hindern!"

Beschwichtigend hob ihr Onkel die Hände. „Du kannst sie haben, Finley. Mir liegt nichts an ihr. Sagen wir, ich könnte es arrangieren, dass ihr in... drei Wochen heiratet. Ich kann eine Sondererlaubnis einholen..."

Catherine lief es eiskalt den Rücken herunter. Keiner der beiden Männer nahm von ihr Notiz, so, wie es ihr schon ihr ganzes Leben lang geschah. Man redete über sie, aber nicht mit ihr.

„Ich glaube, so lange kann ich nicht warten, Mylord. Sie wissen so gut wie ich, dass das Täubchen hier zwanzigtausend Pfund wert ist." Finley griff in ihr Haar und zog ihren Kopf nach hinten. Dann nahm er die Pistole nach vorne und zielte auf Lord Alverstone. „Lassen Sie uns gehen, dann wird Ihnen nichts geschehen. Ich habe lange genug die Drecksarbeit für Sie gemacht. Es wird Zeit, dass ich auch etwas von dem Kuchen abbekomme, an dem Sie schon eine ganze Zeit lang knabbern!" Alverstone machte einen Schritt auf sie zu. „Finley, das Geld gehört mir. Ich habe dieses Hurenbalg nicht jahrelang durchgefüttert, damit du mir jetzt einen Strich durch die Rechnung machst!" Er trat

232

noch einen Schritt vor und Catherine spürte, wie Finley sich verspannte. „Gehen Sie mir aus dem Weg, Alverstone! Ich muss Sie doch wohl nicht erst daran erinnern, dass ich nicht zögern werde, Sie zu erschießen, so wie ich schon den Vater dieser Frau erschossen habe. Und wenn Sie denken, ich stünde in Ihrer Schuld, weil Sie damals die ermittelnden Beamten bestochen haben, dann habe Sie sich geirrt!" Catherine keuchte erschrocken auf. Dieser Mann hatte ihren Vater erschossen?! Finley zielte auf ihren Onkel, der unbeeindruckt von den Worten seines Gegenübers einen weiteren Schritt auf sie zu machte. „Finley, du..." Dann krachte ein Schuss und Lord Alverstone sackte getroffen zusammen. In Windeseile bedeckte ein großer Blutfleck den in die Jahre gekommenen Teppich und Finley fluchte kurz, bevor er ihr einen Handschuh vom Arm zog und ihn neben dem blutenden Körper fallen ließ.

„Ich hoffe, sie ziehen die richtigen Schlüsse, wenn sie ihn finden, mein Täubchen." Damit schob er sie zum Hintereingang, durch den sie vor wenigen Minuten, das Haus betreten hatte. Von oben hörten sie Geräusche und dann das Klappern von Absätzen. „Los, mach schon. Wir müssen hier weg!" Catherine erwachte aus ihrer Starre. Sie wehrte sich heftig gegen seinen Griff, der sie unerbittlich zum Ausgang zog. Wenn sie Robert richtig verstanden hatte, dann hatte diese Waffe nur einen

Schuss, bevor sie von vorne nachgeladen werden musste. Und sie wusste, dass sie verloren war, wenn es Finley gelänge, sie in die wartende Kutsche zu stoßen, die sie im trüben Dämmerlicht vor der Tür stehen sah. Sie versetzte ihm mit dem Ellenbogen einen kräftigen Hieb in die Magengrube, aber nach einem kurzen Aufkeuchen lachte er nur. Dann traf sie etwas Hartes am Kopf und sie verlor das Bewusstsein.

Robert starrte auf das Titelblatt der Times und die Buchstaben verschwammen vor seinen Augen.
Gestern in den frühen Morgenstunden wurde Edward Sutton, 8. Viscount Alverstone, in seinem Haus am Berkeley Square niedergeschossen. Sein Zustand ist lebensbedrohlich und es steht noch nicht fest, ob er diesen Überfall überleben wird. Als mutmaßlich tatverdächtig gilt die Gesellschafterin der Familie, Miss Catherine Miller. Ihr Handschuh wurde am Tatort gefunden und eindeutig von Lady Maude Alverstone identifiziert. Über das Motiv ist bislang nichts weiter bekannt. Seit der Tat befindet sich Miss Miller mit dem Kammerdiener des Viscounts auf der Flucht.
Das konnte nicht sein! Gedanken wirbelten in seinem

Kopf herum wie die abgestorbenen Blätter im Herbstwind. War es möglich, dass das Gespräch mit ihm am vorangegangenen Abend alte Wunden aufgerissen und Catherine derart aus der Fassung gebracht hatte, dass sie im Affekt auf ihren Onkel geschossen hatte? Oder gab es etwas zwischen den beiden, das sie ihm nicht erzählt hatte, aber eine derartige Tat begründen könnte? Aber wo sollte sie die Waffe her haben? Eine dunkle, unwillkommenen Erinnerung ließ das Bild von Catherine vor seinen Augen entstehen, wie sie, furchtlos und schön vor ihm gestanden und ihn mit einer Pistole bedroht hatte. War sie wirklich so unbedacht im Umgang mit einer Waffe, wie er vermutet hatte? Oder hatte sie vielmehr darauf spekuliert, dass er nicht wusste, wie ein Vorderlader funktionierte und darauf vertraut, dass er sich allein von dem Anblick einschüchtern ließe? Er wollte ihr nicht misstrauen, ihr nicht dieses ungeheuerliche Verbrechen zutrauen, aber der nagende Zweifel hatte sich bereits ein Stück weit in ihm breit gemacht. Und dann ihre Flucht mit diesem Diener. Hatte sie ihn etwa zurückgewiesen, weil sie bereits mit diesem Kerl liiert war? Einem Mann, der kein Mitglied des *Tons* war und der nach ihrer Ansicht besser in ihre Welt passte als er, der Duke of Harrisford?

Er wollte nicht an Catherine zweifeln, wollte an dem Bild, das er von seiner schönen, hingebungsvollen und aufrichtigen Geliebten hatte, festhalten. Aber so oder so: er wollte Antworten, brauchte sie, um sich selber ein Bild machen zu können, was vorgefallen war. Entschlossen stand er auf und befahl Caleb, ihm Hut und Mantel zu bringen, aber noch bevor er die Tür erreicht hatte, schneite Annabel herein. Ihr besorgtes Gesicht verriet, dass sie bereits ebenfalls den Artikel gelesen hatte. Ohne Umschweife zog sie Robert mit sich in sein Arbeitszimmer.

„Wir müssen reden, Robert!"

Catherines Kopf dröhnte, ihre Zunge klebte geschwollen an ihrem Gauen fest und sie konnte nur mit Mühe die Augen öffnen. Zuerst fiel es ihr schwer, einen bestimmten Punkt zu fixieren, denn in ihrem Kopf drehte sich alles. Aber nach ein paar Atemzügen gelang es ihr schließlich, sich zu konzentrieren. Wo war sie und was war geschehen? Das gleichmäßige Rattern passte nicht in ihre Vorstellung von Bett und auch dass sie vollkommen bekleidet war, war merkwürdig. Dann fiel ihr Blick auf den Mann, der ihr gegenüber saß und sie eindringlich musterte, und plötzlich kehrten die Erinnerungen zurück. Finley! Ihr Onkel in seinem Blut und die Andeutungen einer Reise! Stöhnend versuchte sie, sich aufzurichten aber sofort kam der Schwindel zurück.

„Na, endlich ausgeschlafen, Täubchen? Es tut mir leid, aber du hast dich gewehrt, da musste ich dich zur Raison bringen." Der Klang seiner Stimme ließ keinen Zweifel daran, dass ihm nichts leid tat. Catherine beherrschte sich, aufzubegehren. Erst musste sie wieder im Vollbesitz ihrer Erinnerung und ihres Verstandes sein, bevor sie reagieren konnte. Denn auch wenn sie noch nicht alle Puzzleteile der vergangenen Stunden zusammensetzen konnte, ging doch von diesem Mann etwas Bedrohliches aus und Catherine spürte die Gefahr ohne sie genauer definieren zu können.

„Wo sind wir? Was haben Sie mit mir vor?", krächzte sie schließlich als er keine Anstalten machte, ihr irgendetwas näher zu erklären.

„Hast du mir nicht zugehört, Schätzchen? Wir beide werden morgen oder übermorgen in Gretna Green getraut, je nachdem, wie wir durchkommen. Heute Nacht werden wir in einem gemütlichen kleinen Wirtshaus an der Stecke übernachten." Mit Schrecken erinnerte sie sich an plötzlich seine Worte von der vorweggenommenen Hochzeitsnacht und ein Schauer lief ihr über den Rücken. Heute Nacht also. Und an noch etwas erinnerte sie sich plötzlich.

„Sie... Sie sprachen von zwanzigtausend Pfund...", und,

Himmel!, davon, dass er ihren Vater erschossen hatte!
Vor Schreck keuchte sie auf, als sie die Tragweite
dieser Eröffnung begriff. Er hatte ihren Vater
erschossen, aber der Drahtzieher dahinter schien ihr
eigener Onkel zu sein! Warum? Warum hatte er ihre
Mutter nur so gehasst, dass er ihr das angetan hatte?
Oder hatte er ihren Vater gehasst? Heiße Tränen stiegen
ihr in die Augen. Sie hatte immer gehofft, den Mörder
ihres Vaters zu finden, aber in diesem Augenblick wäre
es ihr lieber gewesen, sie hätte es nie herausgefunden.
Während sie mühsam um Fassung rang, hörte sie
Finley sagen: „Tja, Süße, dein Onkel ist ein
durchtriebener Mann. Ich wollte es auch nicht glauben,
aber ich habe ein Gespräch belauscht, in dem er davon
sprach, dass du an deinem zweiundzwanzigsten
Geburtstag diese Summe erbst. Er wollte dich wohl
zwingen, ihm die Vollmacht über dieses Vermögen zu
überschreiben, aber jetzt hast du ja mich." Er beugte
sich vor und ließ seinen Finger an ihrem Ausschnitt
entlanggleiten. Die gepolsterte Rückwand der Kutsche
verhinderte, dass sie weiter zurückweichen konnte.
„Na na, du wirst doch deinem zukünftigen Ehemann
diese kleine Aufmerksamkeit nicht verweigern." Damit
beugte er sich noch weiter vor und umfasste ihre Brüste
mit seinen Händen, während er seine Lippen auf ihre
presste. Sie versuchte verzweifelt, sich gegen ihn zu
wehren, aber gegen den muskulösen Mann hatte sie

keine Chance. Es gelang ihm, eine Hand in ihren Ausschnitt zu drängen und schwer atmend, begann er, ihre Brust so fest zu kneten, dass sie vor Schmerz aufschrie. Das entlockte ihm ein erregtes Knurren und er drückte noch fester zu. *Bitte mach, dass ich das alles nur träume,* dachte sie, aber der keuchende Mann, der nun halb auf ihr lag, war real. Er begann, ihren Rock hochzuschieben, aber in diesem Moment ging ein Ruck durch die Kutsche und jemand rief: „Mister, wir sind da!" Fluchend ließ Finley von ihr ab, aber Catherine ahnte, dass sie ihm nicht entkommen konnte. Spätestens im Zimmer des Wirtshauses würde er dort weitermachen, wo er gerade gezwungen worden war, aufzuhören! Sie richtete ihr Kleid und stieg aus der Kutsche aus. Sie standen vor einer heruntergekommenen Absteige, Putz blätterte von den Wänden und ein Holzschild mit der Aufschrift „Kleines Versteck" schwankte quietschend im Wind. *Wie passend!,* dachte Catherine sarkastisch. Aus der Wirtsstube klang lautes Gegröle bis auf die staubige Straße und als sie mit Finley den kleinen Raum betrat, schlug ihr abgestandene Luft und der Geruch nach ranzigem Essen und Rauch entgegen. Unbarmherzig stieß er sie vor sich her und Catherine musste erkennen, dass ihre Hoffnung, hier auf sich und ihre Situation aufmerksam machen zu können, vergebens war. Offenbar war Finley schlau genug, eine Unterkunft zu wählen, die er kannte und die lauten Begrüßungsrufe, die ihr Eintreten begleiteten, bestätigten sie in ihrer Ansicht.

„Hey, Finley, altes Haus! Auch mal wieder hier? Ein hübsches Weibsbild hast du da bei dir. Wo hast du die denn aufgegabelt?" Die Männer am Tisch unterbrachen ihr Würfelspiel und starrten sie an.

„Ist das dein Wetteinsatz für heute Abend?"

Catherine erstarrte vor Schreck.

„Pass auf, wie du von meiner Zukünftigen sprichst, Dougie! Wir sind nur auf der Durchreise hier. Schon morgen werden wir in Gretna Green getraut!" Er grinste anzüglich. „Könnte ein bisschen lauter werden heute Nacht, wenn du verstehst, was ich meine!"

Dreckiges Lachen erfüllte den kleinen Raum und Catherine lief es eiskalt den Rücken herunter. Sie erkannte, dass sie Finley hilflos ausgeliefert war. Mehr noch, dass er womöglich das kleinere Übel war, wenn sie nicht in die Hände dieser Männer geraten wollte.

„Hey, Lizzy, hast du mir ein Zimmer frei gehalten?" Er tätschelte den ausladenden Hintern der drallen Frau, die soeben hinter den Tresen trat.

„Was willst du denn mit der, Finley, wenn du mich haben kannst!", rief sie fröhlich und zog sich den Ausschnitt so weit herunter, dass ihre Brüste zu sehen waren. Lautes Gegröle und anzügliche Sprüche begleiteten Catherine und Finley nach oben, wo das

240

Zimmer lag, das er besorgt hatte. Finley schloss auf und stieß sie grob hinein.

„Ich leiste den Jungs noch ein wenig Gesellschaft, Süße. Mach dich schon mal bereit. Wenn ich hochkomme, machen wir da weiter, wo wir gerade aufgehört haben!" Ohne sie noch eines Blickes zu würdigen zog er die Tür hinter sich zu und drehte den Schlüssel im Schloss. Das Geräusch hallte noch lange in Catherine nach. Es klang wie das metallische Klirren eines Fallbeils, das das Schicksal eines Verurteilten besiegelte.

„Das glaubst du doch nicht wirklich, Robert!" Empört schnaubte Annabel und stemmte die Hände in die Hüften.

„Ich weiß nicht mehr, was ich noch glauben soll, Annabel." Robert raufte sich verzweifelt die Haare. Er hatte seiner Schwester gerade davon berichtet, was Catherine ihm in Bezug auf ihren Onkel offenbart hatte.

„Ich könnte zumindest verstehen, wenn sie es getan hätte. Er hat ihr so unvorstellbare Dinge angetan!"

„Und warum hat sie sich dann nicht schon vorher an ihm gerächt? Ihre beste Rache wäre doch gewesen, dich zu heiraten! Nein, da passt etwas ganz und gar nicht zusammen!" Sie wedelte energisch mit der echten Hand. Dann griff sie nach ihren Handschuhen, die sie auf seinen Schreibtisch geworfen hatte und bedeutete ihm, ihr zu folgen.

„Und wir beide werden jetzt herausfinden, was wirklich passiert ist!" Und damit rauschte sie hinaus, wohl wissend, dass er ihr folgen würde.

Wenig später standen sie vor dem wenig einladenden Stadthaus Lord Alverstones. Auf den ersten Blick war zu erkennen, dass es schon bessere Zeiten gesehen hatte und Robert erinnerte sich, dass in seinem exklusiven Club „White's" Gerüchte kursierten, Alverstone hätte Unsummen beim Wetten verloren. Der Eindruck fortschreitenden Verfalls bestätigte sich in der dunklen Halle, in die ein schüchternes Mädchen sie gebeten hatte.

„Der Duke of Harrisford und die Countess of Almsford wünschen Lady Alverstone zu sprechen." Hoheitsvoll nickte Annabel dem Mädchen zu.

„Ich werde Mylady fragen, ob sie Besuch empfängt. Sicherlich wissen Sie..." Sie stockte, hoffend, dass sie nicht wieder erzählen musste, was vorgefallen war. Sie war schon eingehend von den Bow Street Runnern befragt worden, die Lady Alverstone mit der Aufklärung des Verbrechens beauftragt hatte.

„Ja, wir haben es heute in der Times gelesen. Wir

möchten Lady Alverstone unsere Aufwartung machen und ihr unsere Hilfe anbieten in dieser schlimmen Zeit." Wie zuckersüß Annabel lügen konnte! Trotz der unglücklichen Umstände musste Robert schmunzeln. „Glaub mir, dein Name öffnet uns in diesem Haus alle Türen!" Sie zwinkerte ihm zu.

„Mylady bittet Sie, im Wohnzimmer zu warten. Sie wird gleich da sein." Das Mädchen war zurück, knickste und deutete dann auf eine Tür am hinteren Ende der Halle. Annabel zog Robert hinter sich her und betrat das Wohnzimmer, das ebenso ungemütlich wirkte, wie der Rest des Hauses. Dunkle Möbel dominierten den Raum und das Sofa, auf das sie sich niederließen, wies an etlichen Stellen bereits abgeschabte Stellen auf.

„Punkt eins: Lord Alverstone ist nicht so reich wie er sich nach außen gibt!", stellte sie sachlich fest, und bohrte ihren Finger in ein kleines Loch an der Armlehne.

Da öffnete sich die Tür und Lady Alverstone rauschte herein.

„Wie reizend, dass Sie sich herbemühen, Euer Gnaden!" Sie sank in einen tiefen Knicks, bevor sie sich an Annabel wandte. „Es tut mir so leid, liebste Countess, dass ich Sie derart in Gefahr gebracht habe. Ihnen dieses gemeingefährliche Frauenzimmer zu schicken! Himmel!" Sie griff sich ans Herz. Annabel warf Robert einen warnenden Blick zu. Sie spürte, dass er drauf und dran war, die Frau zu maßregeln.

„Ich bitte Sie, Lady Maude!" Annabel ergriff die Hände ihres Gegenübers und einmal mehr bewunderte Robert seine Schwester für ihr schauspielerisches Talent.

„Wenn es Sie erleichtert, erzählen Sie uns doch, was vorgefallen ist. Ich kann es gar nicht glauben!" Annabel führte Lady Maude zum Sofa und setzte sich neben sie. Vertauschte Rollen, dachte Robert, als Annabel wie selbstverständlich in die Rolle der Gastgeberin schlüpfte.

„Bitte, Robert, würdest du so gut sein und das Mädchen bitten, etwas Brandy für Lady Maude zu bringen?" Sie zwinkerte ihm zu, eine stille Aufforderung, sich etwas umzusehen.

„Entschuldigen Sie bitte, aber hier ist im Moment einiges durcheinander. Gehen doch ins Arbeitszimmer meines Mannes, Euer Gnaden, dort müsste Brandy sein." Lady Maude schluchzte laut auf und Robert sah zu, dass er hinauskam. Hinter der zweiten Tür, die er öffnete, befand sich das Arbeitszimmer des Viscounts. Schnell trat er an den Schreibtisch. Hier herrschte einiges Durcheinander, aber sicher hatten schon die Bow Street Runner nach Hinweisen gesucht. Außer ein paar Einladungskarten und Rechnungen fand er nichts von Belang. Er tastete vorsichtig den Schreibtisch ab. Meistens hatten solche Tische irgendwo ein

Geheimfach, so wie sein eigener, und dieser war dem in seinem Arbeitszimmer nicht unähnlich. Aber seine Finger ertasteten nur glattes Holz, ganz ohne einen Hinweis auf einen versteckten Hohlraum. Er wollte sich schon fluchend abwenden, da fiel sein Blick auf den Papierkorb, der bisher unbeachtet unter dem Tisch stand. War der Boden nicht ungewöhnlich dick? Schnell schüttete er die wenigen Papierfetzen, die den Boden bedeckten aus und drehte ihn um. Tatsächlich befand sich dort ein winziger Schnappmechanismus, der sich öffnete, als Robert ihn betätigte. Heraus fielen ein paar Schriftstücke, die er schnell überflog. Sie offenbarten das ganze Ausmaß von Alverstones Schulden. Der Mann war pleite! Dann fiel sein Blick auf einen alten Zeitungsartikel, der den Selbstmord eines gewissen Connor O`Reiley zum Thema hatte. Catherines Vater! Mehrere Textpassagen waren unterstrichen und am Ende war die Summe von zweihundert Pfund notiert. Was hatte das zu bedeuten? Noch bevor Robert mehr lesen konnte, hörte er Schritte in der Halle. Schnell stopfte er alles zurück und stellte den Papierkorb wieder an seinen Platz. Gerade noch rechtzeitig erreichte er die Karaffe mit dem Brandy. „Wären Sie so freundlich und würden drei Gläser ins Wohnzimmer bringen?" Mit der Karaffe in der Hand ging er gemessenen Schrittes an dem verdutzten Mädchen vorbei, das ihnen geöffnet hatte.

Catherine erschienen die Zeit, die sie in dem stickigen Raum auf und ab ging, schier unendlich lang. Von unten drang Gelächter und ab und an ein hitziger Ausruf zu ihr hinauf. Offenbar würfelten und becherten die Männer ganz ordentlich und Catherine hoffte inständig, dass Finley sich nicht hatte hinreißen lassen, sie tatsächlich als Einsatz auszuloben. Verzweifelt hatte sie sich nach einem Fluchtweg umgesehen, aber so wie es schien, war das Fenster zugenagelt, jedenfalls ließen sich die Läden nicht öffnen. Die Tür war fest verschlossen, aber selbst wenn sie es nicht gewesen wäre, hätte sie durch den Schankraum gemusst, um das Wirtshaus zu verlassen und da saßen all diese schrecklichen Männer, die sie bestimmt nicht hätten gehen lassen. Nein, sie saß in der Falle, und wenn sie daran dachte, was ihr noch bevorstand, wenn Finley zu ihr kommen würde, musste sie würgen. Sie schlang die Arme um ihren Körper und überlegte zum wohl tausendsten Mal, was sie tun sollte, als sie hörte, wie der Schlüssel sich im Schloss drehte. Sie straffte sich. Nun war es also so weit! Aber zu ihrer Überraschung trat Lizzy ein, ein Tablett mit einer wenig einladend duftenden Schüssel mit Eintopf und einem Becher Ale balancierend. Mit dem Fuß stieß sie die Tür zu und stellte das Tablett auf einem kleinen, wackligen Tisch ab, der neben dem Bett stand.

„Hier. Is' für Sie. Finley meinte, es könne nich' schaden, dass Sie 'was Stärkendes zu sich nehmen." Sie zwinkerte Catherine zu. „Hat wohl noch 'ne Menge vor mit Ihnen!" Catherine nahm all ihren Mut zusammen. Vielleicht war das ihre letzte Chance.„Miss... Lizzy. Ich... können Sie mir helfen?" Aber bevor die Wirtin antworten konnte, erklang von unten Geschrei herauf, in das sich gleich darauf das Geräusch von splitterndem Holz mischte. Laute Flüche waren zu hören und auch Glas ging zu Bruch.

„Verflixt und zugenäht! Diese Narren schlagen mir noch alles kurz und klein!" Viel schneller als Catherine es ihr zugetraut hätte, wirbelte sie herum und rannte die Treppe hinunter. Für einen kurzen Augenblick stand Catherine regungslos da. Dann registrierte sie, dass die Tür offen stand. Lizzy hatte in ihrer Hast vergessen, sie wieder einzuschließen! Vorsichtig spähte sie in den Flur, aber außer den Geräuschen von unten war es ruhig hier. Das war ihre Chance! Wenn es ihr gelänge, an den Männer vorbeizukommen, hätte sie womöglich eine Chance, Finley zu entkommen. Das Getöse wurde lauter. Lizzy versuchte wütend, die außer Kontrolle geratenen Männer zu beruhigen, aber scheinbar ohne großen Erfolg. Catherine erreichte den Fuß der Treppe und spähte vorsichtig in den Schankraum. Sie sah ein wildes Durcheinander von verkeilten, aufeinander einprügelnden Leibern. Eine wüste Schlägerei war im Gange und Catherine nahm all ihren Mut zusammen. Sie schlich sich an den Männern vorbei, die allerdings keine Notiz von ihr nahmen. Kurz bevor sie die Tür erreichte, die in den Hof führte, bemerkte sie, dass Lizzy zu ihr herüber sah. Für eine kurzen Augenblick trafen sich ihre Blicke, dann nickte Lizzy unmerklich und wandte sich wieder dem Geschehen zu ohne Catherine weiter zu beachten. Dankbar schloss Catherine für einen kurzen Moment die Augen, dann setzte sie ihren Weg fort.

„Und, was hast du erfahren?" Wieder zurück in Roberts Stadthaus, goss er sich und seiner Schwester einen Brandy ein und setzte sich auf einen Stuhl, ihr gegenüber.

„Nicht viel, leider! Nur, dass der Arzt davon ausgeht, dass Lord Alverstone den Schuss überleben wird. Er hat viel Blut verloren, aber zum Glück ist nicht viel Zeit vergangen, bis man ihm zu Hilfe kam und die Wunde versorgen konnte. Leider ist er noch bewusstlos, kann also keinerlei Angaben zu dem Geschehen machen."

Annabel nahm einen kleinen Schluck. „Sie... hat auch bestätigt, dass der neben ihrem Gatten gefundene Handschuh eindeutig Catherine gehörte." Mitleidig sah sie ihren Bruder an. „Ich glaube immer noch nicht, dass Catherine zu einer solchen Tat fähig wäre, aber alles spricht gegen sie." Ein tiefes Grollen entwich Roberts Brust. Er ging unruhig in seinem Arbeitszimmer auf und ab. „Warum bewahrt Alverstone einen Zeitungsartikel auf, der mit dem Tod von Catherines Vater zu tun hat? Er erschien einige Zeit, bevor er sie bei sich aufgenommen hat. Das heißt doch, dass er irgendein Interesse an dem Schicksal seiner Schwester oder seines Schwagers hatte. Oder an Catherines." Als Annabel ihn fragend ansah, fuhr er fort: „Und dann die Notiz: zweihundert Pfund. Ich glaube nicht, dass das nur dahin gekritzelt war. Catherine hat mir erzählt, das ihre Mutter und sie nie daran geglaubt haben, dass O'Reiley sich umgebracht hat!"

„Was willst du damit sagen?"

„Ich weiß es nicht, es ist nur ein Gefühl, aber irgendetwas stimmt hier nicht." Er stöhnte gequält auf. „Leider ist das ein weiteres Indiz, das gegen Catherine spricht. Wenn sie herausgefunden hat, dass ihr Onkel etwas mit dem Tod ihres Vaters zu tun hat..." Annabel legte ihm tröstend eine Hand auf die Schulter.

„Und wenn alles ganz anders ist? Wenn Catherine hier das Opfer ist?" Ihr Glaube die Unschuld der Frau, die er trotz allem liebte, tat ihm gut und er nahm ihre Hand in seine.

„Was soll ich nur tun, Annabel?"

„An sie glauben, Robert! Wenn du es nicht tust, wer dann? Wie könntest du ihr deine Liebe besser beweisen, als zu ihr zu halten?"

„Aber sie ist geflohen, mit diesem... Finley oder wie immer der Kerl heißen mag!" Verzweiflung drohte, ihn zu überfallen.

„Nicht immer ist alles so, wie es scheint, das solltest du am besten wissen!" Er hatte das unbestimmte Gefühl, dass sie auf die Szene mit Emily anspielte. „Ich schlage vor, wir warten ab, bis Alverstone wieder bei Bewusstsein ist. In der Zwischenzeit kann es nicht schaden, ihm mal auf den Zahn zu fühlen." Sie sah ihn herausfordernd an, und als er nicht sofort reagierte, verdrehte sie die Augen.

„Himmel, Robert! White`s., Wettbüros, die Bank... lass dir was einfallen! Ich werde mich bei Almack's umhören. Du ahnst nicht, was dort alles breitgetreten wird!" Im Gehen wandte sie sich noch einmal um: „Und du könntest auch versuchen, die Bow Street Runner ausfindig zu machen, die damals den Fall untersucht haben!"

Catherine hielt erst inne, als sie keine Luft mehr bekam.
Sie war in die Dunkelheit gerannt, ohne Plan und ohne
Ziel. Das Einzige, was zählte, war, soviel Abstand
zwischen sich und dem Wirtshaus zu bringen, wie nur
möglich! Ganz sicher hatte Finley inzwischen bemerkt,
dass sie geflohen war und würde sie verfolgen.
Seitenstiche zwangen sie, eine Pause einzulegen und
sie nahm sich die Zeit, ihre Lage zu überdenken. Sie
konnte auf keinen Fall zurück nach London. Ihr Onkel
war ganz sicher tot, diesen Blutverlust konnte man
nicht überleben. Und selbst, wenn nicht: man würde sie
suchen, dafür hatte Finley gesorgt, und von ihrem
Onkel konnte sie kein Entgegenkommen erwarten. Er
würde sie gnadenlos ans Messer liefern, da war sie sich
sicher. Nach Stamford Hall konnte sie ebenso wenig.
Dort würde man ganz sicher zuerst nach ihr suchen. Sie
setzte sich auf einen Baumstumpf und versuchte,
gleichmäßig zu atmen. Noch war es dunkel und der
Wald bot ihr etwas Schutz, aber sie konnte hier nicht
bleiben. Bilder aus ihrer Vergangenheit zogen an ihr
vorüber. Ihr Zuhause im Hafenviertel von London, das
kleine Häuschen auf dem Land, in dem sie und ihre
Mutter bis zu deren Tod gelebt hatten. Dann Stamford
Hall, das kleine Cottage.... Das Haus auf dem Land!
Die freundlichen Pfarresrsleute... Wenn es ihr
irgendwie gelänge, sich bis dorthin durchzuschlagen...
Entschlossen stand sie auf und setzte ihren Weg fort.

Irgendwann musste sie auf eine Straße stoßen. Und auch, wenn eine Straße die Gefahr barg, dass Finley sie dort fand, musste sie das Risiko eingehen. Sie hatte keine andere Wahl.

Als es dämmerte, erreichte sie tatsächlich einen holprigen Weg, keine Fahrstraße zwar, aber immerhin schien er von Fuhrwerken benutzt zu werden, wie die Spuren im Boden verrieten. Es dauerte noch eine ganze Weile, bis tatsächlich ein klappriger, mir Heu beladener Ochsenwagen heranrumpelte. Als sie ihn anhielt, sah der Alte auf dem Bock sie zunächst misstrauisch an, aber schließlich glaubte er ihr, vom Pferd gefallen zu sein und nun nach einer Mitfahrgelegenheit in das nächstgelegene Dorf zu suchen. Unterwegs erfuhr Catherine, dass sie sich etwas südlich von Bedford befanden, das wiederum ungefähr vierzig Meilen nordöstlich von London lag. Das hieß, dass sie fast dreißig Meilen wieder zurück musste, wollte sie nach Watford. Ohne Geld war das ein fast unmögliches Unterfangen, aber so schnell würde sie nicht aufgeben.

„Kommen Sie nur herein, Euer Gnaden!" Die Stimme Viscount Alverstones klang noch etwas schwach, aber in den letzten Tagen hatte er sich so weit von seiner Verletzung erholt, dass er wieder Besuch empfangen konnte. Und wenn es sich dabei um den Duke of Harrisford handelte, hätte ihn nur der Tod davon abhalten können, ihn zu empfangen. Edward spürte, dass der Duke nicht nur zu einem Höflichkeitsbesuch hergekommen war. Zu häufig war er in den letzten Tagen in Begleitung seiner Schwester hier gewesen, angeblich, um seiner Gemahlin zur Seite zu stehen. Vielleicht war es Georgina doch gelungen, die Aufmerksamkeit des Dukes zu erringen? Edward glaubte zwar nicht daran, aber irgendeinen Grund musste es ja geben, wenn dieser Mann plötzlich ein Interesse für Edwards Familie zeigte.

Robert zupfte an seinem schneeweißen Halstuch, das heute so eng gebunden schien, dass es ihm die Luft abschnürte. Aber vielleicht war es auch nur die bevorstehende Begegnung mit dem Mann, den er so sehr verabscheute, seit er wusste, was dieser Catherine angetan hatte. Annabel und er waren in den letzten Tagen des öfteren hier im Haus zu Gast gewesen, hatten aber nicht viel herausgefunden, was die Geschehnisse des Morgens anging, an dem der Viscount niedergeschossen worden war. Nur das scheue Mädchen, das ihnen am ersten Tag geöffnet hatte, hatte mit einiger Vehemenz behauptet, sie glaube nicht, dass Catherine etwas mit den Schüssen auf ihren Arbeitgeber zu tun hatte. Dann schon eher dieser Finley. Nach ihren Schilderungen war das ein ziemlich übler Kerl, der hinter jedem Rock her war und der oft in übel beleumdeten Spelunken gesehen wurde. Das jedenfalls wurde unter der Dienerschaft gemunkelt. Und auch, dass er regelmäßig Schmuck bei einem Händler in Seven Dials verkaufte. Ihr eigener Bruder hatte ihn dabei gesehen.

Das warf immerhin ein neues Licht auf die Sache. Robert glaubte nicht länger, dass Catherine geschossen haben könnte. Wenn er ehrlich war, hatte er es nie geglaubt. In den ersten Tagen nach ihrer Abfuhr war er so enttäuscht gewesen, ohnmächtig der Gewalt seiner Gefühle für diese Frau ausgesetzt, dass er versucht hatte, alles Schlechte in ihr zu sehen, nur um von dem Schmerz abgelenkt zu werden, der in seinem Herzen tobte. Annabel hatte ihn mit ihrer überlegten, sachlichen Art auf den Boden der Tatsachen zurückgeholt und ihn so gezwungen, sich mit seinen Gefühlen auseinander zu setzen, und so war nichts als Scham über seine Gedanken in ihm zurückgeblieben.

„Lord Alverstone, wie geht es Ihnen heute?" Im Grunde war das nur eine höfliche Floskel. Alverstones Gesundheit interessierte Robert in etwa so wie das Wetter auf dem Kontinent, aber er brauchte einen unverfänglichen Einstieg in das Gespräch. Annabel hatte ihm eingeschärft, trotz aller Ressentiments Ruhe zu bewahren.

„Schon viel besser, Euer Gnaden. Aber setzen Sie sich doch." Er deutete auf einen Stuhl neben seinem Bett.

„Was führt Sie zu mir, Mylord? Wie ich hörte, waren Sie in den letzten Tagen oft zu Gast in meinem Haus." Lauernd sah Edward sein Gegenüber an.

„Ja, ich... meine Schwester und ich haben von dem Überfall gehört und da wollten wir Ihrer Gemahlin etwas behilflich sein, bei all der Aufregung." Robert wusste, dass er sich auf dünnem Eis bewegte. Der Viscount mochte zwar skrupellos sein, aber dumm war er ganz sicher nicht. „Können Sie sich an den Tathergang erinnern? Haben Sie schon mit den Beamten gesprochen?" Er räusperte sich. „Ich meine, wenn ein Mitglied des *Tons* angeschossen wird, dann geht das doch uns alle an."

„Ich muss gestehen, ich erinnere mich nicht mehr an alle Einzelheiten. Ich kam gerade aus meinem Club nach Hause und war etwas... eingeschränkt in meiner Wahrnehmung, wenn Sie verstehen, was ich meine." Ein schiefes Grinsen glitt über sein Gesicht.

„Dann waren da dieses undankbare Frauenzimmer und Finley, mein Kammerdiener." Er hielt inne und beobachtete Robert interessiert. Ihm war das kurze Zucken an dessen rechtem Auge nicht entgangen, als er

Catherine erwähnt hatte. Interessant!

„Also dieses liederliche Weib hat Finley wohl überredet, mit ihr durchzubrennen. Immerhin wird sie bald im Besitz von zwanzigtausend Pfund sein, ein Erbe, das ihr an ihren zweiundzwanzigsten Geburtstag zufällt." Dieses Mal war Roberts Reaktion noch interessanter. Eine Mischung aus Schmerz und ungläubigem Staunen war in seinem Gesicht zu lesen. Konnte es sein, dass der Duke Catherine kannte? Mehr noch, dass er etwas für sie empfand? Catherine war einmal bei seiner Schwester gewesen, als deren Zofe unpässlich gewesen war, das hatte Maude ihm erzählt. Gut möglich, dass er sie daher kannte. Edward erkannte in diesem Moment, dass der Duke nicht wegen Georgina hier war, aber vielleicht war auch so noch etwas aus diesem Besuch herauszuschlagen.

„Ich wüsste aber nun wirklich gerne, warum Sie sich so dafür interessieren, was passiert ist." Lauernd musterte Edward sein Gegenüber.

Robert entschloss sich, zum Angriff überzugehen.

„Weil ich nicht glaube, dass Catherine auf sie geschossen hat!" Sein Blick war hart und unerschrocken, als er Edward ansah. Der war kurz aus der Fassung gebracht. Mit dieser Direktheit hatte er dann doch nicht gerechnet, aber immerhin sah er sich in seiner Vermutung, dem Duke könnte etwas an Catherine liegen, bestätigt. Er lehnte sich zurück und ein boshaftes Lächeln huschte über sein Gesicht.

„Warum glauben Sie das nicht, Mylord? Kennen Sie Miss Miller so gut, dass Sie ihre Hand für sie ins Feuer legen würden?"

„Wie gut ich Miss... Miller kenne, geht Sie, mit Verlaub, nichts an. Ich bin hier, weil ich von Ihnen die Wahrheit hören will." Äußerlich zwar ruhig brodelte es in Robert. Er hatte das unbestimmte Gefühl, dass er in eine Falle getappt war.

„Nun, was wäre es Ihnen denn wert, wenn ich mich erinnern würde, dass Catherine nicht geschossen hat, sondern Finley?" Ein verschlagenes Lächeln huschte über Edwards Gesicht. Gleich würde sich entscheiden, wieviel der Duke bereit war, für diese kleine Hure zu tun.

„Wieviel wollen Sie, Alverstone?" Robert konnte sich nur mühsam beherrschen, den Mann nicht zu packen und windelweich zu prügeln. Aber damit würde er Catherines Lage nur verschlimmern. So schwer es ihm auch fiel, er musste einen kühlen Kopf behalten.

„Also wenn ich bedenke, dass auf einen Angriff auf ein Mitglied des *Tons* mindestens lebenslänglich in Newgate, wenn nicht sogar der Henker wartet, wären zwanzigtausend Pfund doch nicht zu viel, oder?"

Robert ließ ein tiefes Grollen hören. „Sind Sie verrückt, Alverstone?"

„Oh, da fällt mir gerade ein, dass ich in Kürze den

Bericht eines Bow Street Runners erwarte. Ich hatte ihn beauftragt, herauszufinden, wo sich dieses Flittchen versteckt. Er ließ mir ausrichten, er hätte interessante Neuigkeiten, was ihren Aufenthaltsort angeht."

Robert konnte an dem unbewegten Gesichtsausdruck des Viscounts nicht ablesen, ob der nur bluffte, oder ob er tatsächlich wusste, wo Catherine sich aufhielt. Aber so oder so würde sie ein Leben auf der Flucht leben müssen, wenn Alverstone dabei blieb, dass sie geschossen hatte.

„Nun, wieviel ist Ihnen die Kleine wert?"

Nicht die Summe schreckte Robert, sondern die Tatsache, dass er Lord Alverstone ihn so schamlos darum erpresste. „Also gut. Zwanzigtausend Pfund an dem Tag, an dem Sie schriftlich bestätigen, dass Catherine nichts mit dem Anschlag auf Sie zu tun hat."

Ein triumphierendes Lächeln glitt über die verlebten Züge des Viscounts.

„Ich sehe, wir verstehen uns, Euer Gnaden!"

Robert nickte ihm kurz zu und stand auf. Er hatte schon fast die Tür erreicht, da rief ihn Edward noch einmal zurück.

„Wenn ich es recht bedenke, ist mein Preis gerade gestiegen, Mylord." Das teuflische Grinsen des Anderen verriet Robert, dass Edward noch einen Pfeil im Köcher hatte.

„Was noch?" Robert fiel es immer schwerer, sich zu

beherrschen.

„Zwanzigtausend Pfund und... Sie nehmen Georgina zur Frau!"

Alles Blut wich aus Roberts Gesicht. „Niemals!"

„Nun, in diesem Fall fürchte ich..."

In die Worte des Viscounts mischte sich Annabels sanfte Stimme. *„Wie weit bist du bereit, für diese Liebe zu gehen, Robert?"* Ja, wie weit war er bereit zu gehen? Eine eisige Faust griff nach seinem Herzen als er sich der Tragweite der Entscheidung bewusst wurde, vor die Alverstone ihn stellte. Ganz gleich, welchen Weg er wählte, es würde ihn vernichten. Wählte er seine Freiheit, würde er mit dem Wissen leben müssen, dass Catherine ihr weiteres Leben auf der Flucht verbringen müsste. Das Kind, das sie möglicherweise erwartete, würde nie einen Ort sein Zuhause nennen können, denn eines war sicher: Lord Alverstone würde sie für Roberts Weigerung, Georgina zu heiraten, leiden lassen. Wählte er die Ehe mit Georgina, würde Catherine frei sein, aber er wäre ein Leben lang an eine Frau gebunden, die er nicht wollte. So, wie er überhaupt keine andere Frau wollte als einzig Catherine. Aber die hatte ihm deutlich gemacht, dass sie ihn niemals heiraten würde und er wusste, dass alles, was er für sie tun konnte, tun musste!, war, ihr das Leben zu ermöglichen, das sie sich wünschte. Fern ab von London, dem *Ton,* und auch wenn er gehofft hatte, ihre Liebe wäre stärker als der

Dämon ihrer Vergangenheit, so war ihm ihr Glück wichtiger als sein eigenes. *Wie weit bist du bereit, für diese Liebe zu gehen?* Er hatte seine Entscheidung getroffen.

„Lassen Sie die Verträge aufsetzen, Alverstone. Ich werde eine Sondergenehmigung einholen, dann kann die Trauung am übernächsten Samstag stattfinden."

Eiseskälte machte sich in ihm breit, während er die Worte aussprach, die Catherine retten und ihn in die Hölle stürzen würden. In der Tür drehte er sich noch einmal um und fixierte den zufrieden grinsenden Edward.

„Sie hinterlegen Ihre Aussage bei meinem Anwalt. Mit den Unterschriften unter dem Ehevertrag wird dieser sie an die zuständigen Behörden weiterleiten."

Misstrauisch sah Alverstone ihn an. „Und welche Sicherheit habe ich, dass Sie Ihr Eheversprechen leisten, wenn Sie einmal in Besitz dieser Aussage sind?"

„Mein Wort wird Ihnen reichen müssen, Lord Alverstone."

Ganze drei Tage hatte es gedauert, bis Catherine endlich das kleine Pfarrhaus erreicht hatte, das für eine kurze Zeit das Zuhause für sie und ihre Mutter gewesen war. Ganz ohne Geld war es nicht leicht gewesen, Menschen zu finden, die sie ein Stück weit mitnahmen. Viele hatten sie abgewiesen, mit wieder anderen hatte sie nicht fahren wollen. Sie hatte sich die Geschichte zurecht gelegt, dass sie auf dem Weg zu ihrer sterbenden Mutter war, die sie noch einmal sehen wollte und weil ihr Dienstherr ihr nicht erlaubt hatte zu gehen, war sie ohne Geld und Gepäck unterwegs. In Gedanken leistete sie mehr als einmal Abbitte für diese dreiste Lüge. Aber immerhin hatte sie dadurch das Herz einiger Reisender erweicht und war schließlich in Watford angekommen. Sie hatte erfahren, dass der alte Pfarrer war vor einigen Jahren verstorben war, aber seine Frau war noch erstaunlich gut beieinander und erinnerte sich tatsächlich noch an sie. Gerne hatte sie ihr angeboten, bei ihr zu wohnen, wenn Catherine dafür einige Pflichten im Haushalt übernehmen würde, die der alten Dame zu anstrengend wurden. Und endlich konnte Catherine in Ruhe darüber nachdenken, was sie nun tun sollte. Wahrscheinlich suchte man in London nach ihr, dafür hatte Finley gesorgt. Und wenn man ihrer habhaft werden würde, würde sie für den Mord an Alverstone am Galgen enden. Und auch auf Stamford Hall konnte sie sich nicht blicken lassen, denn dort würde man sie ebenfalls suchen. Blieb ihr also nur, bei Misses Brown zu bleiben, und zu hoffen, dass man sie hier nicht aufspüren würde.

Als Catherine an diesem Morgen aufstand, wurde sie von einer heftigen Welle der Übelkeit überfallen. Sie erbrach sich in den Nachttopf, bis nur noch Galle kam und auch wenn sie es bis hierher gerne verdrängt hatte, musste sie sich nun langsam der Wahrheit stellen. Sie erwartete tatsächlich ein Kind, *sein* Kind! Die Entscheidungen, die sie von nun an traf, würden nicht mehr länger nur sie selbst betreffen, sondern auch das kleine Wesen, das in ihr heranwuchs.

„Guten Morgen, Misses Brown!" Als Catherine die kleine Küche betrat, stand bereits dampfend heißer Tee in einer kleinen Kanne auf dem Tisch. Zwei zierliche Porzellantassen waren gedeckt, ebenso wie ein Teller mit duftenden Scones, Butter und Honig. Schon bei dem Anblick wurde Catherine wieder übel, aber sie lächelte tapfer.

„Misses Brown, Sie waren wieder einmal schneller! Ich möchte nicht, dass Sie mich immer so verwöhnen."

„Liebe Catherine, ich bin vielleicht alt und lahm, aber gebrechlich bin ich noch lange nicht!" Sie kicherte, wie sie es oft tat, und es ließ sie gleich viel jünger erscheinen. Dann wurde sie schlagartig ernst. „Setzen Sie sich und trinken Sie etwas heißen Tee, das beruhigt den Magen. Die Wände hier sind nicht so dick, dass ich nicht gehört hätte, wie Sie sich gerade übergeben haben." Ihre wissenden Augen musterten Catherine, die unter dem wachen Blick ihres Gegenübers rot wurde.

„Ich habe wohl gestern etwas Falsches gegessen.", murmelte sie, aber Misses Brown schnaubte nur missbilligend.

„Was soll an einem Käsesandwich schon schlecht gewesen sein, Kind?! Ich glaube, der Grund für Ihre Übelkeit liegt länger zurück."

Catherine verschluckte sich an dem Tee, den sie gerade probiert hatte. War es so offensichtlich?

„Misses Brown, ich..."

„Sie müssen mir nichts erklären, Catherine. Ich habe zwar keine eigenen Kinder, aber ich weiß dennoch die Anzeichen zu deuten."

„Ich... war mir lange Zeit nicht sicher, aber..."

„Was wollen Sie jetzt tun?" Misses Brown legte ihre faltige Hand auf Catherines.

„Ich weiß es nicht." Tapfer versuchte sie, die Tränen hinunterzuschlucken, aber plötzlich war es Catherine, als platze ein Knoten. Alles Leid der vergangenen acht Jahre brach sich in ihr Bahn, jede Beleidigung und Anfeindung forderte eine eigene Träne, um sich aus ihrer Seele auszuwaschen und das brennende Feuer der Wertlosigkeit zu löschen, das andere in ihr entfacht hatten. Es dauerte eine ganze Zeit, bis alle Tränen geweint waren und nur noch ein dumpfes Gefühl von

Traurigkeit über so viele verpasste Gelegenheiten blieb, die ihr Leben bisher bestimmt hatten. Sie hatte es zugelassen, dass der Dämon der Furcht ihr Leben bestimmt hatte, hatte zugelassen, dass sie den Mann, den sie über alles liebte, zurückgewiesen hatte.

Wie durch einen Schleier bekam sie mit, dass Misses Brown immer noch ihre Hand hielt. In ihrem Blick stand so viel aufrichtige Anteilnahme, dass Catherine schlucken musste. Sie dachte an die Menschen, die ihr immer mit Freundlichkeit und Wärme begegnet waren , an Mary, Lady Annabel und Misses Brown. Und an Robert. Warum hatte sie es zugelassen, dass ihr Onkel eine derartige Macht über sie besessen hatte? Seine Schläge und seine Verachtung hatten jeden Glauben an das Gute in ihrem Leben vertrieben. Und jeden Glauben daran, dass irgendein Gefühl stärker sein könnte als das der Minderwertigkeit, das er ihr vermittelt hatte?! Sie wischte sich entschlossen die Tränen ab und drückte in stiller Dankbarkeit die Hand der alten Frau. Misses Brown hatte sie nichts gefragt, hatte ihr keine Vorwürfe wegen der Schwangerschaft gemacht, war einfach nur da gewesen. Und das bedeutet Catherine im Moment unglaublich viel. Sie musste einen Weg finden, ihre Unschuld zu beweisen um endlich das tun zu können, das sie bereits längst hätte tun sollen: Robert zu sagen, dass sie ihn liebte und bereit war, für ihn den Dämon ihrer Vergangenheit zu überwinden und seine Frau zu werden.

Mit neu erwachter Entschlossenheit griff sie sich die Zeitung, die immer mit etwas Verspätung aus London hier auf dem Land eintraf. Sie würde später darüber nachdenken, wie sie die Sache mit ihrem Onkel angehen würde. Dazu brauchte sie Ruhe, die sie im Moment nicht empfand. Jetzt musste sie erst einmal ihren Geist beruhigen, und am besten gelang ihr das immer, wenn sie Misses Brown aus der Zeitung vorlas. Die alte Dame nahm regen Anteil am politischen Geschehen, hatte immer noch einen wachen Geist, aber fast noch mehr liebte sie den Klatsch und Tratsch, der auf den Gesellschaftsseiten breit getreten wurde. Catherine überflog die Überschriften, las von neuen Gebietsvereinbarungen, denen Kaiser Napoleon nach seiner vernichtenden Niederlage in der Schlacht von Waterloo zustimmen musste und von einem erneut skandalösen Auftritt des Prinzregenten, der mit seiner Mätresse, der verheirateten Lady Isabella Seymour-Conway, während eines Theaterbesuchs in London. Dann fiel ihr Blick auf eine fast ganzseitige Anzeige und ihr Herz setzte einen Schlag lang aus.

Edward Sutton, 8. Viscount Alverstone, und seine Gemahlin, Lady Maude Alverstone, freuen sich, die Verlobung ihrer Tochter, Miss Georgina Sutton, mit dem hochwohlgeborenen Duke of Harrisford, Robert Leighton, bekannt zu geben. Die Trauung wird aufgrund einer erwirkten Sondergenehmigung bereits am kommenden Samstag, den 25. November 1815 stattfinden.

Eine eiskalte Hand griff nach ihrem Herzen und lähmte jedes Gefühl. Robert würde heiraten! Der Mann, für den sie all ihre Ängste hatte überwinden wollen, den sie mehr liebte als alles andere auf der Welt, würde schon in knapp einer Wochen der Ehemann einer anderen sein. Noch dazu der Mann ihrer Cousine Georgina. Was hatte ihn bewogen, sich so schnell einer Anderen zuzuwenden? Hatte er eingesehen, was sie sich und ihm immer wieder eingeredet hatte? Dass sie nicht in seine Welt passte? Die Zeitung fiel ihr aus der Hand und sie presste sich eine Hand auf die Brust. Vergessen war Misses Brown, die sie besorgt musterte, vergessen war ihr Entschluss, sich ihren Gefühlen zu stellen und Robert zu bitten, ihr noch eine Chance zu geben. Er hatte sich anders entschieden. Sie hatte ihre Chance gehabt und sie nicht ergriffen. Und diese Wahrheit schmerzte sie mehr als alle Schläge und Demütigungen, die sie in den letzten Jahren hatte ertragen müssen!

Robert setzte seine Unterschrift unter den Verlobungsvertrag und schüttete etwas Sand über die noch frische Tinte. Dann blies er die Körnchen hinunter und schob die Papiere zur Gegenseite. Er nickte Jeremias Holden,dem Anwalt des Viscounts, zu und fordert ihn auf, die Klauseln zu prüfen. Nach einer Weile stillen Studierens gab dieser den Papierstapel an seinen Auftraggeber weiter.

„Sie können unterschreiben, Lord Alverstone. Juristisch ist an dem Vertrag nichts zu bemängeln. Wenn ich allerdings anmerken darf...", er zögerte und sah Robert an, der mit ausdruckslosem Gesicht an einen Punkt an der gegenüber liegenden Wand starrte, „... sind einige Klauseln, Ihre Tochter betreffend,... außergewöhnlich. Für einen Ehevertrag, meine ich."

„Geben Sie her, Holden."

Zufrieden stellte Robert fest, dass der Viscount nach einigen Zeilen rot anlief.

„Was soll das, Leighton?" Offensichtlich war er so überrascht, dass er die korrekte Anrede vergaß.

„Was genau meinen Sie, Alverstone?", fragte Robert süffisant, wohl wissend dass so gut wie jede Klausel das Missfallen seines Gegenübers erregen würde.

„Na...", Edward stach mit dem Zeigefinger auf jede einzelne Zeile, „...das! Ich zitiere: Nach der Hochzeit wird die Duchess ein Stadthaus beziehen, das sie am Tage ihrer Eheschließung als Wittum bekommt. Die

Duchess? Und wo werden Sie wohnen? Oder das hier!"
Seine Stimme wurde zunehmend lauter. „Im Falle
meines Todes lobe ich der Duchess eine jährliche
Leibrente von zehntausend Pfund aus. Alle anderen
Vermögensgüter sowie meinen Landsitz Oakwood
Manor vermache ich meiner Schwester! Das können
Sie nicht machen, Leighton! Wovon soll Georgina
leben?"

„Zu Frage eins: Ich werde natürlich weiter in meinem
Stadthaus residieren. Zu Frage zwei: Sie wird sich
einschränken müssen, aber sicherlich nicht
verhungern." Robert lehnte sich zufrieden in seinem
Sessel zurück.

„Und was ist mit Kindern? Warum lese ich nichts von
den Erben, die Georgina Ihnen schenken wird?"

„Weil wir keine Kinder bekommen werden!"

„Wie könnten Sie sich da so sicher sein?"
Robert beugte sich wieder ein Stück vor und sah
Edward fest in die Augen.

„Weil ich nicht vorhabe, das Bett mit Ihrer Tochter zu
teilen, Lord Alverstone!"
Edward wurde blass und schnappte nach Luft. „Das...
das können Sie nicht machen, Leighton. Das ist..."

„Das ist genau das, was ich Ihnen anbiete! Ich gebe
Ihrer Tochter meinen Namen und den Titel der
Duchess. Nicht mehr und nicht weniger. Akzeptieren
Sie es oder lassen Sie es."

Edward war deutlich anzusehen, dass er mit sich rang.

„Was ist mit den zwanzigtausend Pfund?"

Robert nickte seinem eigenen Anwalt zu.

„Mister Davidson, legen Sie dem Viscount doch bitte die Bestätigung über die Eröffnung eines Sperrkontos auf seinen Namen bei der Bank of England vor." An Edward gewandt, sagte er: „Ich habe auf das Konto bereits diese Summe eingezahlt. Da es auf Ihren Namen lautet, kann ich nicht mehr darüber verfügen." Als Robert kurz ein triumphierendes Glitzern in den Augen seines Gegenübers sah, fügte er hinzu: „Allerdings habe ich dieses Konto mit einem Password versehen. Sobald Sie Ihre Aussage bei der Polizei gemacht haben, werde ich Ihnen das Passwort sagen und Sie können frei über die zwanzigtausend Pfund verfügen. Ich denke, das bietet genügend Sicherheit für beide Seiten." An Edwards Auge zuckte ein Muskel, aber dann nahm er den Stift und setzte schwungvoll seinen Namen unter den Vertrag. Zwar würde die Einhaltung dieser Klauseln für viel Gerede im *Ton* sorgen, aber das war ihm im Moment egal. Er brauchte das Geld, um die dringendsten Löcher in seiner Kasse zu stopfen. Da musste Georgina schon selbst sehen, was sie aus dieser Ehe machte. Er hatte ihr den Titel verschafft, für alles andere musste sie sorgen. Und darüber hinaus sollte sie dankbar sein, überhaupt einen so respektablen Ehemann abbekommen zu haben!

Und während sich bei Lord Alverstone langsam
Zufriedenheit und Erleichterung einstellte, fühlte
Robert nichts anderes als diese lähmende Kälte in sich,
die jeden Tag zur Qual werden ließ. Eine Kälte, von der
er wusste, dass sie ihn fortan sein Leben lang begleiten
würde, denn nur eine Frau könnte sie vertreiben, könnte
ihm das Gefühl zurück geben, lebendig zu sein. Aber
diese Frau wollte ihn nicht. Und war überdies wie vom
Erdboden verschwunden.

„Passen Sie auf sich auf, Miss O'Reiley!" Misses
Brown stand in der Tür des kleinen Häuschens und
hatte Tränen in den Augen. Catherine umarmte die alte
Frau herzlich und wischte sich verstohlen über das
Gesicht. Drei Tage hatte sie nach der Erkenntnis,
Robert und damit den wichtigsten Menschen in ihrem
Leben verloren zu haben, dahinvegetiert. Nichts war ihr
wichtig gewesen. Schlafen, essen, atmen... all das tat
ihr Körper automatisch, ohne dass sie irgendetwas
davon wahrgenommen hätte. Tag oder Nacht, leben
oder sterben, alles war ihr egal gewesen. Bis Misses
Brown schließlich ihrer Ansicht, Catherine habe nun
genug um ihre Liebe getrauert, energisch Ausdruck

verliehen hatte, indem sie sie gezwungen hatte, sich der Realität zu stellen. Sie war schwanger, ohne Mann und ohne Geld, ohne Aussicht darauf, in ihrem Zustand eine Anstellung zu finden. Sie hatte Catherine die sprichwörtliche Pistole auf die Brust gesetzt und ihr gesagt, dass sie nicht länger in dem kleinen Haus bleiben und ihre Zukunft an eine alte Frau verschwenden konnte, die dem Tod näher war als dem Leben. Es hatte Eliza Brown fast das Herz gebrochen, die junge Frau derart hart zurechtweisen zu müssen, aber in ihren Augen war das der einzige Weg, Catherine aufzurütteln. Und tatsächlich hatte Catherine begonnen, sich Gedanken über ihre Zukunft zu machen. Sie war nun nicht länger nur für sich verantwortlich, sie musste für einen weiteren Menschen sorgen. Und dann war ihr eingefallen, dass Finley und ihr Onkel von einer Erbschaft über zwanzigtausend Pfund gesprochen hatten! Langsam hatte sich alles zu einem Bild gefügt, die *Großzügigkeit* ihres Onkels, sie bei sich aufzunehmen, hatte plötzlich einen Grund und auch der Briefumschlag mit ihrem Namen, den sie vor einiger Zeit im Papierkorb im Arbeitszimmer ihres Onkels gefunden hatte, passte dazu. Nur wer ihr diese großzügige Summe vermacht haben könnte, blieb ein Rätsel, aber das spielte im Augenblick auch keine Rolle. Catherine schloss aus der Anzeige und dem Datum der Trauung, dass ihr Onkel noch lebte, ansonsten wäre wohl ein Trauerjahr vor der Eheschließung erforderlich geworden. Sie hatte beschlossen, nach London zurückzukehren, und ihren Onkel zu bitten, die Wahrheit über den Überfall zu sagen. Im Gegenzug würde sie ihm einen Teil ihres Erbes anbieten, immerhin war es ihm ja von Anfang an nur darum gegangen. Natürlich gab es keine Garantie, dass Edward Sutton darauf eingehen würde, aber sie hatte keine andere Wahl. Sie war vor drei Tagen zweiundzwanzig geworden, und auch wenn sie an jedem einzelnen Geburtstag der letzten acht Jahre gedacht hatte, es könnte keinen geben, der noch einsamer wäre als der, den sie gerade beging, war sie doch eines Besseren belehrt worden. Es gab eine Steigerung, es konnte schlimmer sein, einsamer, hoffnungsloser! Sie hatte beschlossen, die Marchioness aufzusuchen und sie zu bitten, für ihr Kind zu sorgen, falls ihr Onkel nicht auf ihre Bitte eingehen sollte und sie den Behörden auslieferte. Eine Schwangere würde man sicherlich nicht hinrichten, aber wenn das Kind einmal geboren war, würde es für sie keine Gnade geben. Dann wollte sie wenigstens ihr Kind versorgt wissen. An Robert würde, *konnte*, sie sich nicht wenden. Er würde bald seine eigene Familie haben, da wollte sich sich nicht dazwischen drängen. Immerhin war er nicht schuld an der Situation, das hatte sie sich ganz allein zuzuschreiben. Hätte sie seinen Antrag angenommen, wäre nichts von dem geschehen, was sie in diese Situation gebracht hatte. Überhaupt wollte sie ihn nie wiedersehen. Zu schmerzlich wäre der Anblick, ihn mit ihrer Cousine glücklich und vertraut umgehen zu sehen. Wenn sie nur daran dachte, dass er Georgina berühren würde, wie er sie berührt hatte! Dass er ihre Haut zum Glühen bringen würde, allein durch seine Küsse, dass er sie mit der gleichen Leidenschaft nehmen würde wie sie... Aber diese Gedanken führten zu nichts, waren nur eine schöne Erinnerung.

„Ich weiß nicht, wie ich Ihnen jemals für alles danken soll, was Sie für mich getan haben, Misses Brown. Ich werde Ihnen das Geld auf jeden Fall zurückzahlen."

Die Pfarrerswitwe hatte ihr zwanzig Pfund gegeben, alles, was sie an Ersparnissen hatte, und Catherine fühlte sich schlecht dabei, das Geld anzunehmen. Aber im Augenblick hatte sie keine andere Wahl, wollte sie nach London kommen. Das Geld würde für die Postkutsche reichen und für ein paar Tage in einer kleinen Pension, wenn sie sich einschränkte. Aber da sie ohnehin nicht vorhatte, länger als nötig in der Stadt zu bleiben, würde es schon irgendwie reichen.

„Schon gut, Kindchen. Geben ist seliger als nehmen. Was soll eine alte Frau wie ich denn mit dem Geld noch anfangen? Ich habe alles was ich brauche und für den Rest vertraue ich auf Gott, wie Mister Brown, Gott hab ihn selig, es auch immer getan hat. Und wir sind gut damit gefahren, auf Gott zu vertrauen." Sie machte eine kurze Pause und sah Catherine zuversichtlich an. „Und das sollten Sie auch tun, Mädchen. Gottes Wege sind unergründlich."

Catherine umarmte sie noch einmal fest und wandte sich dann zum Gehen. Sie wollte keine Zeit verlieren. So oder so konnte sie nicht vor ihrem Schicksal davonlaufen. Da war es besser, sich ihm gleich zu stellen.

„Darf ich Ihnen noch etwas mit auf den Weg geben, Miss Catherine?" Als Catherine sich noch einmal umdrehte, sagte die alte Frau mit einem unergründlichen Lächeln, das ihre Züge leuchten ließ: „Und wenn ich weissagen könnte und wüsste alle Geheimnisse und alle Erkenntnisse und hätte den Glauben, ich könnte Berge versetzen und hätte der Liebe nicht, so wäre ich nichts!" Sie winkte Catherine noch einmal zu und verschwand durch die kleine Tür ins Innere des Hauses. „1. Korintherbrief, Kapitel 13, Vers 2. Hab es nicht vergessen, Mister Brown!"

Lady Alverstone kochte vor Wut, während Georgina den Tränen nahe am Rand der Tanzfläche stand und ihrem Verlobten zusah, der gerade zu den Klängen eines Walzers mit Lady Emily über das Parkett schwebte.

„Er hätte diesen Walzer mit dir tanzen müssen!", zischte Lady Maude ihrer Tochter zu und versuchte, sich ihre Verärgerung nicht anmerken zu lassen. „Die Leute reden schon!"

In der Tat waren die anfangs noch neugierigen Fragen, wie Georgina es so schnell geschafft hatte, sich den begehrtesten Junggesellen der Saison zu angeln, in spöttisches Tuscheln übergegangen, denn das Verhalten des Bräutigams entsprach so gar nicht dem eines Mannes, der vorhatte, in wenigen Tagen zu heiraten. Er grüßte seine Verlobte höflich, tanzte einen Tanz mit ihr und ignorierte sie dann den ganzen weiteren Abend geflissentlich. Wenn er überhaupt auf derselben Gesellschaft auftauchte wie sie. Die anfangs neidischen Blicke der anderen Debütantinnen waren immer öfter, im günstigsten Fall mitleidigen, meistens jedoch schadenfrohen gewichen und inzwischen konnte Georgina keinen Ball mehr besuchen, ohne sich in Grund und Boden zu schämen. Und dann erst diese Klauseln, die im Ehevertrag standen! Ihr Vater hatte sie ihr vorgelesen und ihr war schlichtweg die Luft weggeblieben. Wenn der Duke auf Einhaltung dieser Vereinbarungen beharrte, war sie bald nicht nur Stadtgespräch, sie wäre auch vor all ihren Freunden und Bekannten bloß gestellt. Deutlicher konnte der Duke nicht machen, dass er zu dieser Ehe gezwungen worden war.

„Du gehst jetzt zu ihm und sagst ihm, du fühlst dich nicht wohl und er solle dich freundlicherweise nach Hause begleiten!" Die Stimme der Viscountess duldete keinen Widerspruch. Also machte Georgina sich auf den Weg zu ihrem Verlobten und zupfte vorsichtig am Ärmel seines maßgeschneiderten Gehrocks. Er hatte gerade etwas zu Lady Emily gesagt, die daraufhin perlend auflachte, als er sich zu ihr umdrehte.

„Miss Georgina, was kann ich für Sie tun?" Seine Stimme war so kalt und abweisend, dass es sie fröstelte.

„Ich... also ich fühle mich... nicht wohl, Euer Gnaden." Sie zuckte unter der Musterung der anderen Frau zusammen. „Würden Sie... würden Sie vielleicht so freundlich sein, mich nach Hause zu begleiten?" Inzwischen waren einige der Anwesenden, die auf die Szene aufmerksam geworden waren, neugierig näher gekommen. Das versprach interessant zu werden.

„Das tut mir leid, Miss Georgina. Aber ich gedenke, noch etwas länger hier zu bleiben. Die Gesellschaft ist heute,", er zog Emily ein Stück näher an sich heran, „besonders reizend!" Georgina wurde bis über beide Ohren rot. Sie fühlte, wie alle anderen sie anstarrten.

„Aber ich werde selbstverständlich dafür sorgen, dass Sie sicher nach Hause gelangen." Er hielt einen

vorbeieilenden Diener an, der ein Tablett mit
Champagnergläsern trug und nahm zwei Gläser
herunter, von denen er eines an Emily weiterreichte.
„Würden Sie bitte so nett sein und meine Kutsche
vorfahren lassen, Dermot? Miss Georgina möchte
gehen." Damit widmete er sich wieder der schönen
Frau an seiner Seite, ohne seine Verlobte noch eines
weiteren Blickes zu würdigen. Georginas Wangen
brannten und zu allem Unglück stiegen heiße Tränen
der Demütigung in ihr auf. Nicht zum ersten Mal
wünschte sie sich, ihr Vater hätte nicht darauf
bestanden, dass sie diesen... diesen herzlosen Mistkerl
heiraten sollte.

Catherines Herz klopfte laut und ihre Hände waren
feucht. Sie stand vor dem Haus der Marchioness of
Almsford, konnte sich aber nicht überwinden,
anzuklopfen. Bis gerade eben war ihr der Plan, sich an
Lady Annabel zu wenden, gut und richtig erschienen,
aber jetzt, wo sie vor dem beeindruckenden Portal
stand, kamen ihr doch Zweifel. Immerhin war Annabel
Roberts Schwester und sie hatte Angst, sich ihr
anzuvertrauen. Wie würde sie reagieren, wenn sie ihr
von der Schwangerschaft erzählte? Würde sie

gegenüber Robert schweigen, so wie Catherine es verlangen würde, oder würde sie ihm erzählen, dass sie ein Kind von ihm erwartete? Und wie würde Robert dann reagieren? Würde er ihr das Kind womöglich wegnehmen? Nein, sie musste noch eine Nacht über die Tragweite ihrer Entscheidung nachdenken. Sie würde morgen wiederkommen. Schnell wandte sie sich ab, zog die einfache Leinenhaube, die sie trug, um nicht sofort erkannt zu werden, tiefer ins Gesicht und beeilte sich, in dem Gedränge der Straße unterzutauchen.

„Catherine? So bleiben Sie doch stehen! Himmel, was tun Sie denn hier?" Catherine erstarrte. Das war die Stimme der Marchioness. Erst jetzt nahm sie die Kutsche wahr, die neben ihr hielt. Annabel wartete nicht, bis der Kutscher die kleine Treppe heruntergeklappt hatte, sondern sprang ganz und gar undamenhaft auf den Gehweg und zog Catherine mit sich. Ehe sie noch etwas sagen oder reagieren konnte, hatte die Marchioness sie schon in die Halle gezogen, reichte dem herbeigeeilten Diener Hut und Umhang und orderte Tee und Gebäck. Dann bugsierte sie Catherine in das gemütliche Wohnzimmer, das diese noch von ihrem letzten Besuch kannte und drückte sie in das weiche Sofa.

„Um Himmels Willen Catherine, wo haben Sie nur die ganze Zeit gesteckt? Wir... Robert hat sie überall gesucht... also suchen lassen, besser gesagt."

278

„Finley hat auf meinen Onkel geschossen. Er wollte mit mir nach Gretna Green, wegen des Erbes. Das wollte mein Onkel auch, aber ich konnte ihm entkommen..." Catherine begann zu zittern, merkte, dass sie unzusammenhängende Sätze sprach, und als Annabel sie tröstend in den Arm nahm, brach alles aus ihr heraus, ihre Angst, ihre Verzweiflung und der Schmerz, mit Robert die Liebe ihres Lebens verloren zu haben. Annabel hörte ihr zu, ohne sie zu unterbrechen, drückte nur hin und wieder ihre Hand oder reichte ihr ein Taschentuch. Als Catherine schließlich keine Tränen mehr hatte und bebend und schluchzend endete, nahm Annabel sie in den Arm und strich ihr tröstend über den Rücken. „Mein Gott, Catherine! Wenn Sie doch nur eher gekommen wären! In zwei Tagen findet die Hochzeit statt, und wenn uns nicht bald etwas einfällt, ist Robert mit dieser schrecklichen Georgina verheiratet! Das müssen wir verhindern, jetzt wo Sie wieder aufgetaucht sind." Annabel stand auf und ging unruhig im Raum auf und ab. Dabei kaute sie auf einem Fingernagel herum und zog die Stirn kraus.

„Wieso sollten wir diese Hochzeit verhindern?" Verwirrt blickte Catherine Annabel an, die plötzlich stehengeblieben war und die Hände in die Hüften stemmte.

„Ihr Bruder hat sich für Georgina entschieden..." Annabel verdrehte die Augen. „Hergott, Catherine, Sie

glauben doch nicht wirklich, dass er sich für diese...
Schnepfe entschieden hat!"

„Aber..."

„Nichts aber! Er tut das für Sie, Catherine!"

„Für mich? Aber wieso sollte er...?"

„Weil er Sie liebt, Catherine. Lord Alverstone hat ihn
vor die Wahl gestellt: Entweder, er heiratet Georgina,
dann entlastet Ihr Onkel Sie im Gegenzug bei den
ermittelnden Beamten. Oder, im Falle dass er sich
geweigert hätte, hätte Ihr Onkel Sie ans Messer
geliefert!"

Catherine brauchte einige Augenblicke, bevor sie die
ganze Tragweite dieser Eröffnung begriff. Robert war
im Begriff, seine Freiheit für die ihre einzutauschen! Er
war bereit, Georgina zu heiraten, um sie vor dem
Gefängnis oder sogar dem Galgen zu bewahren! Ihr
wurde das Herz schwer. Welch eine Ironie des
Schicksals!

Es war schwer, gegen das aufkommende Gefühl der
Hilflosigkeit anzukämpfen, die Verzweiflung zu
ignorieren, die sich ihrer bemächtigen wollte, aber
wenn sie und Robert eine Chance auf eine gemeinsame
Zukunft haben wollten, dann musste sie kämpfen!
Annabel war inzwischen stehen geblieben und sah
Catherine eindringlich an. „Eine Frage noch, Catherine.
Wenn... wenn es uns nicht gelingt, diese Hochzeit zu
verhindern, wären Sie dann bereit...", Catherine merkte,

dass es der Marchioness schwer fiel, die folgenden Worte auszusprechen, „...trotzdem mit Robert zusammenzuleben? Sich dem Gerede der anderen Menschen auszusetzen? Denn dann könnten Sie nur seine Mätresse sein, aber...“

„Lady Annabel, ich habe in den vergangenen Tagen viel über mich, über das Leben und meine Gefühle gelernt. Am schlimmsten für mich war, zu erkennen, dass ich dem Mann, den ich liebe, durch meine Angst vor dem Gerede anderer verloren habe. Wie könnte ich eine zweite Chance auf ein Leben mit Robert nicht annehmen, auch wenn wir nicht verheiratet sein können?“ Sie straffte die Schultern mit neu gewonnener Entschlossenheit. „Wenn Robert bereit ist, seinen Ruf aufs Spiel zu setzen, dann bin ich es auch!“

Annabel zog anerkennend die Augenbrauen in die Höhe. „Gut so, ich sehe, Sie sind trotz allem eine mutige Frau! Aber jetzt lassen Sie uns überlegen, wie wir das drohende Desaster abwenden können.“

Sie nahm ihre Wanderung über den dicken, in wunderschönen Farben leuchtenden Aubussonteppich wieder auf und dachte nach.

„Wenn wir Ihren Onkel dazu bringen könnten, die Hochzeit kurzfristig abzusagen und sie trotzdem zu entlasten...“

„Das würde er nie tun! Wie Sie wissen, ist er von Anfang an darauf versessen gewesen, dass Georgina den Titel einer Duchess bekommt. Und da er mich aus welchen Gründen auch immer, hasst, wird er keine Gelegenheit auslassen, mir zu schaden. Ich hatte eigentlich vor, ihm mein Erbe zu überlassen, wenn er davon absähe, mich weiterhin dieser Tat zu bezichtigen, aber nun glaube ich, dass ihm das nicht mehr genügen würde. Die Heirat Georginas mit Robert ist viel einträglicher für ihn." Catherine rieb sich über die Augen. So wie es aussah, reichten die zwanzigtausend Pfund nun bei weitem nicht mehr aus.

„Nun, die erste Frage, die wir uns stellen müssen, ist doch: Warum war er so versessen darauf, an Ihr Erbe zu gelangen? Und zweitens: Was hat dieser Finley damit gemeint, er hätte jahrelang die Drecksarbeit für Lord Alverstone gemacht?" Sie knetete konzentriert ihre Unterlippe. „Was genau hat Finley gesagt, können Sie sich erinnern?"

Catherine überlegte kurz. Sie war in dieser Situation ganz sicher nicht in der Lage gewesen, sich auf etwas anderes als die Pistole in ihrem Rücken und ihre panische Angst zu konzentrieren, aber ein Satz war ihr trotz allem in Erinnerung geblieben, weil er sie in ihren Grundfesten erschüttert hatte!

„Er sagte, dass er nicht zögern werde, meinen Onkel zu erschießen, so wie er schon meinen Vater erschossen hat." Das kalte Grauen das Catherine schon beim ersten mal, als sie diese Worte gehört hatte, überkommen hatte, ergriff wieder Besitz von ihr. „Und dann sagte er noch, dass mein Onkel damals wohl die ermittelnden Beamten bestochen hat, damit sie nicht so genau hinsehen." Sie begann wieder, unkontrolliert zu zittern, aber da drückte Annabel ihr schon ein Glas Brandy in die Hand.

„Trinken Sie einen Schluck, das wird Ihnen gut tun!" Und tatsächlich ließ das Zittern kurze Zeit später etwas nach, nachdem Catherine an dem starken Alkohol genippt hatte.

„Das bedeutet, dass dieser Finley zwar Ihren Vater erschossen hat, aber der Drahtzieher hinter diesem Mord war Ihr Onkel! Und der hat im Nachhinein die Beamten bestochen, damit sie an der Selbstmordthese festhielten." Sie überlegte. „Ich erinnere mich noch ziemlich gut an den Fall, weil er letztlich dazu führte, dass Robert London verließ und nach Barbados ging." Annabel nahm ebenfalls einen Schluck Brandy, ging aber weiter auf und ab, was Catherine inzwischen ziemlich nervös machte.

„Soweit ich weiß, hat man bei Ihrem Vater kein Geld oder ähnliches gefunden, und wenn es stimmt, dass er kein Spieler oder... na also, wenn er das Geld nicht für dererlei Vergnügen ausgegeben hat, dann muss es am Tattag noch da gewesen sein. Geld oder...", sie schlug sich in plötzlichem Erkennen vor die Stirn, „Das ist es! Robert hat mir damals erzählt, er habe Ihrem Vater die

Summe nicht in bar gegeben, sondern Wechsel ausgestellt! Wenn wir nun annehmen, dass Ihr Onkel aus Geldgier gehandelt hat, dann hat er die Wechsel auch eingelöst! Und zwar *nach* dem Mord an Ihrem Vater!" Catherines Herz begann, aufgeregt zu klopfen. Das war eine brillante Schlussfolgerung, und wenn ihr auch noch nicht ganz klar war, was sie mit diesem Wissen anfangen sollten, so ließ sie sich doch von Annabels Tatendrang anstecken.

„Was sollen wir jetzt tun?"

„Sie gar nichts. Es ist zu gefährlich für Sie, durch London zu spazieren, so lange man Sie noch wegen des Anschlags auf Ihren Onkel sucht." Annabel klingelte nach ihrem Butler. „Mein Bruder hat sämtliche Konten bei der Bank of England. Leider...", sie warf einen raschen Blick auf die zierliche Standuhr in der Ecke, „...schließt die Bank schon bald. Ich will hoffen, dass man mir dort weiterhelfen kann, was die Einlösung der Wechsel angeht!"

Entschlossen stand Catherine auf. „Ich komme mit."

„Nein."

„Doch!" Unerschrocken baute sie sich vor der Marchioness auf. „Es war *mein* Vater, den man ermordet hat und es war mutmaßlich *mein* Onkel, der den Auftrag dazu gegeben hat. Und es geht um *meine* Zukunft!" Die beiden Frauen maßen sich mit Blicken, dann wandte Catherine sich ab und ging zur Tür.

„Sie glauben doch nicht wirklich, dass mich die Angst vor Entdeckung davon abbringen könnte, alles zu tun, um Robert vor dieser Ehe zu retten?! Er riskiert viel mehr, um mir zu helfen!"

Eine kurze Weile sagte Annabel nichts, dann nickte sie anerkennend.

„Also gut, kommen Sie. Vielleicht ist es wirklich gut, wenn Sie dabei sind. Immerhin waren es die Konten Ihres Vaters, die wir einsehen wollen." *Wenn sie nach so langer Zeit überhaupt noch vorhanden sind,* fügte sie in Gedanken hinzu, aber sie mussten jede noch so winzige Möglichkeit ergreifen, wenn sie Erfolg haben wollten.

❧

Hieronymus Smith saß hinter seinem wuchtigen Mahagonischreibtisch im Obergeschoss der Bank of England und sah ungeduldig auf seine Uhr. Gleich hatte er Feierabend, aber Edward Pinkerton, einer der Schalterbeamten, hatte darum gebeten, er möge bitte die beiden Damen empfangen, die in der Schalterhalle standen und sich nicht abweisen lassen wollten. Sie hatten wohl schon einen ziemlich Aufruhr veranstaltet, so dass Hieronymus sich gezwungen sah, sich des

Problems mit den beiden Frauen selbst anzunehmen. Zwischen Anklopfen und dem Öffnen der Tür lag nicht einmal ein Wimpernschlag und er war sicher, diese Ungeduld verhieß Ärger. Umso überraschter war er, als er eine der beiden eintretenden Frauen erkannte. Die Marchioness of Almsford rauschte herein, im Schlepptau eine blasse junge Frau, die aber eine ebenso entschlossene Miene an den Tag legte, wie die Marchioness selbst.

Er verbeugte sich kurz, nahm dann die ausgestreckte Hand seines Gegenübers und führte sie bis beinahe an seine Lippen.

„Mylady, ich bin überrascht aber ebenso entzückt darüber, dass Sie mich aufsuchen. Was kann ich für Sie tun! Soll ich etwas Tee kommen lassen?"

„Nein danke, Mister Smith. Darf ich Ihnen Miss O'Reiley vorstellen?" Sie deutet auf die junge Frau, und er neigte freundlich den Kopf. „O'Reiley? Der Name sagt mir was, aber ich weiß nicht..." Er versuchte, den Namen mit einer Transaktion zu verknüpfen, aber ihm wollte partout kein Vorgang einfallen, der zu dazu passte.

„Darf ich sofort auf den Grund unseres Besuches zu sprechen kommen, Mister Smith?" Annabel setzte sich unaufgefordert auf einen der beiden Stühle, die vor dem Schreibtisch standen, und auch Catherine nahm Platz.

„Sehr gerne, Mylady." Es schien so, als wäre sein

Feierabend doch gerettet, wenn die beiden Damen es so eilig hatten.

„Nun, wir sind hier, um Konteneinsicht zu beantragen."

„Um wessen Konto handelt es sich denn, Mylady? Vielleicht wissen Sie, dass Sie dazu eine Vollmacht des jeweiligen..."

„Die kann uns der Betreffende nicht mehr geben, denn er ist bereits seit gut acht Jahren tot."

„Ich fürchte, in diesem Fall, Mylady..." Hieronymus Smith wollte sich schon erheben und das Gespräch beenden, aber da Annabel sich nicht rührte und einfach weitersprach, setzte auch er sich wieder hin.

„Es geht um das ehemalige Geschäftskonto von Miss O'Reileys Vater, Connor O'Reiley. Ich gehe davon aus, dass sie als Erbin und Tochter eine Einsicht verlangen kann?"

„Äh ich... also ich weiß nicht. So einen Fall hatte ich noch nicht. Ich meine, nach so langer Zeit." Er kratzte sich am Kopf und sein sorgsam frisiertes graues Haar geriet in Unordnung. Dann erinnerte er sich plötzlich an den Fall, der damals hohe Wellen geschlagen hatte.

„Warum wollen Sie nach so langer Zeit die Konten einsehen, Miss O'Reiley? Ich meine, damals ist alles mehr als einmal auf Richtigkeit geprüft worden und es ist kein Vermögen mehr vorhanden, das Sie beanspruchen könnten." Er sah sie mitleidig an.

„Darum geht es mir nicht, Mister Smith." Zum ersten

Mal sprach Catherine jetzt selbst und erstaunlicherweise klang ihre Stimme ruhig und abgeklärt.

„Ich habe unlängst einen Hinweis erhalten, dass mein Vater damals einer Betrügerei zum Opfer gefallen ist, und das möchte ich nun, sozusagen posthum, klären, um ihn von dem Verdacht des Betruges reinzuwaschen."

Verwirrt blickte der distinguiert wirkende Mann die beiden Frauen an, die vor ihm saßen.

„Äh, ich glaube nicht, dass das nach so langer Zeit..."

„Vielleicht hat sich Miss O'Reiley nicht deutlich genug ausgedrückt, Mister Smith." Annabel sprach leise, aber ihre Stimme war schneidend und ließ erkennen, dass sie ihm keine Wahl lassen würde. „Mister O'Reiley wurde umgebracht, entgegen der damals herrschenden Meinung, er habe seinem Leben selbst ein Ende gesetzt. Wenn Sie uns nicht erlauben, einen Blick auf die Konten zu werfen, werden wir ganz offiziell die Behörden um Hilfe ersuchen. Und wenn dann herauskommt, dass Ihre Bank die Verbindlichkeiten damals schlampig geprüft hat, und möglicherweise damit die Aufdeckung eines Verbrechens behindert hat, dann möchte ich nicht in Ihrer Haut stecken, wenn Sie das erklären müssen!"

Hieronymus Smith rutschte unruhig auf seinem Stuhl hin und her. Immerhin war die Marchioness nicht irgendwer und ganz sicher war sie in der Lage, ihm gehörige Schwierigkeiten zu bereiten. Dagegen wog die Einsichtnahme in alte Akten wohl weniger schwer.

„Ich habe die Akten nicht hier, Miss O'Reiley.", wandte er sich an Catherine. „So alte Akten lagern wir in unserem Archiv in der Thames Strret." Er stand auf und verbeugte sich höflich. „Ich werde sie herkommen lassen. Ich melde mich, wenn ich sie hier habe." Er ging zur Tür, um diese für die beiden Frauen zu öffnen, aber weder Annabel noch Catherine machten Anstalten, sich zu erheben.

„Tun Sie das, Mister Smith. Wir warten."

„Äh, das... die Bank schließt gleich, ich meine...", stotterte er sichtlich aus dem Konzept gebracht.

„Ich weiß nicht, ob ich Ihnen die Dringlichkeit unseres Anliegens hinreichend deutlich gemacht habe, Mister Smith. Aber seien Sie versichert, dass ich ein Entgegenkommen der Bank, der ich mein Vermögen anvertraue, und mein Bruder übrigens auch!, sehr zu schätzen weiß. Ich könnte ansonsten darüber nachdenken..." Sie ließ die letzten Worte im Raum stehen und wie gewollt, zeigte ihre versteckte Andeutung Wirkung. Hieronymus Smith setzte sich mit einem verkniffenen Lächeln wieder auf seinen gut gepolsterten Stuhl und ergab sich in sein Schicksal. Sein Feierabend war in weite Ferne gerückt.

Robert atmete noch einmal tief durch, bevor er das festlich geschmückte Wohnzimmer der Alverstones betrat. Mit einem Blick, der das Eis in den schottischen Highlands zum Schmelzen gebracht hätte, musterte er die Anwesenden, die sich versammelt hatten, um Zeuge des Eheversprechens zu werden, das er und Georgina sich in wenigen Minuten geben würden. Vergeblich suchte sein Blick Annabel. Seit einigen Tagen hatte er nichts von ihr gehört und ihn beschlich die Vermutung, sie könne ihm böse sein, weil er an dieser Verbindung festhielt. Und wenn er auch nachvollziehen konnte, dass sie seine Beweggründe womöglich nicht gutheißen würde, so war er doch enttäuscht, dass sie nicht gekommen war, um ihn zu unterstützen. Die Anwesenden waren allesamt Angehörige und enge Freunde des Viscounts und der Viscountess, und obwohl er auf einer Trauung in kleinem Kreis bestanden hatte, war der Raum mit Menschen überfüllt. Der süßliche Duft der in Vasen und als Bouquet arrangierten Blumen übertünchte nur schwer die abgestandene Luft und Robert bekam augenblicklich Kopfschmerzen. Die Menge teilte sich, als er den Raum betrat und mit einer Ruhe, die er innerlich nicht empfand, ging er durch die Menge, um seinen Platz neben dem Pfarrer einzunehmen, der die Trauung vollziehen sollte. Sein korrekt gebundenes, blütenweißes Halstuch erschien ihm plötzlich viel zu eng. So mussten sich die Delinquenten in Newgate fühlen, wenn man ihnen die Schlinge umlegte. Und ein bisschen fühlte Robert sich so wie sie. Der maßgeschneiderte, schwarze Frack zog alle Blicke auf sich, weil er seine düstere Stimmung perfekt wiedergab. Einige der anwesenden Damen flüsterten aufgeregt miteinander und konnten den Blick nicht von seiner imposanten Erscheinung abwenden. Lady Maude stand mit einem triumphierenden Gesichtsausdruck in der ersten Reihe neben ihrem Gatten, der ebenso zufrieden aussah, wenn auch wohl aus anderen Gründen. Die Minuten bis zum Eintreffen seiner zukünftigen Gattin zogen sich in die Länge und Roberts Kopfschmerzen verstärkten sich mit jedem Ticken der Uhr, die auf dem Kaminsims stand und unerbittlich die letzten Augenblicke seines Lebens als Junggeselle herunter zählte. Fast war er erleichtert als die Tür aufging und Georgina über die Schwelle trat. Er sehnte das Ende dieses Tages herbei und freute sich auf die Flasche Whisky, die er zu trinken beabsichtigte, um diesen Tag zu beschließen. Und in letzter Konsequenz auch zu vergessen. Er hatte sich vorgenommen, sein Leben weiter so zu leben, wie er es gewohnt war, und ganz sicher würde er sich schon bald eine Mätresse nehmen, denn er gedachte nicht, jemals diese Ehe zu vollziehen. Als er in Georginas Gesicht blickte, tat sie ihm fast leid. Deutlich konnte er ihre Unsicherheit erkennen, ihre Angst, bald mit diesem Monster verheiratet sein, das sie zu ignorieren gedachte und sie damit zum Gespött der Leute machte. Im Grunde war sie genauso ein Opfer der Geld- und Machtgier ihrer Eltern wie er. Nur dass er eine Gegenleistung erhielt, die es lohnte, dieses Schauspiel hier aufzuführen. Sie würde in wenigen Minuten zwar die Duchess of Harrisford sein, aber sie würde sich keine Eskapaden erlauben können, weder amouröser noch finanzieller Natur. Sie würde, im Gegensatz zu ihm, gute Miene zu bösem Spiel machen müssen, um nicht ganz ihr Gesicht zu verlieren. Als sie zitternd neben ihm stehen blieb und ihn schüchtern ansah, konnte er es plötzlich keine Sekunde länger aushalten.

„Bringen wir es hinter uns. Fangen Sie an, Reverend."
Ein unterdrücktes Schluchzen war neben ihm zu vernehmen. Das waren nicht die Worte, die eine Braut kurz vor der Trauung hören wollte, aber zu mehr war er nicht fähig.

„Liebe Anwesenden, wir sind hier heute zusammen gekommen, um diese Frau und diesen Mann..."

Annabel und Catherine erreichten das Stadthaus Viscount Alverstones völlig aufgelöst und außer Atem. Sie hatten die Kutsche, die sie hierher bringen sollte, ein paar Straßen entfernt verlassen, weil sie direkt vor ihnen durch einen Kutschenunfall versperrt war. Für ihr eigenes Gefährt gab es kein Durchkommen und so hatten sie beschlossen, sich zu Fuß weiter durch die schaulustige Menschenmasse zu quälen, in der Hoffnung, nicht zu spät zu kommen. Erst auf ihr drittes Klopfen hin wurde die Tür von einem in festliche Livree gekleideten Butler geöffnet. Der hatte allerdings keine Zeit, nach ihrem Begehr zu fragen, da Annabel ihn rüde beiseite stieß und wie Tisiphone, eine der drei Erinnyen, und ihres Zeichens zuständig für Vergeltung und Rache, durch die Halle stürmte. Von ihren vorherigen Besuchen wusste sie augenscheinlich genau, wohin sie sich wenden musste, denn sie stürmte zielstrebig auf eine Tür zu, hinter der leises Gemurmel zu hören war.

„Halt!", donnerte sie außer Atem. Ihr Auftritt bescherte ihr ein entsetztes Aufkeuchen der Anwesenden, einen bösen Blick der Brautmutter, und - zu Annabels Erstaunen - einen fast erleichterten der Braut. Robert hingegen starrte sie an wie eine Erscheinung.

„Was fällt Ihnen ein, Lady Almsford?!" Lord Alverstone hatte sich zu ihr umgedreht und sein kalter Blick bohrte sich in ihr Innerstes.

„Ich muss mit Ihnen und meinem Bruder reden. Sofort!"

„Sie werden sich gedulden müssen, Mylady. Wie Sie sehr wohl wissen, findet hier gerade eine Trauung statt und ich dulde nicht, dass Sie hier einfach so hereinplatzen und die Feier stören!" Er wandte sich wieder an den Reverend und bedeutet ihm, fortzufahren. Mit wenigen Schritten hatte Annabel sich den Weg an seine Seite gebahnt, während der Geistliche nur den Mund öffnete und ihn gleich darauf wieder schloss, ohne etwas zu sagen.

„Ich denke nicht, dass hier heute noch eine Hochzeit stattfindet, Lord Alverstone!", sagte sie mit einer Ruhe, die sowohl Robert als auch Alverstone verunsicherte.

„Annabel, was soll das? Du weißt doch, was passiert, wenn..." Aber seine Schwester hob nur die Hand und schnitt ihm so jedes weitere Wort ab. Robert hingegen war ebenso erstaunt wie erbost, dass Annabel so einen Auftritt hinlegte. Er hatte zwar schon vermutet, dass sie nicht mit dieser Hochzeit einverstanden war, aber da sie wusste, warum er hier stand und das durchzog, war er doch wütend auf sie.

„Ich wüsste nicht, was Sie dagegen tun könnten, Lady Almsford." Er sah bedeutungsvoll zu Robert hinüber. „Es sei denn, Sie haben es sich anders überlegt, Euer Gnaden?!" Siegessicher straffte er die Schultern und ein böses Lächeln glitt über sein aufgedunsenes

Gesicht.

„Ich denke, dass es Sie interessiert, was ich über Ihre Beteiligung an einem Mord erfahren habe, der acht Jahre zurückliegt." Sie hatte so leise gesprochen, dass außer dem Viscount nur Robert, Georgina und Lady Maude sie gehört hatten. Während Robert die Stirn krauste, konnte Annabel eine erste Verunsicherung auf den Zügen Lord Alverstones erkennen.

„Wovon sprechen Sie?" Misstrauisch musterte er sie. Sein Blick verriet, dass er versuchte, die Situation einzuschätzen.

„Ich biete Ihnen an, das unter sechs...," sie blickte Robert an, der ebenfalls Anzeichen von Verunsicherung zeigte, wenn auch aus Unwissenheit, während Alverstone genau zu wissen schien, von was sie sprach, „... Augen zu klären." Ihre königliche Haltung imponierte Robert einmal mehr. Sie ließ keinen Zweifel aufkommen, dass es ihr Ernst war und sie den Skandal nicht scheute, den ihr Auftauchen ganz sicher verursachen würde.

Unsicher ließ der Viscount seinen Blick zwischen ihr und Robert hin und her schweifen, aber er traf nur auf unerbittliche Mienen. Georgina schluchzte nun laut vor sich hin und ihre Mutter rang in stiller Verzweiflung die Hände. Sie war blass, aber ihre Haltung verriet die Erziehung einer Adeligen, deren oberstes Gebot es war, in jeder Situation die Contenance zu bewahren.

Die Sekunden zogen sich dahin, aber schließlich nickte Edward dem Reverend zu. An die in gespannter Stille verharrenden Gäste gewandt, sagte er mit einem betont unbekümmerten Ton: „Liebe Gäste, wie es scheint, hat die Marchioness of Almsford ein Anliegen, das der sofortigen Klärung bedarf. Ich bedauere die kleine Störung, aber ich versichere Ihnen, die Unterbrechung wird nur kurz sein. Bedienen Sie sich doch inzwischen an dem kleinen Imbiss, den meine Gattin zur Feier des Tages für Sie hat vorbereiten lassen." Dann ging er Annabel und Robert voraus in das angrenzende Arbeitszimmer. Als er die Tür hinter sich geschlossen hatte, ließ er seine mühsam aufrecht erhaltene Gelassenheit fallen.

„Was fällt Ihnen ein, Lady Annabel, hier einfach so hereinzuplatzen..."

„Mir fallen eine Menge Gründe ein, warum ich daran interessiert bin, diese Hochzeit zu verhindern, aber ganz konkret will ich meinen Bruder davor bewahren, einen Mörder als Schwiegervater zu bekommen."

Robert sog scharf die Luft ein und Edward wurde kreidebleich.

„Wie können Sie es wagen..." Seine Stimme zitterte vor Wut, aber Annabel hörte deutlich einen ängstlichen Unterton heraus.

„Ich bitte Sie, Lord Alverstone! Sie wissen ziemlich genau, wovon ich spreche. Sie haben einen gewissen

Finley vor acht Jahren beauftragt, ihren Schwager zu töten. Ob das Geld und die Wechsel, die sie dabei erbeuteten, der einzige Grund für diesen feigen Mord war, weiß ich nicht, aber Sie haben einen entscheidenden Fehler gemacht. Einen Fehler, der zunächst nicht aufgefallen ist, weil Sie die ermittelnden Beamten bestochen haben, nicht so genau hinzusehen." Sie holte tief Luft und sah aus den Augenwinkeln, wie Robert sie entgeistert anstarrte.

„Mein Bruder kann Ihnen hier auf der Stelle den Zeitungsartikel zeigen, auf dem Sie die Summe vermerkt haben, die Sie dafür aufwendeten. Übrigens eine recht unkonventionelle Art der Buchführung, sollten Sie wirklich überdenken." Edwards Blick huschte kurz zu dem Papierkorb und Robert verstand. „Der doppelte Boden, Alverstone.", warf er ein und sein Gegenüber zeigte nun deutlich Anzeichen von Unruhe.

„Wie Sie gerade selbst bemerkt haben, hat mein Diener Finley damals geschossen. Ich... wusste bis vor kurzem nichts davon. Erst als er... Catherine entführte, deutete er so etwas an." Sein unsteter Blick huschte von Robert zu Annabel und wieder zurück.

„Aber Sie, Lord Alverstone, haben die Wechsel eingelöst, die Finley bei ihrem Schwager gestohlen hat." Dann spielte sie ihren letzten Trumpf aus. „Und zwar, *nach* dem Mord! Daher ist es einerlei, wer letztlich geschossen hat. Sie waren der Nutznießer und das werden die Behörden auch so sehen. Jedenfalls, wenn sie jemals davon erfahren. Ich habe beglaubigte Abschriften der Kontoauszüge, die Originale liegen bei der Bank of England. Ich denke, dort können sie bleiben, wenn wir ins Geschäft kommen!" Robert hatte bis dahin schweigend zugehört, aber nun entrang sich seiner Brust ein bedrohliches Knurren. Er ballte die Fäuste und wollte schon auf Alverstone losgehen, aber Annabel hielt ihn zurück.

„Ich denke, an dieser Stelle sollten wir Catherine hinzubitten. Immerhin ist sie diejenige, um die es hier geht!" Mit einem leichten Lächeln nickte sie Robert zu, der sich immer noch darum bemühte, seine Wut zu kontrollieren und darum diese Aufforderung nicht sofort begriff. Sie stupste ihn leicht am Arm an.

„Geh schon, sie wartet in der Halle. Sie wollte den Skandal, den mein Auftritt ganz sicher nach sich zieht, nicht noch verschlimmern! Aber sie wird umkommen vor Angst, wir könnten zu spät..." Die letzten Worte hörte Robert schon nicht mehr.

Unruhig war Catherine in der Halle auf und ab gegangen, ängstlich auf eine Reaktion aus dem Zimmer wartend, hinter dessen geschlossenen Türen sich gerade ihr Schicksal entschied. Waren sie zu spät gekommen? War die Trauung bereits vollzogen? Nach einer ihr schier unendlich lang erscheinenden Zeit wurde die Tür aufgerissen und Roberts imposante Erscheinung erschien im Rahmen. Das Licht im Rücken, ganz in Schwarz gehüllt und mit einem diabolischen Funkeln in seinen dunklen Augen sah er aus wie ein Dämon. Catherine hielt die Luft an. Als er sie erblickte, änderte sich der furchteinflößende Ausdruck in seinem Gesicht und wich einem unendlich erleichterten, liebevollen Blick, der Catherines Herz sofort schneller schlagen ließ. Er riss sie an sich und presste sie minutenlang an seine Brust, ohne einen Ton zu sagen. An dem heftigen Pochen seines Herzens und seinem heftigen Atmen konnte sie erkennen, wie aufgewühlt er war. Aber schließlich hatte er sich soweit beruhigt, dass er sie ein kleines Stück von sich schob. Stumm musterte er sie und die Liebe, die sie in seinen Augen las, überwältigte sie.

„Ich frage dich das nur noch ein einziges Mal...“, begann er, aber Catherine unterbrach ihn.

„Ja, Robert.“ Sie nahm sein Gesicht in ihre Hände und lächelte ihn an. „Das heißt, wenn du mutig genug bist, dein Leben an der Seite einer Frau zu verbringen, die noch mit den Dämonen ihrer Vergangenheit kämpft, aber auf dem besten Weg ist, diesen Kampf zu gewinnen. Wenn du mir hilfst..."

Robert küsste sie zärtlich auf den Mund. „Wenn du mutig genug bist, einen Mann zu heiraten, dessen Name auf immer und ewig in einem Atemzug mit dem Skandal genannt werden wird, den diese geplatzte Hochzeit heraufbeschworen hat?"

„Ich glaube, dass ich noch unseren Kindern und Enkeln gerne erzählen werde, dass ihr unerschrockener Vater bereit war, das alles auf sich zu nehmen, um mein Leben und meine Ehre zu retten. Wie könnte ich dich da nicht wollen?" Sie nahm seine Hand und legte sie auf ihren bereits leicht gewölbten Bauch. Robert brauchte einen Augenblick, dann aber weiteten sich seine Augen.

„Catherine..."

„Wenn du es ernst meinst, dann sollten wir nicht mehr lange mit einer Heirat warten. Sonst haben wir gleich den nächsten Skandal losgetreten!" Catherine grinste ihn verschmitzt an. „Also nicht, dass es jetzt noch auf einen Skandal mehr oder weniger ankäme!" Aber Robert war nicht nach scherzen zumute. Er zog sie an sich und küsste sie wie ein Verhungernder. Fast schien es ihr, als wolle er all die vergangenen Wochen durch diesen einen Kuss auslöschen, wollte nachholen, was er verpasst hatte, aber Catherine war es recht. Sie erwiderte seine ungestüme Wildheit und so merkten beide nicht, wie sich die Tür zum Trauzimmer öffnete und eine verheulte Georgina, dicht gefolgt von dem Rest der reichlich konsternierten Hochzeitsgesellschaft, heraustrat. Und auch die teils entsetzten, teils empörten Ausrufe, die der Anblick der beiden eng umschlungenen Gestalten hervorrief, hörten sie nicht.

Stadthaus der Duchess und des Dukes of Harrisford, vier Monate später

„Sind Sie bereit, Mylady?" Zärtlich drückte Robert Catherines Hand.

„Ja, Euer Gnaden." Sie atmete noch einmal tief ein, dann hob sie den Kopf und setzte ein strahlendes Lächeln auf. Mit der Haltung einer Königin schritt sie an der Seite ihres Mannes die breite Treppe hinunter, den nun deutlich gerundeten Bauch stolz vor sich her tragend. Seit ihrer kurzfristig anberaumten Hochzeit vor drei Monaten, gab Robert sich alle Mühe, ihr das

Erscheinen auf dem gesellschaftlichen Parkett zu erleichtern, indem er keine Minute von ihrer Seite wich, um sie gegen alles und jeden zu beschützen. Zu Catherines eigener Überraschung hatte sie schnell gelernt, das meistens neugierige, selten boshafte Flüstern zu überhören, wenn sie den Saal betrat. Heute allerdings fand der Ball in ihrem neuen Zuhause statt und ihr lag sehr daran, dass der Abend ein Erfolg wurde. Sie trug ein langes, mitternachtsblaues Seidenkleid, das unter der Brust von einer silbernen Schärpe gehalten wurde. Als einzigen Schmuck trug sie eine Kette mit unzähligen Saphiren, die kunstvoll zu Sternen zusammengesetzt waren und alle Blicke auf sich und damit auf ihr Dekolleté zogen. Robert hatte es ihr zur Hochzeit geschenkt, in einer Schatulle mit einer rosafarbenen und einer weißen Rose. Eine Anspielung auf ihr erstes Mal in dem kleinen Cottage auf dem Gelände von Stamford Hall.

Robert bestand überdies darauf, dass sie ihre Schwangerschaft nicht versteckte, denn er freute sich viel zu sehr darauf, bald Vater zu werden. Er platzte fast vor Stolz und es machte ihm nichts aus, dass jedermann sehen konnte, dass das Kind nicht erst in der Hochzeitsnacht gezeugt worden war. Mit seiner unbeschwerten Art, nichts auf das Gerede der Anderen zu geben, hatte er Catherine schließlich überzeugt. Das Einzige, was zählte, war, dass Robert sie liebte. Und sie ihn.

Er und Annabel hatten es ihr frei gestellt, ihren Onkel den Behörden auszuliefern, aber nach einem kurzen inneren Kampf hatte sie sich entschieden, ihren Frieden mit der Vergangenheit zu machen. Es würde ihren Vater nicht mehr lebendig machen und auch ihre körperlichen und seelischen Narben würden nicht dadurch besser werden, dass sie ihrer Rache Raum gab. Ihr Onkel hatte beharrlich behauptet, an dem Tod ihrer Mutter unschuldig zu sein, was sie ihm nicht wirklich glaubte, aber auch was das anging, wollte sie den Rachegefühlen, die sie anfangs durchaus gehabt hatte, nicht nachgeben. Sie hatte viel zu lange geduldet, dass ihre Vergangenheit die Gegenwart beeinflusst hatte. Sie wollte nicht erlauben, dass auch ihre Zukunft darunter litt.

Tante Maude und Georgina waren ebenfalls genug gestraft. Georgina war nach Bath geflüchtet, offiziell, um eine Kur wegen ihrer angeschlagenen Gesundheit zu machen, aber insgeheim wusste jeder, dass es eine Flucht vor dem Gerede war, das die Absage der Hochzeit mit sich gebracht hatte. Zwar hatte Robert darauf bestanden, alle Schuld auf sich zu nehmen, so dass Georgina wenigstens halbwegs ihr Gesicht wahren konnte, aber dennoch litt sie sehr.

Tante Maude hatte sich nach Stamford Hall zurückgezogen, wollte Gras über die Sache wachsen lassen, aber Catherine ahnte, dass der *Ton* nicht so gnädig sein würde, zu vergessen.

„Dann lass uns gehen und uns in die Höhle der Löwen wagen, Liebste."

Robert sah sie mit so viel Liebe in den Augen an, dass sie alles andere um sich herum vergaß. So lange er an ihrer Seite war, konnte ihr nichts passieren.

Liebe Leserin, lieber Leser!

Ich hoffe, Sie haben die Geschichte um Catherine und Robert mit Spannung verfolgt und ein paar aufregende und romantische Stunden im England des 19. Jahrhunderts verbracht. Alle erwähnten geschichtlichen Ereignisse haben sich so zugetragen. Lediglich alles, was mit den handelnden Personen zu tun hat, ist frei erfunden.

Besonders die Beschreibungen zu George Bryan Brummel, damals besser bekannt als „Beau" Brummel, einem der ersten bekannten „Dandys", haben mich amüsiert. Er soll tatsächlich seine Stiefel mit Champagner poliert und fünf Stunden gebraucht haben, um sich ausgehfertig zu machen!

Vielleicht haben Sie ja Lust und etwas Zeit, diesen Roman zu bewerten, ich würde mich jedenfalls über ein Feedback sehr freuen!

Zum Schluss möchte ich meinem Mann danken, der großzügigerweise über den Staub hinwegsieht, der sich ansammelt, wenn ich eine Idee habe, die sofort zu Papier gebracht werden muss, und der manchmal nur noch ein gebügeltes Hemd im Schrank hat. Und am Wochenende immer kocht, damit ich Zeit zum Schreiben habe! Danke. Ich liebe dich!

Und dann danke ich noch meinem Sohn, der sich mehr als einmal die Haare rauft, wenn seine Mutter wieder mit den Tücken der Technik kämpft, bis das

Manuskript druckfertig formatiert ist. Und der als Informatikstudent nicht immer alle Fragen versteht, die seine unwissende Mutter stellt, aber trotzdem immer hilft! Danke. Dich liebe ich auch!